講談社文庫

動乱の刑事

堂場瞬一

講談社

目次

動乱の刑事

第一部　爆破

0

こんな風に呑気《のんき》に酒を呑《の》める日が来るとは思ってもいなかった。

増子《ましこ》猛男《たけお》は、千鳥足《ちどりあし》になる寸前のふらつきを楽しみながら、自分の人生を振り返っていた。大学を出た後、戦時中は横須賀《よこすか》の海軍航空技術廠《しょう》で飛行実験部に所属し、海軍機の開発に従事していた。終戦直前に担当していたのは、日本初のジェット機、橘《きっ》花《か》。結局日の目を見ることのなかったこのジェット機に対して、増子は最初から複雑な思いを抱いていた。終戦間際、日本が圧倒的に不利な状況が続く中で、高性能なジェット機を造る意味があるのだろうか。これが完成しても、どうせ戦争には負けるのだから――誰も口にこそ出さなかったが、同僚の技術者の間にそういう絶望感が広がっているのを、増子は確実に感じ取っていた。酒に逃げたいと毎日思っていた。

もちろん、酒など呑めるような雰囲気ではなかった。そもそも酒は手に入らなかったし。

戦争が終わると、一転して戦犯扱いを恐れた。軍事研究をしていた人間は全員GHQの厳しい取り調べを受け、二度と研究生活には戻れないと噂《うわさ》が流れて、怯《おび》える毎日を送っていたものである。しかし幸い、戦犯扱いされることもなく大学に戻り、その後は航空力学の研究を続けている。今すぐ新しい飛行機の生産に結びつくものではないが、将来の日本のため……今は毎日が充実している。結婚して子どもも生まれ、生活にも張りがあった。大学の仲間とも気が合い、呑みに行くと、つい度を越して深酒してしまう。

今夜も呑み過ぎた。しかし不快ではない。明日は二日酔いに悩まされるかもしれないが、これは下戸《げこ》が知らない楽しみだ。

しかし、喉が渇いたな……かといって、この辺には水を飲める場所もない。小田急《おだきゅう》線の喜多見《きたみ》駅から歩いて十分ほどの自宅が、やけに遠く感じられた。まあ、ゆっくり行こう。今夜はいい夜じゃないか。

轟音《ごうおん》。

増子は反射的に道路に身を伏せた。背広が泥で汚れるのが分かったが、身の安全が先――これは大事《おおごと》だ。戦時中にずっとジェットエンジンの開発にかかわっていた増子は、実験の失敗でエンジンが爆発した時にこの音を何度も聞いた。

何事だ？　四つん這《ば》いになったまま、周囲を見回す。見ると、十メートルほど先にある駐在所から火の手が上がっていた。火事なのか？　すぐに消防に連絡しなくては。しっかりしろ、と自分を叱咤《しった》して立ち上がる。しかしその瞬間、二度目の爆発が起きた。先ほどよりも大きな音。駐在所の裏にある住宅の屋根が吹っ飛び、強烈な閃《せん》光《こう》が増子の目を眩《くら》ませた。

今度は背中から倒れて、道路にへたりこんでしまう。

「あ……あ……」言葉が出てこない。炎は高く燃え上がり、頬が焼けるほどの熱さを感じた。早く逃げないと、俺も焼け死んでしまう。

声にならない声を上げながら、増子は体を捻《ひね》り、四つん這いで逃げ始めた。匍匐《ほふく》前進のようにスピードが出ない。尻に火が点《つ》いて、あっという間に丸焼けになる自分の姿を想像すると、吐き気をもよおした。

駐在所が爆発した？　駐在所が？

1

「戦争が終わるって言われてもなあ。とっくに終わってるじゃないか」高峰靖夫《たかみねやすお》は無意識に言った後で、小嶋学《こじままなぶ》の鋭い視線を感じた。この男は、仲間内でただ一人従軍し、重傷を負って復員した。戦争に関しては、どんなことであっても気楽に話して欲しくないのだろう。

海老沢六郎《えびさわろくろう》が、「戦争状態が終わる、だ」とさらりと訂正すると、小嶋の眉間《みけん》に刻《きざ》まれた皺《しわ》が消えた。海老沢の穏やかな喋《しゃべ》り方は、いつも場の雰囲気を和《やわ》らげる。

「ま、講和条約が発効したからって、何も変わらないだろうけどな」小嶋が白《しら》けた口調で言った。「日本は負けたんだからな。それを改めて確認するだけの話で、俺たちには関係ない」

「そうとも言えないぞ」海老沢が反論した。「これで日本は完全に主権を取り戻すんだから」

小嶋の感覚では「関係ない」かもしれないが、警察的には要注意だ。世情は騒がしく、不穏な雰囲気が東京中を――日本全体を覆《おお》い尽くしている。もっともそれは自分が心配することではない、と高峰は気楽に構えている。海老沢たち――治安維持を担当する公安の人間が考えるべき問題だ。

「そんなことより、最近お勧めの映画は？」高峰は話題を変えた。講和条約の話を持ち出したのは自分だが、ぎすぎすした雰囲気に耐えられなくなっている。

「そうだな……」小嶋が顎《あご》を撫《な》でた。「五月に『巴里《パリ》のアメリカ人』が封切りになるぞ。去年アメリカで公開されて、アカデミー賞六部門を受賞した。前評判もいい」

「どんな映画だ？」

「ミュージカル」

ミュージカルか……高峰の好みではない。戦前、古川《ふるかわ》ロッパやエノケンは芝居に音楽を取り入れて、高峰も喜んで観ていたのだが、映画になると何故かピンとこないのだった。

「高峰さん、電話だよ」

この店――「美山《みやま》」の主人、安藤《あんどう》がダミ声で高峰を呼んだ。高峰は礼を言って、ドアのところに置かれた電話台の前に立ち、受話器を耳に当てた。相手の声を聞いた瞬間、思わず大声を上げてしまう。

「駐在所が爆発？」聞き返してから、高峰は慌《あわ》てて送話口を掌《てのひら》で覆った。左腕を突き出し、腕時計を確認する。酔いのせいで文字盤が頼りなく揺れる……四月十五日、午後十時。呑み過ぎた、と意識する。久しぶりに親友二人が一緒だったので、羽目を外し過ぎたかもしれない。現場へ行くまでに酒は抜けるだろうか。

「現場は世田谷《せたがや》だ。死者が二人出ている、という情報がある。すぐに向かえ」

高峰が所属する警視庁捜査一課四係長の熊崎《くまざき》が、低い声で命じた。名前の通り、熊のようにがっしりした体格で毛深く、怖い見た目が想起させる通りのドスの利いた声で話す。上司になってから一年経った今でも、高峰はまだ慣れていなかった。俺ももう三十五歳、上司のご機嫌伺いをしながら仕事をするような年齢じゃないんだが……。

「被害者の身元は分かってるんですか？」

「確認中だ。ところでお前、呑んでるのか？」熊崎の声が尖《とが》る。

「……すみません」

「四係は待機の一番手だぞ。ということは、いつお声がかかるか分からんだろうが。呑むなとは言わんが、控えておけ」

「……すみません」二度目の謝罪。正論には勝てない。

「現場で酒の臭いがしたら、罰金だ」

「何とか抜いていきます」

叱責に、焦りと怒りが募《つの》る。電話に当たりたくなったが、使っていたのが店の電話なので、受話器をできるだけそっと置いた。ここは一つ、冷静にいかないと……高峰はトイレに入って、洗面台に向かった。屈《かが》みこんで、冷たい水を勢いよく顔に叩きつけると、酒が一気に抜けていく感じがした。

顔を二度洗い、手ぬぐいで拭う。目を瞬《しばたた》かせ、「よし」と一声発して気合いを入れる。

戻るとすぐに、安藤から水を一杯貰《もら》った。せっかく気持ちよく呑んでいたのに……渋谷《しぶや》にある「美山」は、バラックに毛の生えたような店だが、とにかく安く呑めるのがありがたい。ここを見つけてきたのは、『東日ウィークリー』の記者・小嶋だった。捜査一課の高峰、公安一課の海老沢、雑誌記者の小嶋が三人一緒にいても目立たない店。警視庁本部の刑事たちの溜《た》まり場は新橋《しんばし》に集中しているので、この店で呑んでいる限り、同僚に出くわす可能性は低い。

三人は、映画と芝居で結びついた、子どもの頃からの親友だ。それぞれの歩む道は分かれたが、今でも時間を見つけては呑みながら雑談を楽しむ。捜査一課で、日々殺人や強盗などの凶悪犯に対峙している高峰にとっては、最も気楽で弛緩《しかん》できる時間だった。

高峰と海老沢を映画や芝居の世界に誘《いざな》ったのが、小嶋である。裕福な家に生まれ、子どもの頃から映画館や芝居小屋に出入りして、その魅力を二人に教えてくれた。趣味が高じて、徴兵される前は映画雑誌『映画評論』の記者をしていた。戦地でマラリアを患《わずら》った上に肩を負傷し、命からがら復員してから、戦後は『東日ウィークリー』の編集部で働き、戦前と同じように映画や芝居の評を書いている。刑事が新聞や雑誌の記者とつき合うのはご法度《はっと》だが、高峰も海老沢も、暗黙の了解で小嶋は例外扱いにしていた。

映画や芝居以外だと、小嶋の話題の中心は、今年四歳になったばかりの長男の自慢話だ。戦時中、アメリカ軍に散々痛い目に遭《あ》わされた小嶋は、終戦後は一転して「アメリカかぶれ」になり、息子に英語を学ばせている。戦後、英語学習は国民的ブームになり、ラジオ番組は大人気、街のあちこちに英会話教室も生まれた。小嶋が息子を通わせているのは、幼児向けの教室だ。「これからは英語ぐらいできないと苦労する」というのが彼の言い分で、「日本語より英語の方が上手《うま》くなりそうだ」と自慢しては目を細める。何かと皮肉な物言いをする男だが、そういう話をする時だけは、素直な親馬鹿だ。

三人の中で唯一の独身である海老沢は、戦前は特高に籍を置いたまま、警視庁保安課の興行係も兼務して、芝居の台本検閲《けんえつ》を担当していた。終戦後に一時は警視庁から離れたものの、その後特高の後継組織とも言える公安課に採用された——いや、自分から手を挙げて拾ってもらっていた。終戦後、合法化された共産党の活動は活発化し、GHQもこれを警戒していた。そのような状況下で、戦前は特高が担っていた共産党の監視・摘発活動は公安が引き継ぎ、海老沢も戦前とはまったく違う仕事に取り組むことになったようだ。「ようだ」というのは、高峰もその詳しい内容を知らないからだ。現場には出ず、情報の分析・まとめの仕事をしているらしいのだが……聞いても、海老沢はいつも答えを濁《にご》す。秘密保持のためというより、自分の仕事に誇りを持てないからではないか、と高峰は疑っていた。せっかく警察に復帰したのに、胸を張って仕事ができていないとしたら不幸だ。それに加え、妹を殺された悲劇……。だからなのか、海老沢は戦前よりずっと暗くなった。独身を通しているのもそのせいかもしれない。高峰や小嶋、それに上司も結婚を勧めているのに、いつもやんわりと断っていた。

酔いが回ったのか、小嶋はカウンターに突っ伏《つぷ》して、低い寝息を立てている。

「どうかしたか？」小嶋の横に座っていた海老沢が、静かな口調で訊《たず》ねた。

「ちょっとな」高峰は口を濁し、小嶋の顔をちらりと見た。

「ここが濡《ぬ》れてるぞ」海老沢が自分の前髪を引っ張った。

「顔を洗ったんだ」

高峰は手帳を取り出し、「駐在所爆破、世田谷」と書きつけて海老沢にさっと示した。海老沢の眉がくっと上がる。この事件は捜査一課ではなく、公安が担当するかもしれない。駐在所を襲うような人間といえば、公安の監視対象――共産党の連中ぐらいしか思いつかない。実際、駐在所の襲撃事件は全国で起きていて、各県警の公安が捜査に当たっている。

「本当か？」海老沢が静かな声で訊ねる。

「今聞いたばかりだから、詳細は分からん」

「僕も初耳だぞ」

「お前には紐《ひも》がついてねえからさ」

実際、高峰は常に紐につながれている——管理されていると感じていた。特に熊崎が係長になってからは、その傾向が強い。熊崎は着任すると真っ先に、行きつけの呑み屋の連絡先を一覧にして提出するよう、部下に命じたのだ。実際、呑んでいる最中、熊崎から電話がかかってきたのは今日が初めてではない。熊崎自身は、ひたすら自宅と警視庁を往復するだけで、常に連絡が取れるようにしている……相当窮屈《きゅうくつ》な人生である。

「僕は何も聞いてないから、勝手には動けないよ」海老沢が唇を尖らせて言った。

「何だよ、お前ら、二人で何をこそこそやってるんだ」小嶋がいきなり顔を上げる。

「ちょっと仕事で出るから。悪いな——それと、例の帝劇のエノケン、今回はやめておくよ」高峰は小嶋の肩を叩いた。評判の舞台『浮かれ源氏《げんじ》』は、四月十七日まで続演になっていた。小嶋に切符を頼んでいたのだが、たぶん観に行けないだろう。「海老沢、ここの払いは頼んだぜ」

「おいおい——」

海老沢が抗議しかけたが、高峰は手を上げてそれを制した。「お前が二回借りになってる」と指摘する。

「そうだったかな？」海老沢が首を傾《かし》げた。

「俺はちゃんと記録を取ってる」

「そうだよ。今日はお前の番だ」小嶋も同調した。

「分かった、分かった」海老沢がビールのグラスを摑《つか》んだ。「じゃあ、今夜は僕に任せろ」

うなずき、高峰は店を出た。今夜は気温が高く、初夏と言ってもいいような陽気だ。こんな夜に駐在所爆破事件とは……酔いは急速に引き、頭が冴《さ》えてくるのを感じる。これも共産党による破壊工作の一つなのか――よりによって自分たちの足元で、と考えると怒りが燃え上がる。

戦前の特高による共産党の弾圧について、高峰はずっと冷ややかな目で見ていた。共産党に何ができる――特高は、神経質になり過ぎなのではないか？　自分たちの仕事を確保するためだけにやっているのではないか？　だが合法化された戦後の共産党は国会にも議員を送りこみ、決して無視できない勢力になった。危機感を覚えたマッカーサーは党中央委員の公職追放を指令し、これをきっかけに非公然活動が活発化した。去年の十月には正式に武装闘争方針が決定され、全国各地で共産党によると見られる事件が多発している。先月には、都下小河内《おごうち》村で、山村《さんそん》工作隊の隊員が大量に検挙されたばかりだった。

このような状況を、捜査一課もただ静観しているわけにはいかない。政治的信条とは関係なく、担当すべき事件が起きたら、きちんと処理しなければならないのだ。

高峰自身は、政治的な事情が絡《から》む事件を捜査するのは気が進まなかったが、死者が出たとなれば話は別だ。

これは捜査一課の――俺の事件だ。

現場は遠かった。世田谷区の外れ、少し歩くと狛江《こまえ》村に入る場所である。移動している間に、高峰の酔いはすっかり醒《さ》めていた。

現場に入ると、すっと気持ちが引き締まる。これは大変な事件だ――それをまず実感したのは、臭いである。単なる火災現場の臭いではなく、明らかに火薬臭が混じっている。高峰は嫌な記憶――空襲を思い出した。焼夷弾《しょういだん》が街を焼き尽くした後には、これとよく似た臭いが満ちていた。

現場はかなり混乱していた。パトカーも到着して、制服警官が現場を封鎖しているものの、野次馬がパトカーに鈴なりになるほどの騒ぎだった。この辺はまだ田園地帯と言ってよく、どこからこれだけたくさんの人が湧《わ》き出てきたのだろうと、高峰はまずそれを不思議に思った。

「高峰」

太い声に振り向くと、熊崎がこちらへ向かって来るところだった。高峰は素早く一礼した。熊崎が立ち止まり、目を細めて鼻をひくつかせた。

「酒は大丈夫そうだな」

「驚いて抜けました」

「結構だ」熊崎がうなずく。「所轄《しょかつ》とうちの係が総出になっている。まず、目撃者探しだ」

「この辺にはあまり家もないんですね」高峰は周囲をぐるりと見回した。聞き込みには苦労しそうだ。

「周りはほとんど畑だからな」熊崎が同意してうなずく。

「事件の概要を先に教えてくれませんか？」

「こっちへ来い」

熊崎が、高峰を一台のパトカーの方へ引っ張って行った。ヘッドライトの明かりを頼りにすれば、手帳に書き込みをするのも楽――厳しい割に、細かい気遣いのある人なのだ。

「発生は午後九時半頃。通報は四十五分だった。こちらに連絡が入って来たのが十時ちょうどだ」

高峰は腕時計――去年、薄給の中から二千円を捻り出して買ったシチズンだ――を確認してからうなずいた。自分が連絡を受けたのは、その直後である。

「被害者は……駐在巡査ですか？」

自分と同い年か。知り合いかもしれないと頭の中で名前を転がしてみたが、記憶にない。

「伊沢長太郎《いざわちょうたろう》巡査、三十五歳」熊崎が、字解《じと》きをする。

「ご家族は？」

「奥さんと子ども二人。幸い、三人は近くの知り合いの家に行っていて無事だった」

高峰はほっと息を吐いたが、残された家族の今後を考えると、すぐに暗い気分にな

った。戦争では多くの人が犠牲になり、一家の大黒柱を失って途方に暮れた人も多か

った——数年前、自分の周辺で起きた多くの不幸を思い出してしまう。

「勤務中ではなかったんですね？」

「ああ。奥の住宅で休んでいた。現場の様子から見て、爆発物は駐在所ではなく、住

宅の方に仕かけられていたようだ」

「確実に伊沢巡査を殺そうとしたみたいですね。犯人は、この時間には伊沢巡査が駐

在所ではなく、奥の住宅にいることを知っていた……」

「おそらくな」再びうなずいた熊崎の顔からは、血の気が抜けている。

「極めて悪質です」

「その通りだ」

「個人的な恨みの可能性もありますよね」

それならまだ、捜査はやりやすい。普段の仕事ぶりや交友関係を調べていけば、確実に容疑者にたどり着けるだろう。しかし熊崎は、渋い表情を崩さない。高峰の説を買っていないのは明らかだった。

「……共産党ですか？」

高峰は声を潜《ひそ》めて訊ねた。熊崎が無言で首を横に振る。もっともこれは、否定ではない――まだ判断できるだけの材料がないのだろう。熊崎は慎重な男だ。

なおも質問を重ねようとした瞬間、高峰の視界に意外な人物が入ってきた。海老沢？　現場に滑りこんできた車のドアが開き、海老沢が素早く降りて来る。周囲を慎重に見回しながら、駐在所に近づいた。

「公安課――公安一課が来てますね」高峰は指摘した。大規模な組織改編と異動があったばかりで、海老沢の所属部署は「警備第二部公安一課」になっていた。

「ああ。俺たちより早く到着した連中もいたらしい」

「となると、やはり共産党の犯行……」

「それも視野に入れておこう。公安と主導権争いになるかもしれんな」熊崎が顎にぐっと力を入れた。「とにかく現場を見ておけ」

「了解です……それで、もう一人の犠牲者は誰ですか？」

「分からん」

「身元不明ですか？　こんな町外れを夜遅い時間に歩いているのは、近所の人ぐらいしかいないはずですが」

「近くに印刷会社がある。遅くまで仕事していた可能性もあるから、そちらへはもう刑事を向かわせた」

「俺は――」

「聞き込みで目撃者を探せ。目撃者が出てくれれば、被害者の身元の手がかりになるだろう」

「分かりました」

その時、初老の男が二人に近づいてきて、遠慮がちに「警察の人ですか」と訊ねた。

「そうです」熊崎が応対する。

「町内会長の松尾《まつお》と言いますが、一体何があったんですか」

「今、調べています」熊崎が素っ気なく答える。

「伊沢さんは無事なんですか？」

熊崎が、一瞬高峰の顔を見た。こちらに判断を委《ゆだ》ねられても……高峰が首を横に振ると、松尾という男が気色《けしき》ばんで詰め寄って来た。

「亡くなったのか！」

「確認中です」高峰は低い声で答えた。今はこう言うしかない。

「伊沢さんが……嘘《うそ》だろう？　町内会の大事な仲間なんだぞ！」

熊崎が、近くにいた制服警官に目配《めくば》せした。中年の警官が素早く近づいて来て、松尾の腕に手をかけ、二人から引き離す。松尾は抵抗しなかったが、視線はずっと高峰に絡みついたままだった。

「近所の人にも慕《した》われていたようですね」高峰は言った。

「ああ。ここにもう三年もいたからな……駐在巡査の手本みたいな男なんだろう。無念は晴らしてやらないとな。行け！」

現場には規制線が張られていたが、野次馬が密集しているために、そちらへ近づくだけでも一苦労だった。高峰は野次馬をかき分け、何とか規制線の内側に入った。駐在所は道路に面したコンクリート造りの建物だが、それも側面——住宅に近い方の壁が黒焦《こ》げになり、一部は崩落している。下手したら、駐在所の建物ごと吹き飛ばされていたかもしれない。隣家は少し離れており、そちらに被害が及ばなかったのは不幸中の幸いだった。

住宅の方は、玄関と思《おぼ》しき場所を中心に激しく燃えていた。屋根は吹き飛んで建物はほぼ崩壊し、瓦礫《がれき》の向こうに台所らしき場所の残骸《ざんがい》が見えている。家族がいたら、全員亡くなっていたかもしれない。高峰は顔から血の気が引くのを感じた。この犯人は本気だ。まがうことなき殺意を持って爆弾を仕かけた——。

現場には、特有の臭いがまだ濃く漂っている。火炎瓶《かえんびん》ではないはずだ。火炎瓶はあくまで炎を高く燃え上がらせるだけで、爆発まではしない。これだけの爆発力を持つものといえば、まずダイナマイトが想起される。山奥の工事現場などは管理も甘そうだから、そこから盗まれた可能性も考えねばなるまい。

ざっと現場を見て回り、すぐに近所の聞き込みに回った。初動段階では組織立った動きは難しく、あちこちで「もう話を聴かれた」と渋い顔をされたが、構わず馬力をかけて聞き込みを続ける。別の人間が聴けば、別の話が出てくることもあるのだ。

ようやく、路上で爆発に遭遇《そうぐう》した増子猛男という男を見つけ出した。高峰と同年輩。怪我こそなかったものの、爆音で耳がおかしくなってしまい、大声を出さないと会話が成立しない。

いわく、酒を呑んだ帰りに駐在所の前を通りかかったら、いきなり爆発した。爆発は二回。腰を抜かしてしまい、家まで這うように逃げ帰るしかできなかった。いえ、怪しい人は見ていません——爆発の瞬間の様子はそれなりに分かったが、あまり役にたつ情報ではない。

現場に着いてから一時間……既に日付は変わっている。しかし気合いが入っているせいか、眠気も疲れも感じなかった。野次馬の数は一向に減らず、本来静かなはずのこの町の騒動は、しばらく収まりそうにない。

注意して見ると、警察官に混じって新聞記者も聞き込みをしている。その中に、「東日」の腕章をした記者を見つけた。しかし、東日新聞の警視庁担当記者や方面回りの若手ではない……そういう連中の顔と名前は把握している。『東日ウィークリー』の記者か？　どうしてこんなに早い？　『美山』で、小嶋に気づかれたのだろうか？　小嶋と会う時は、自分の仕事には触れず、映画や芝居の話ばかりするようにしているのだが。

途中、海老沢とすれ違った。やはり公安も力を入れているのだろう。海老沢は普段、現場を担当していないはずだが……。

「お前もか？」

声をかけたが、海老沢は無言で目を逸《そ》らしてしまった。ここでは俺と話ができないのか？　違和感を覚えながら、海老沢の背中を見送る。その背中は、何も語っていなかった。長年の友が、突然見ず知らずの他人になってしまったようだった。

2

こいつは面倒なことになる、と海老沢は気を引き締めた。

「革命軍ですか」

「そうだ」公安一課総務係の係長、生方《うぶかた》が低い声で答える。

「所轄に電話で通告があった、と」

「それも、爆発の一分前だ」

「それでは通告にはなりませんね」

海老沢が指摘すると、生方が渋い表情を浮かべてうなずいた。犯行予告があるのは、犯人が「一般市民は巻きこみたくない」と考えるからだ。あくまで自分の力を誇示するにとどめたい……その場合、近くの人に逃げる時間を与えるために、爆破予定時刻からそれなりに余裕を持って通告するだろう。だが、一分前では何もできない。そもそも、署から駐在所に警告は届いていたのだろうか。いたずらか何かだと判断して連絡を怠《おこた》っていたとしたら、世田谷西署の重大な失態である。

「革命軍がここまで大きな事件を起こすことは、想定していませんでした」

海老沢は正直に打ち明けた。革命軍を担当しているのは自分たち総務係ではなく三係なのだが……人任せにはしておけない。今回は、駐在所が爆破された大事件なので、特別に課内筆頭部署である総務係が、初動捜査の主導権を握ることになった。

本来、総務係の一番大きな仕事は共産党本体の監視だ。さらにそれぞれの係から上がってくる情報の整理・分析も担当している。つまり、左翼・右翼の全体像を摑み、他の係を指導する公安一課のトップ部署なのだ。海老沢は整理・分析部門の担当——実質的な責任者になっている。悩みのタネは、他の係が情報を完全に上げてこないことだ。自分たちが掴んだ情報は自分たちだけのものにする——これは戦前の特高のやり方そのものである。

「革命軍は、確実に戦力を増大させていたようだな。とにかくこれは、警察に対する重大な挑戦だ。何としても、早く犯人逮捕にこぎつけないといかん」生方が厳しい表情を浮かべた。「治安維持法が撤廃されてから、たった七年だぞ？　七年で、共産党がここまで勢力を盛り返すと思っていたか？」

「革命軍は、現在の共産党とは直接関係ありません」海老沢は訂正した。「共産党も、正式に無関係だと表明しています」

「それは表向きの話だ。裏では繫《つな》がっている可能性もある」

「……犯人を捕まえてみないと、何とも言えませんね」

「そうだな。とにかく、犯人逮捕が急務だ」

二人は、現場での捜査からはすぐに外れた。生方自らがパトカーのハンドルを握り、世田谷西署に向かう。まず、現場を担当している署の公安係にきちんと話を聴く必要があった。

「しかし、何だな」急にくだけた口調で生方が言った。「さすがにこれは、すぐ捕まるだろう」

「そうであって欲しいですね」

「革命軍は、やり方は過激だが、基本的には素人だ。逃げ切れるはずがない」

「いや、舐《な》めない方がいいと思います」海老沢は忠告した。「青梅《おうめ》事件を忘れてはいけません」

「……そうだな」

今年二月に発生した国鉄青梅線の貨車暴走事件では、共産党の犯行が疑われ、かなりの人数の公安課員が捜査に投入されたが、未だ犯人の逮捕には至っていない。

「三鷹《みたか》事件の教訓もあります」

「嫌なことを言うな」

一九四九年、国鉄三鷹駅で発生した列車の暴走事件では、六人の犠牲者が出た。警察では共産党員など十数人を逮捕したものの、結果的に有罪判決を受けたのは、非共産党員の元運転士一人だけで、共産党員には全員無罪判決が出ていた。警察にすれば明らかな「敗北」であり失態だ。海老沢はこの事件の捜査を直接は担当しなかったが、無罪判決の一報を受けた時に課内を覆い尽くしたどんよりとした雰囲気は、今でも忘れられない。

「とにかく慎重に、かつ迅速《じんそく》に解決しないとな」

「先ほどの話ですが……捜査一課の連中とは協力しないんですか？」生方からは、現場に着いた早々、「捜査一課とは接触するな」と指示があった。これはあくまで公安一課の事件であり、連中に情報を渡す必要はない、ということだった。

「それはあり得ない」生方が即座に否定した。「これは我々の担当だ。微妙な政治的問題もあるから、捜査一課には渡さない——あいつらに処理できるわけがないだろう」

「それはそうですね」と相槌《あいづち》を打ちながら、海老沢は先ほど現場で会った高峰の顔を思い出していた。あいつはいつも通り……事件となれば、状況を鑑《かんが》みずに突っこんでいく。そんな男を止められるだろうか。

それに、小嶋も面倒だ。酔って寝ていたはずなのに、自分と高峰のやり取りを密《ひそ》かに聞いていたに違いない。高峰に続いて、急に慌てて店を出て行った。あの後、同僚にすぐ連絡したのだろう。実際現場では、『東日ウィークリー』の記者を見かけた。普通なら、報道陣——雑誌の記者たちは、あんなに早く現場には来ない。

世田谷も西の方へ来ると、東京とは思えない田舎《いなか》になる。畑が広がり、ところどころに民家が建っているだけだ。世田谷西署がある小田急線の線路沿いでも、日付が変わるこの時間になると、歩いている人はほとんどいない。海老沢の自宅もこの近くにある。空襲の被害に遭った後、半分焼けた家で不便をかこちながら暮らしていたのだが、警視庁に復職した後、思い切って小田急線の祖師《そし》ヶ谷《や》大蔵《おおくら》駅──世田谷西署の最寄《もより》駅でもある──近くに引っ越していた。警視庁へ通うにはずいぶん時間がかかるようになったが、静かな環境は気に入っている。しかし今回は、自宅近くで大きな事件が起きてしまったわけだ。

木造二階建ての世田谷西署の庁舎は二年前に完成したばかりで、まだ真新しい。内部も綺麗《きれい》で、戦争が過去になりつつあることを意識させられた。

事件発生直後ということで、署の周囲はごった返している。近くに住む署員には動員がかかったはずだし、新聞社の車も署の前に連《つら》なって停まっている。記者連中に摑まると何かと面倒だ……その辺は生方も心得ていて、裏口に車を回した。車を降りると、海老沢は背筋を伸ばした。現場には滅多《めった》に出ないので、緊張で背中や肩が凝《こ》り固まっている。

裏口から署内に入ると、一階は人で一杯だった。警察の人間か報道関係者か分からぬまま、人混みをかき分けて二階に向かう。こちらは一階ほどは混雑しておらず、無事に公安係の部屋に辿《たど》り着いた。

建物は真新しいものの、公安係の部屋は物置のような狭さだった。戦後、共産党への監視は再び厳しくなってきたが、場所によって「色合い」に差はある。共産党の活動が盛んなのは、大学や大企業の本社がある都心部だ。そういう場所にある所轄では公安係の人員も多く、それなりに大きな部屋を与えられている。しかし世田谷西署管内は基本的に静かなので、公安担当は数人しかいないはずだ。

井本《いもと》係長は四十代半ばで、やはり特高上がり、生方の直接の後輩に当たる。実際、公安一課員のほとんどは、戦前は特高に在籍していた人間なのだ。対象の監視や捜査などの手法は、当時のものをそのまま引き継いでいる……海老沢は時折、自分が異端児だと感じることがあった。特高に籍は置いていたものの、共産党の監視や弾圧には直接関わっていなかったからだ。保安課に出向して、日々芝居や映画の台本を読み、不適切な箇所《かしょ》に朱筆を入れる——戦後も似たような毎日だ。現場に出る機会は少なく、各係から上がってくる資料の整理・分析を任されている。

狭い公安係の部屋は混み合っていて、井本も立ったままだった。生方を見ると、疲れた表情を浮かべてうなずきかける。自分の足元でこんなとんでもない事件が起きて、井本は極度の緊張を強《し》いられたのだろう。生方は人混みをかき分けるように井本に近づき「状況は？」と訊ねた。

「今のところは何とも」井本が力なく首を横に振った。

「目処《めど》もついていないのか？」生方の目つきが鋭くなった。「革命軍の主要メンバーは、ほぼ把握しているはずだぞ。こちらの管内に住んでいる人間は分かってるだろう」

「管内には二人います」井本が認めた。「しかし、連中は居住地では問題を起こしませんよ。目立ちますからね」

「一般的にはそうだが、今は特別な事態だ。そいつらは本隊の人間なんだな？」

「ええ、そう見ています」

革命軍は、「本隊」と「シンパ」に分かれている。「本隊」は専従の活動家で、「シンパ」は一般の企業などに勤めながら、金銭的な援助を行う。「シンパ」の人間は、先鋭的な組合活動家がほとんどだ。いや、「本隊」によって先鋭化させられた、と言うべきか。

「監視は？」生方が語気鋭く迫《せま》った。

「つけています。いつでも引っ張れます」

「今はまだいい。監視続行だ。それより……」生方が、嫌そうな表情を浮かべて狭い室内を見回した。「ここは狭過ぎる。これでは打ち合わせもできん。何とかならんか」

「場所を移そうかと思いますが」

「この署に適当な場所があるのか？　捜査一課の連中もいるぞ。奴らと道場を分け合うわけにはいかん」

「隣の世田谷南署を借りる予定になっています」

「向こうには通告済みか？」

「ええ。道場を押さえてくれました」

「結構だ」生方がうなずく。「世田谷南署で仮眠を取って、明日から本格的な捜査開始だ。管内在住の革命軍とそのシンパに関しては、今から二十四時間体制で監視を続行。それは所轄に任せて大丈夫だな？」

生方がテキパキと指示を与えると、井本が緊張した口調で「はい」と答えた。公安の指示系統は通常の警察のそれとは違い、やはり戦前の特高に近い。本部の指示は、通常の刑事警察のそれよりずっと強いのだ。

打ち合わせは立ったまま行われた。中心になったのはやはり生方。厳しいというか頼もしいというか……生方は特高にいた時に徴兵され、中国で二年ほど戦った。復員して十年以上経つのだが、軍隊での二年間の経験が彼の警察官人生に大きな影響を与えたのは間違いないようだ。命令に絶対服従の軍隊式のやり方を、警察にも持ちこんでいる。どんな壁があっても「前進しろ」と命じられれば、「ぶち破りますか、それとも飛び越えますか？」と聞き返す――若い頃はそういう勢いで上司に気に入られ、戦後、公安に復帰してからは上に立って部下を鍛え上げてきた。

生方は、事件の流れについて改めて説明した。所轄への予告電話、爆発――革命軍の犯行にほぼ間違いないと断定する。

「爆発物が特定できれば、革命軍の犯行だと裏づけられるだろう。全員、『春の風』

の内容を精査しておいてくれ」

海老沢は自然にうなずいた。「春の風」——詩集のような題名だが、中身は革命軍の間で流布《るふ》している「武器読本」である。数種類の爆弾の製造方法も記載されていた。本当に革命軍の犯行なら、今回もそれが使われた可能性がある。

「当面の捜査方針は、現場での聞き込み、革命軍の監視強化だ。それと、捜査一課も現場に入っているが、協力する必要は一切ない。革命軍からの電話予告についても、捜査一課はまだ知らないはずだから、情報が漏れないようにしろ。我々の事件を捜査一課に渡すわけにはいかん。奴らは近視眼的にしか仕事ができないが、これは革命の前触れだ。体制に対する挑戦だ。当然、捜査を担当するのは我々になる」

返事はない……これが公安の特徴だった。捜査一課の場合、課長が檄《げき》を飛ばすと、刑事たちが「おう」と声を揃《そろ》えて気合いを入れたりするそうだが、公安ではそういうことはない。静かに潜行する——そのためにはまず大声を出さないのが肝要、という感じなのだ。

「以降、本部公安一課は世田谷南署に移動し、そちらに捜査本部を置く——以上だ。ただちに移動しろ」

しかし、刑事たちはすぐには動き出さなかった。狭い部屋に入ってきた一人の男が、その場の空気を凍りつかせたのだ。

「市川《いちかわ》課長……」生方がつぶやく。

「ご苦労」

市川は立ったまま、素早くうなずいた。戦前、高等文官試験に合格して内務省に勤務し、戦後は警察官僚になっていた。現在は国警から警視庁に出向中で、現場に出ることはあまりない。それだけに、今回の事件を重視しているのが分かった。海老沢はほとんど会話を交わしたことはないのだが、見た目からして厳しそうな男である。眼鏡の奥の細く鋭い目、尖った顎、薄い唇……話す時も、あまり口を開かない。

「これは大変な事件だ。世情騒がしき折、一刻も早い解決が望ましい。諸君らには厳しい仕事になると思うが、全力を尽くして取り組んでくれ……生方係長、捜査の方針は？」

生方が緊張しきった口調で説明した。市川は瞬《まばた》きもせずに聞き、生方が話し終えたところでうなずき、「結構だ」と短く言った。

「では、早速捜査に取りかかってくれ」

課長自らの指示にもやはり返事はなく、刑事たちがぞろぞろと出て行く。本部から乗って来た車だけで、全員を一度に運び切れるだろうか。

「運転は任せていいな？」生方が訊ねる。

「はい」

車の鍵を受け取り、運転席に座って座席を調整した。ゆっくり深呼吸を繰り返してから発進させる。酔いはない。三人一緒に酒場に入っても、最近の海老沢はほとんど酒を呑まないのだ。今夜も二人につき合ってちびちびやっていただけである。現場の緊張に晒《さら》され、今は完全に素面《しらふ》だった。

夜――世田谷西部は静かで、車もほとんど通らない。目の前を何かが過《よ》ぎり、思わずブレーキを踏んだ――たぶん、コウモリだろう。鼓動が落ち着くのを待って、海老沢は腕時計をちらりと見て時刻を確認した。午前一時。

「お前には一つ、特に注力してもらいたいことがある」煙草に火を点けながら、生方が言った。

「はい」

海老沢は窓を開けたかったが我慢した。係長が吸い始めたところで窓を開けたら失礼に当たるだろう。戦後の混乱期の中で、煙草は吸ったり吸わなかったり……海老沢は結局、吸わない道を選んだ。そして禁煙してからは、他人の煙草の煙が妙に気にかかるようになっている。

「犠牲者が二人いる。一人は伊沢巡査。しかしもう一人の身元がまだ不明だ」

「はい……遺体は今、どこなんですか」

「世田谷西署だ」

だったら、西署にいるうちに確認しておけばよかった——それを告げると、生方が渋い表情で「遺体は捜査一課の連中が押さえている。うちの連中は簡単に見ただけだ」と打ち明けた。

「そうですか」

「明日には解剖に回されるだろうが、遺体を見ても何かが分かるわけでもあるまい。身元につながるような物は何も持っていなかったそうだ。それに、爆発で相当ひどい状態になっている」

「そんなに、ですか？」

「ああ」生方がうなずく。「左手は肘《ひじ》から先が吹き飛んでいた。左足も、膝《ひざ》から下がちぎれかけている。頭部も滅茶苦茶で、顔をちゃんと確認するのも難しい。ほぼ即死状態だっただろう」

「そうですか……」確かに、そういう遺体をきっちり調べるのは気が進まない。

「それにこれは、一応殺しだ。捜査一課がむきになって、自分たちの事件だと主張するのも理解できる」

この会話が、海老沢の嫌な記憶を呼び覚ました。戦前、人気俳優による連続殺人事件が、捜査もされずに隠蔽《いんぺい》されたことがある。空襲下での「民心安定」のためという大義だったが、あの事件で高峰は本当に苦労した——そして、裏で糸を引いていたのは特高だったのだ。それでも高峰の活躍で事件は戦後無事に解決し、彼は「若き名刑事」と評されるようになった。

その高峰に対して、海老沢は未だに「申し訳ない」という後ろめたい気持ちを抱いている。自分が隠蔽に手を貸したわけではないが、所属していた特高がやったのは間違いないのだから。

「身元不明の遺体に関しては、一課も独自に捜査を進めるだろう。しかし、連中に主導権を渡してはいけない。捜査一課の連中が革命軍に手を突っこんで調べるようなことになったら、こっちの面子《メンツ》は丸潰《まるつぶ》れだ」

「あまり心配する必要はないんじゃないでしょうか。捜査一課には、革命軍や共産党に対する知識や捜査の手法がありません」

「だからこそ怖いんだ。何も知らない乱暴者たちが革命軍を調べ始めたら、何が起きるか分からん」

「そうですね」

海老沢はうなずき、ハンドルを握る手に力を入れた。当然捜査はしなければならないのだが、敵は身内にもいるわけか……普段よりもずっとやりにくくなるだろう。

西署を離れるとすぐに、戦前からここにある映画撮影所の近くを通り過ぎる。高峰が担当したあの連続殺人事件の捜査に手を貸した時、海老沢もここを訪れた。あの事件の犯人は、劇団「昭和座《しょうわざ》」の二枚目俳優だった。彼が逮捕されたために、結果的に昭和座は活動停止に追いこまれ、座長の霧島《きりしま》は二年ほど謹慎《きんしん》した。その後活動を再開したのだが、仕事の中心は舞台から映画へ移った。事件発覚前と違って、脇に回った老《ふ》け役が多くなっている……実際、霧島は事件で苦労したせいか、実生活でもすっかり老けこんでしまったという噂を海老沢は聞いていた。

二十分ほどで世田谷南署に到着した。当直に入って静まり返っていたが、副署長は自席についている。生方と一緒に挨拶した。副署長は淡々と応じてくれたが、その顔に一瞬不快げな表情が浮かぶのを、海老沢はすぐに読み取った。公安の連中が土足で入りこんできて、好き勝手にやっている、とでも思っているのだろう。もちろん、所轄には何も言う権利はないのだが。

南署の庁舎は戦前に建てられた木造二階建てで、いかにも手狭な感じがする。しかし、戦前の庁舎が残っているということは、この辺りは空襲被害を免《まぬか》れたわけだ……海老沢たち都心に住んでいた人間の多くは、空襲で家を失ったのに。

道場には、既に公安一課の刑事たちが集合していた。今夜はもうやれることはない——畳の上に布団を並べて寝るだけだ。海老沢は窓に近づき、外の暗闇をじっと見つめた。この辺りには、古い家がそのまま残っている。道は狭く、朝の通学時間帯に子どもたちの元気な声が響き渡ることは想像できた。自分には家庭もなく一人暮らし……妹は例の連続殺人事件に巻きこまれて殺され、母親も二年前に病死した。戦時中に知り合った女性と結婚した高峰を羨《うらや》ましく思うこともある。あいつは家に帰れば、妻、婦人警官として警視庁で働いている妹、それに病気がちだが両親も出迎えてくれる。海老沢は家に戻っても一人きり……静かな暮らしは性に合っているが、冬など、冷えこむ部屋に入るのが辛くてならない。

シャツとズボンだけ脱いで布団に潜りこむ。明日からの捜査が非常に難しくなることは、簡単に想像できた。だがこれは、生方が指摘する通り、捜査一課ではなく公安一課の事件――捜査一課との間に生まれるであろう軋轢《あつれき》を考えると、どうしても目が冴えてしまう。

3

翌朝、簡単に打ち合わせをした後、海老沢たちは現場に出動した。当面の仕事は近所での聞き込み。慣れない仕事ではあるが、海老沢は楽観的に考えていた。もう一人の犠牲者の身元は、すぐに割れるだろう。あんな時間に住宅街を歩いているのは、近所の人としか考えられない。もしかしたら、所轄や捜査一課の連中が既《すで》に身元を割り出しているかもしれない。そうだったら、こちらとしてはどうすればいいのか……まあ、その時に考えればいいだろう。

道場を出る前に、生方から声をかけられた。生方も睡眠不足のはずなのに、何故かしゃきっとしている。自宅の柔らかい布団でたっぷり八時間眠り、美味《うま》い味噌《みそ》汁《しる》で朝飯を食べたような感じだった。

「打ち合わせの後に入ってきた情報だが……爆弾はやはり、『春の風』を参考に作ったもののようだ。あれに載っている『V1』と呼ばれる爆弾の製法に忠実に作ったらしい」

「もう分かったんですか？」海老沢は目を見開いた。

「重要事案だから、鑑識も大至急で調べたんだ……とにかくこれで、革命軍の犯行だということはほぼ確定だな」

「『春の風』が外部に流出している可能性はありませんか？　革命軍以外の誰かがそれを利用して、悪質な悪戯《いたずら》を仕かけたとか」

「あり得ん」生方が首を横に振った。「『春の風』は、革命軍の中でしか出回っていないはずだ。それにあの爆発は、悪戯とは言えない」

「すみません。革命軍の情報は、あまり入ってきていないんです。三係は非協力的で……」

「それは分かっている。三係は隠し事が多くていけない……とにかくこれを機に、革命軍についての情報収集と整理を強化しよう。今、革命軍は日本で一番危険だ。主張があまりにも過激過ぎて、共産党からも除名されたぐらいで、共産党本体とも対立している。要するに、四方八方が敵だらけなんだ。自棄《やけ》を起こして今回のような事件を起こしても、不自然でも何でもない……総務係が直接捜査するわけではないが、もうすこし情報は把握しておくべきだった」

「はい」

「とにかく今は、もう一人の身元割り出しに全力を尽くしてくれ」

「分かりました」

「打ち合わせで割り振った聞き込みの担当だが……念のために、二人一組でやった方がいいな。若い奴が一人いるから、そいつを自由に使え」

「誰ですか？」

「川合《かわい》だ」

「ああ」革命軍を担当する三係の刑事だ。普段はほとんど接触がなく、印象も薄い。辛《かろ》うじて顔と名前が一致するぐらいだった。公安一課もいつの間にか大所帯になっている。今回の組織改編で、さらに人は増えた。

「奴はもう現場に向かったから、向こうで落ち合ってくれ。お前もそろそろ、下の人間を上手く使うようにならないとな。幹部候補として期待してるぞ」

らなかったが。

「分かりました」偉くなれ――最近、複数の上司からよくそう言われる。真意は分か

車で署を出る。腹は減ったまま――朝飯は用意されていなかった。終戦から七年、最近は外食にも不自由しなくなってきたが、南署は住宅街にあるので、食事ができそうな店はないかもしれない……しかしすぐに、近くの小学校の脇に小さなパン屋があるのに気づいた。まだ新しい店で、店先のガラスケースにはパンが並んでいる。これはいい。南署で仕事をする時には、ここで朝飯を食べればいいだろう。海老沢は店の前で車を停め、ガラスケースを覗《のぞ》きこんだ。アンパン、ジャムパンなど子どもが喜びそうなパンも美味そうだったが、朝から甘いパンはきつい。結局、カレーパン二つと牛乳を買って、店先で立ち食いした。考えてみれば昨夜もろくに食事を摂《と》っておらず、カレーパンの甘辛さで食欲が激しく刺激される。

「お客さん、この辺の人じゃないよね？」パンを売ってくれた店主が話しかけてきた。長い顔に呑気そうな表情……いかにも話し好きな感じだ。

「ああ、ちょっと仕事で……このパン、美味いですね」

「そりゃどうも。うちのパンはどれも美味いよ」

「一番のお勧めは何ですか？」

「アンパンだね。うちのアンパンは、あんこが違うから」

「じゃあ、今度はアンパンにしてみます」

二つ目のカレーパンを急いで食べ終え、牛乳で流しこむ。こういう会話は気楽でいいのだが、自分の正体を知られたら困る。警察官というだけならともかく、公安の刑事というのは……これでは戦前と一緒だ、と海老沢は一人苦笑した。戦前は、警備第二部の実質的な前身である特高に籍を置いていることを、家族にも教えていなかった。

そそくさと車に乗りこみ、思い切りアクセルを踏みこんでパン屋から離れる。何だかほっとした……こそこそしているようで、情けない感じもしたが。

朝なので車も多く、裏道を通っても三十分近くかかってしまった。昨夜の喧騒《けんそう》は薄れているものの、まだ物々しい雰囲気……駐在所と裏の住宅の周囲には規制線が張られたままで、所轄の制服警官が厳しい表情で立って警戒していた。

川合は……見当たらない。そもそも昨夜、現場に来ていたのだろうか。もしかしたら今朝呼び出されて、今になってのんびりこちらに向かっているのかもしれない。革命軍の担当なのに、そんないい加減なことでいいのか？

仕方なく、一人で聞き込みを始めた。普段こういう捜査はあまりしないのだが、基本は身につけている。大事なのは、図々《ずうずう》しくなることだ。事件が起きると、近所の人たちは警戒し、警察とまともに話をしようとしない。そこへしつこく突っこみ、とにかくこちらの知りたい情報を引き出すのだ。

しかし今回は、非常にやりにくい。昨夜から、所轄の刑事課と本部の捜査一課が絨《じゅう》毯《たん》爆撃で聞き込みをしているので、どこへ行っても「またか」という顔をされてしまう。これが一番困る。警察に好意的、協力的な人でも、何度も同じことを聴かれるとさすがに面倒になるものなのだ。

「いや、何も見てないですよ」

三軒目が、町内会長の松尾の家だった。愛想の良さそうな男だが、事件の話になると表情が暗くなり、答えも素っ気ない。

「この辺では人が歩いている時間じゃないと思いますが……夜九時半頃です」

「九時半だと——そうだね。人は見かけない」松尾が髪を撫でつける。「近所の人と話したけど、特にいなくなってる人もいないんだ」

「この辺だと、新しく引っ越して来た人も多いんじゃないですか？　近所づき合いがない人がいてもおかしくないと思いますが」

「いやいや、基本的には顔見知りばかりですよ。この町内会で、事件に巻きこまれたり、行方不明になった人がいれば、すぐに分かります」

自信溢《あふ》れる松尾の態度を見ると、それ以上突っこめなくなってしまう。海老沢は、自分の名刺に南署の電話番号を鉛筆で書きつけて渡した。

「今は、こちらに詰めていますので……何か分かったら電話してもらえますか？」

「さっきも別の刑事さんが来て、同じようなことを聴いて行ったけど」松尾が不審げな表情を浮かべて言った。

「重大事件なので、何人もの人間が現場に入っています。煩《わずら》わしい思いをさせたら、申し訳ありません」

軽く頭を下げて、海老沢はその場を辞した。余計な説明はできないし、さっさと謝罪してしまうのが一番だ。

「海老沢」聞き慣れた声に振り向くと、小嶋が緊張した面持ちで立っていた。海老沢は慌てて彼の腕を摑み、民家の陰に引っ張っていった。

「こんなところで声をかけないでくれ——だいたいお前、何でここにいるんだよ。担当が違うだろう」

「うちも人手が足りないんだよ」

「勘弁してくれ」海老沢は本気で頼みこんだ。「お前と話しているところをうちの連中に見られたら、まずい」

「そうか……で、この事件、どういう読みなんだ」

「僕に聞かないでくれ」

「ふうん」小嶋が目を細めた。「俺にもそろそろいいことがあってもいいよな」

皮肉っぽい台詞《せりふ》に、海老沢はちくりと胸が痛むのを感じた。親友同士三人のうち、小嶋だけが出征した。戦争に行くか行かないかは自分で決められることではなかったが……出征して以降、小嶋は不運続きである。海老沢はそれに対して密かに負い目を感じていた。小嶋もそれを意識していて、何か情報を寄越《よこ》せと頻繁《ひんぱん》に要求してくる――元々、こんな図々しい人間ではなかったのだが。

「ま、とにかくよろしく頼むよ。俺も仕事なんでさ」

海老沢が言い返す前に、小嶋はさっさと立ち去ってしまった。

「海老沢さん」

声をかけられ、びくりとして振り向く。目の前に川合がいた。小柄で、少年のような顔つき……戦前から警視庁に奉職していて、海老沢とは一歳しか違わないのだが、まるで中学生のように見える。小嶋と一緒にいるところを見られただろうかと心配になった。

「今朝、声がかかったのか?」訊ねた声はかすれてしまった。

「ええ。昨夜は置き去りですよ」さして悔しそうでもない口調で川合が言った。

「昨夜は別に、やることもなかった。時間が遅かったからな」

「じゃあ、ゆっくり寝られた分、俺はついてたんですね」

「まあ……」海老沢は返事を濁した。何とも反応しにくい発言だ。

「まず、被害者の身元確認ですね？」

「ああ」

「何か分かりました？」

「まださっぱりだな」海老沢は肩をすくめた。

「面倒臭そうな聞き込みですねえ」川合が耳を引っ張った。「無駄足になりそうだな」

「いや、絶対に身元は分かるよ。夜の九時半過ぎにこんなところを歩いているのは、地元の住人ぐらいだろう？」

「住人じゃなくて、この辺りで働いている人かもしれませんよ。近くに印刷工場がありますす」

それは知らなかった。川合は、ここへ来るまでに独自に予習してきたようである。

「ああ」

「残業していた人が、喜多見駅に向かっていたとか……方向的には合ってますよね」

「その印刷会社、調べてみます？」

「いや、まずは近所をしっかり回ろう」川合の指摘は、いい線を突いているようで的外れだ、と海老沢は思った。会社なら、今朝社員が出勤していない時点で騒ぎになり、事件と結びつけて警察に届け出る可能性が高い。今は、午前九時半——印刷会社は、既に動き出しているはずだ。

二人は並んで歩き出した。念のため、印刷会社の件を川合に訊ねてみた。海老沢はこの会社の情報を持っていない。

「どれぐらいの規模の会社なんだ？」

「社員六十人だそうですから、中規模っていうところですかね。とにかく忙しいらしいですよ。新しい工場も作っているそうだから、景気もいいみたいですね」

「組合活動は？」

「いろいろあるようですよ」

「いろいろって？」

海老沢は歩みを止めた。二、三歩先に行った川合が立ち止まって振り返り、軽い口調で「いろいろはいろいろですよ」と言った。

何だかふざけた野郎だ……むっとしたが、海老沢は何も言わなかった。ここで内輪揉《も》めをしている余裕はない。

二人揃って聞き込みをしてみたが、犠牲者の身元につながるような情報は一切出てこなかった。となると、この町の人間ではないかもしれない……もしもそうなら捜査範囲は一気に広がり、身元の特定には時間がかかるだろう。

昼まで聞き込みを続け、海老沢は唐突に疲労を感じた。何しろ昨夜もあまり寝ていないし、普段やらない仕事なので緊張もしている。海老沢は何となく、戦時中の雰囲気を思い出していた。特に終戦間際、毎日のように空襲警報が出ていた頃は、常に緊張感があって胃が痛かった。

「飯でも食いますか」川合は疲れも見せず、呑気な口調で言った。

「この辺には飯が食えるところもないぞ」

基本的には住宅地。それ以外には、かなり大きな畑が広がっており、聞き込みの最中にも、飲食店は見つけられなかった。

「喜多見の駅前に、食堂が何軒かありますよ。そこで駄目だったら、隣の成城学園前《せいじょうがくえんまえ》まで行ってもいいんじゃないですか」

「そこまでぶらぶらしている余裕はないぞ」

「そんなに切羽《せっぱ》詰まって苛《いら》ついてもしょうがないでしょう」川合はまったく焦っていない様子だった。「飯ぐらいちゃんと食べないと、午後は動けませんよ」

お前はろくに動いてないじゃないか……文句が喉元まで上がってきた。一緒に歩いているだけで、質問するのはほとんど海老沢の役目だった。しかし彼の言う通りで、何か食べないと午後は動けない。朝、重たいカレーパンを二つ食べたのに、既に胃は空っぽだった。

二人は、十分ほどかけて駅前まで出た。見つかった飲食店はたった二軒。一軒は定食屋、もう一軒はラーメン屋だった。

「どっちにする？　君の好みでいいぞ」海老沢は選択を川合に委ねた。

「じゃあ、ラーメンにしますか。今日は、四月にしては冷えますからねえ」

反対する理由はなかった。十二時半、店内はほぼ満員だったが、二人がけのテーブルが一つだけ空いていたのでそこに腰かけ、ラーメンを二つ、注文する。餃子《ギョーザ》も食べたいな……とふと思った。しっかり焦げ目をつけて焼き上げる鍋貼《なべはり》餃子は、戦後大流行している食べ物で、この店でもメニューにあった。しかしニンニクを強烈に利かせているはずだから、人と会う仕事の前には避けた方がいいだろう。

冷えた体にラーメンは最高だった。体も温まり、腹も膨《ふく》れ、食べ終えた後に飲んだ水がまた美味い。海老沢は一気に食べてしまったのだが、川合は味わうようにゆっくり箸を動かしている。海老沢を待たせていることなど、全然気にしていない様子だった。

ガラガラと音を立てて引き戸が開く。無意識に振り向くと、高峰が入って来るのが見えた。まずいな……高峰はすぐに近づいてきて、遠慮なしに「海老沢」と声をかけた。

海老沢はうなずいたものの、どうしようかと迷った。捜査一課に事件は渡さない——生方の強硬な態度を思い出した。それに従うとすれば、ここで話すのはまずいのだが、高峰は話したそうにしていた。実際高峰は、外へ出ろとばかりに顎をしゃくってみせた。結局立ち上がり、外へ出て行く彼の後に続く。

高峰は、戸を閉めるとすぐに煙草に火を点けた。少し冷たい空気に煙草の煙が混じり、香ばしい香りが漂う。箱を見て、高峰がピースを吸っているのに気づいた。いい名前だよな、と思う。ピース＝平和。

「公安一課は何を考えてるんだ？」高峰が低い声で訊ねる。

「何って？」

「こっちを完全に無視してるだろう。これだけの大事件だったら、協力して捜査するのが普通じゃねえか」

「管轄の問題では、僕には何も言えないよ」

「何だよ、その木で鼻をくくったような言い方は」高峰が憤然とした口調で言った。

「どうしてうちを避けてるんだ？」

「別に避けてないさ」

「いや、明らかにおかしい……うちに流してない情報があるんじゃねえか？」高峰が疑わしげに詰め寄ってきた。

「僕は、新聞に載っていることしか分からないよ」

「海老沢……」高峰が溜息《ためいき》をつく。「お前は、組織の論理に搦《から》め捕られないと思ってたけどな」

「それは、事件による」

「せめて俺たちは協力しようぜ。上は何を言うか分からねえが、現場で俺とお前が協力する分には問題ないだろう。誰にも言わなければいいんだから」

「簡単に言うなよ」

「人が二人も殺されてるんだぞ」高峰が凄《すご》んだ。「放っておいたら、また同じような事件が起きるかもしれねえ」

「それを防ぐのが僕たちの仕事だ」海老沢はうなずいた。

「起きてしまった事件に対応するのは、捜査一課の仕事だ」

高峰だって、自分の縄張りを主張している……しかし、半日動いて何も手がかりがない状況だと、誰かの助けも欲しくなる。それに高峰は、刑事として頼りになるのだ。海老沢は覚悟を決めて打ち明けた。

「もう一人の犠牲者――警官じゃない方の犠牲者の身元割り出しを任されている」

「そうか」高峰がうなずいた。

「今のところ、何の手がかりもない。この辺の人じゃないのかな」

「身元については、うちもまだ把握できてねえんだ。相当の人数を投入してるんだが」

「おかしな話だな……やっぱり、協力してやろうか」

「おう、頼むぜ」高峰が安心したように頬を緩ませた。

「そんなに困ってたのか？」

「いや、そうじゃねえよ。お前と一緒に仕事ができるのが嬉しいんだ」

そう言われても……しかし高峰は上機嫌で、煙草を道路に投げ捨てた。乱暴に踏みにじって消すと、「今晩はどこにいる？」と訊ねた。

「分からん。近いから家に帰るかもしれない」

「電話するよ——それまでに身元が分かっていれば、一番いいんだが」

「そうだな」

「じゃあな」

うなずき、高峰が足早に去って行った。結局ここでは食事はしなかった……もしかしたら僕を捜していたのだろうか、と海老沢は訝《いぶか》った。

音を立てて引き戸が開き、川合が出て来た。口の端で爪楊枝《つまようじ》をぶらぶらさせている。

「金、払っておきましたよ」

「ああ——悪いな」海老沢は尻ポケットから財布を抜いた。

「別にいいですよ。明日の昼飯を奢《おご》ってもらえれば」

「借りを作るのは嫌いなんだ」十円玉を三枚取り出し、差し出す。

「五円、多いですよ」

「それは奢りだ」

「そいつはどうも」

川合がひょいと頭を下げる。その些細《ささい》な仕草さえ、海老沢を不快に刺激した。こいつは基本的に、人を舐めているように見える。

「今の人、誰ですか？」

「ああ、同期だ」

「同期って……戦前の？　あの人も元特高ですか？」

「いや。今は捜査一課にいる」

「へえ。じゃあ、この辺で地べたを這いずり回ってるわけですか」

「お前、何言ってるんだ？」海老沢は川合に詰め寄った。「地べたを這いずり回ってるのは、僕たちも一緒だろうが」

「捜査一課とは違いますよ。あの連中は、背景も知らずにただ動いてるだけ……これは革命軍の犯行に決まってるんですから、正直、犠牲者が誰かなんてどうでもいいじゃないですか。むしろこの事件をきっかけに、奴らをどんどん引っ張ってくるべきなんだ。革命軍を潰すことの方がはるかに大事ですからね」

「犠牲者がどうでもいいって……」海老沢は呆気《あっけ》に取られ、言葉に詰まった。気を取り直し、ようやく文句をぶつける。「何言ってるんだ、お前。これは殺人事件なんだぞ」

「特定の相手を狙ったわけじゃないですし、殺人事件って言えるんですかね」

「人が二人も死んでるんだぞ！」海老沢は低く、しかしきつい声で叱りつけた。「殺人事件以外の何ものでもないだろうが」

「たまたまでしょう。駐在所の方はともかく、通りかかった人が死んだのは、単なる不運ですよね。ついてない人もいるってことでしょう」

「貴様……」

海老沢は川合にさらに詰め寄った。胸ぐらを摑んで一発張り倒してやりたかったが、川合はすっと引いた。しかし、このまま放置しておくわけにはいかない。

「下らないことを言ってる暇があるなら、指示された仕事をきちんとこなせ」

「こういう、傍流の仕事を指示されてもねえ」川合が首を横に振る。「革命軍の連中を引っ張るのがうちの係の仕事ですよ」

「そのうち、嫌でもそうなるだろう」

「まったく、こんなつまらない仕事はさっさと終わらせたいですね」

そのためには死ぬ気でやるしかない。お前は力の入れ方が分かっていないんだ——説教する気にもなれなかった。

帰宅は午前零時を過ぎた。小田急線の最寄り駅から家までは歩いて十分ほど。街灯の灯りは頼りなく、時に頭上を暗い影が猛スピードで飛び去って行く――コウモリだ。この辺では夜中に見かけることも少なくない。

捜査の先行きが不安だし、疲れてもいる。普段は警視庁本部のデスクで書類を相手にしているだけなので、歩き回る仕事には慣れていない。明日も早いし、短い睡眠時間では疲れは取れないだろう。せめて風呂ぐらいゆっくり入りたいが、これから準備して……と考えると面倒臭い。銭湯もとうに閉まっている。

急に歌声が聞こえてきてびくりとした。調子っぱずれの声なので、何の歌だか分からない……歌詞が聞こえて、やっと灰田勝彦《はいだかつひこ》の『野球小僧』だと分かった。去年、ラジオで散々流れた曲だ。前を歩く男が、朗々と声を張り上げて歌っている――まさに高歌放吟《こうかほうぎん》。繁華街ならまだしも、こんな住宅地では迷惑なだけだ。今しも、一軒の家の窓がパッと明るくなった。次は窓が開き、「煩《うるさ》い！」と怒鳴り声が響いた。海老沢は騒動にならないようにと、「おい」と声をかけた。

男が振り向くと、つい苦笑してしまった。近所に住む知り合いの大学生、畠山昭六《はたやましょうろく》ではないか。名前の通り昭和六年生まれ、今年二十一歳になる。

畠山はひどく酔っ払っていて、足どりが危なかった。海老沢はすぐに彼に近づき、腕を掴むと、自分の唇の前で人差し指を立てた。

「こんな夜中に大声を出すなよ。近所迷惑だぞ」

「どうも、お疲れ様です」畠山が、下手な敬礼の真似をした。この男は、海老沢が警官だということは知っている——仕事の内容までは知らないはずだが。

「えらくご機嫌じゃないか」

「ちょいと、調子に乗り過ぎました。友だちと一緒だと、どうしても酒が進んで」

「このまま帰れるか？」

「まあ……」畠山が喉に手を当てた。「喉が渇きました」

「じゃあ、うちで水でも飲んでいけ。それで静かに帰れよ。そうしないと、親父さんにどやされるぞ」

途端に畠山の顔から血の気が引いた。畠山の父親は大蔵省の官僚で、彼自身も名門私大の学生である。戦後の自由な空気を謳歌《おうか》している——時々羽目を外して父親を怒らせていた。弱い癖に酒が好きなのが問題だ。

「親父さん、元気か」

「元気ですよ。相変わらず忙しいですけど」

「こっちの方は？」海老沢は右手の人差し指と中指を揃えて突き出した。二年ほど前、海老沢は一人暮らしの侘《わび》しさに耐えかねて、しばらく近所の碁会所に通っていた。初心者、しかもまったく向いていないと分かって、すぐに足が遠ざかってしまったのだが……畠山の父親とはそこで出会った。大蔵官僚にしては気さくな男で、海老沢に囲碁の手ほどきをしてくれ、自宅にも招いてくれた。そこで、大学生になったばかりの息子の昭六とも知り合ったのだった。昭六とも話が合い、その後は一緒に呑むこともあった。

「最近は、碁会所もご無沙汰みたいですね。まあ、元々そんなに強くないんですよね。数字には強いはずなのに」

「数字に強くても、碁が強いとは限らないからな。僕のヘボ碁よりはましだけど」

苦笑しながら、海老沢は鞄《かばん》から鍵を取り出した。いつの間にか、家の前まで来ている。

玄関の上がり框《かまち》にへたりこんだ畠山に、コップで水を出してやる。畠山が一気に飲み干し、「ああ」と嘆息《たんそく》した。

「いやあ、目が覚めました」

「あんなに酔っ払って歩いてたら危ないぞ」

「ねえ、海老沢さん、講和条約、どう思います？」畠山が突然切り出した。

「どうって……」答えに窮する。警察官として、迂闊《うかつ》なことは口にできない。

「日本はこれから、どうなるんですかね」

「それは君たち次第じゃないのか？　君たち大学生が、これからの日本を作っていくんだから」

「そうなんですけど、悩みますよね。日本のためになるような仕事をしなくちゃいけないとも思うけど、娯楽関係の仕事もしてみたいんだよなあ。映画の会社とかに入るには、どうしたらいいんですかね」

「どうだろう……入ったら入ったで大変だと思うけど」

「でも、映画は好きなんですよ」

実際畠山は映画好きで、金が続く限り、毎日のように映画館に通っている。畠山と気が合ったのも、映画の話を通じてだった。戦前に観た映画の話をすると、彼は目を輝かせるのだ。

「それは分かってるけどさ」

「友だちは皆真面目で、困るんですよね」

「大学生は真面目だろう」

「でも、日本をどうするとか、アメリカとの関係はどうあるべきかとか、そんな話ばかりで、頭が痛くなる」

「君は興味ないのか？」

「ありますよ。でも、そういうのはシラフの時に話したい——酒が入ってる時は、愉快にいきたいですよね……水、ご馳走様でした」

コップを置いて、ふらりと立ち上がる。まだ足元が頼りない。

「大丈夫か？　送って行くぞ」

「平気ですよ。全然酔ってません」畠山がひらひらと手を振った。とても平気には見えないが……。

海老沢は玄関から出て、ふらふらと遠ざかる畠山の背中を見送った。学生は呑気だよな……しかし彼も、二年後には社会に出ているはずだ。その後は、学生時代を懐かしく思い出すだろう。あんな無責任で楽しい時代はなかった、と。

海老沢はふいに、十代に戻れたらと思った。高峰と小嶋と三人、映画館や芝居小屋に通った日々。あの時からやり直せたら——いや、個人の人生はやり直せるにしても、日本がやり直せるかどうかは分からない。

戦争は避け得たのかどうか。戦争がなかったらどうなっていたのか。

この想像は時々脳裏に去来する。答えが出ないが故に、海老沢はいつももやもやするだけだった。

4

捜査会議を終えて高峰が恵比寿《えびす》の自宅に戻ったのは、午後十時半だった。さすがにくたびれた……世田谷西署の捜査本部に泊まりこむ同僚もいたが、高峰は比較的家が近いので、帰宅することにしたのだ。やはり、道場で雑魚寝《ざこね》では疲れが取れない。

「疲れてるわね」妻の節子《せつこ》が心配そうに出迎えてくれた。

「ああ」

「例の事件？」

「そうだ」

昨夜から連絡する暇もなかったな、と思い出す。節子が心配していただろうと考えると、申し訳ない気分になった。床屋の娘だった節子も、高峰と結婚した後は新聞をよく読み、ラジオのニュースにも耳を傾けている。自分の夫がどんな仕事をしているか、報道によって知ることもあるぐらいだった。

「ご飯は？」

「食べてない。茶漬け、できるかな」

「用意するわ」

肩に食いこみそうなほど重く感じられる鞄を節子に渡し、玄関の上がり框に腰かけて靴を脱ぐ。頑丈だと思っていたこの靴も、相当ぼろぼろになってきたな……終戦後、闇市で買ってからずっと重宝してきたのだが、毎日歩き回るのでどうしても傷んでしまう。丁寧に磨いて手入れしてきたのに、最近は革がひび割れてきていた。そろそろ、新しい靴を調達しないと。

「親父たちは？」

「もうお休みよ」

高峰の父親も警視庁の警察官だった。今回は難しい事件になりそうなので、警察官の先輩として話を聞いてみたかったのだが……父親は戦前に既に退職し、戦時中は長野《ながの》に疎開していた。それ以来、すっかり体調を崩し、寝こんでいることも多い。母親も同様で、それが高峰には気がかりだった。

台所に続く六畳の茶の間に座ると、立ち上がるのも面倒なぐらい疲れているのを意識する。それでも何とか背広を脱いで、節子に手渡した。ネクタイを外すと、やっと緊張が解ける。

節子はすぐに茶漬けを用意してくれた。塩を吹いた小さな鮭《さけ》と漬物。この鮭なら、茶漬けを軽く二杯は食べられそうだ。昼にラーメン屋で食べたタンメンは、とうに胃袋を通過してしまっている。

ようやく腹が膨れたので、ゆっくりとお茶を飲む。明日も早いからさっさと寝ないといけないのだが、何故かその気になれなかった。海老沢に電話して、何か手がかりを摑めたかどうか、確認しなくてはいけない。

る。

　妹の和子《かずこ》が茶の間に入って来た。風呂上がりで浴衣《ゆかた》を着ており、髪はまだ濡れてい

「何だ、まだ起きてたのか」

「今日、遅かったのよ」

「何かあったか？」

「あったわよ。私だって忙しいんだから」和子が唇を尖らせた。

「分かってるよ」

　戦時中に女学校を出た後、男手が足りなくなった省線の駅で働いていた和子は、戦後に婦人警官に採用された。海老沢の妹で、連続殺人事件の被害者になった安恵《やすえ》が、　婦人警官の試験を受けようとしていたことが一番大きな志望理由である。　和子は、　女学校時代からの親友の遺志を継ぎ、無事に試験に合格して、婦人警官第一号になったのだ。今は渋谷中央署の交通課に勤め、普段は街頭での交通整理などに携わっているが、大きな交通事故があると駆り出されることもあるらしい。

「夕方、渋谷の駅前でトラックとバスの衝突事故があって。二十人ぐらい病院に運ばれて、大変だったのよ」

「そんなにでかい事故があったのか？」

「トラックが横転して、都電の線路を塞《ふさ》いじゃって、しばらく不通になってたのよ」

「それで死人が出なかったのは奇跡だな」

「誰か亡くなってたら、帰って来られなかったかもしれないわ」

和子は熱心に仕事に取り組んでいる——高峰にはそれが心配だった。戦後、女性にも警察官としての門戸が開かれたが、多くの婦人警官は二、三年勤めると結婚して辞めてしまう。特に、同僚の警察官と結婚する人間が多かった。口の悪い連中は、婦人警官制度の導入を、「独身者の嫁探し」などと揶揄《やゆ》しているぐらいである。ところが和子は、仕事熱心なあまり、まったく結婚する気がない。高峰が同僚を紹介したり、節子も気を遣って知り合いと見合いさせようとしているのだが、本人に一向にその気がないのでどうしようもなかった。高峰は、渋谷中央署の交通課長から真剣に相談を持ちかけられたこともある。いわく、和子はもう交通課の女性で最年長になった、彼女が結婚しないと、下が「渋滞」してしまう——。

「兄さんは、昨夜は帰らなかったわよね」

「ああ。夜に呼び出されてね」

「どうせその前は、呑んでたんでしょう」和子が問い詰める。

「海老沢と小嶋と一緒だったんだよ」

「それはいいけど、最近、呑んでばかりじゃない」

「和子さん、たまには緊張を解《ほぐ》さないと」節子が助け舟を出してくれた。

「たまに、ならいいわよ。でも、兄さんはしょっちゅうじゃない」

「分かった、分かった……今日は疲れてるんだ」高峰は逃げを打った。「風呂に入って寝るよ。明日も早《はえ》えんだ」

その前に、海老沢に電話だ。

高峰はこの家に越して来てから、清水《きよみず》の舞台から飛び降りる気持ちで電話を引いた。一般家庭に電話なんか必要ないだろうと父親は渋面を作ったし、実際時間も金もかかったが、事件が起きた時には出遅れずに済む——結果的に、高峰にも和子にも電話は役に立っていた。

六畳間の片隅に置いた電話の前で胡座《あぐら》をかき、海老沢の自宅の番号を回した。呼び出しているが出ない……まだ仕事をしているのかもしれないが、いったいどこにいるのだろう。捜査一課は世田谷西署に捜査本部を設置したが、公安一課の連中はいつの間にか消えてしまったのだ。警視庁本部を作戦本部にして動き回っているのかもしれない。あるいは家で一人、電話を布団で包んで寝てしまっているとか。

それを想像すると胸が痛む。あいつの家には、濃厚に孤独と不幸な空気が漂っているのだ。海老沢は妹を殺され、母親を病で亡くし、今や天涯孤独の身である。世田谷の外れに一軒家を借りて住んでいるのだが、その生活は荒《すさ》んでいた。煙草も吸わず、酒もほどほどにしか呑まないのに、何故か荒涼としている。家は、ただ寝るためだけの場所、という感じだった。海老沢は母親のために少し大きな家を借りたのだが、その母親が二年前に病気で急死するなど、予想もしていなかっただろう。

がらんどう。

ま、電話は明日の朝でもいいだろうと自分に言い聞かせ、風呂場に向かう。高峰にとって一番幸せな瞬間だった。風呂にも自由に入れなかった数年間を経て、今はとにかく、好きな時に湯に浸《つ》かれる。疲労回復のためにも、どうしてもこの時間が必要だった。今日、やたらと疲れているのは、昨夜世田谷西署に泊まりこんでしまって風呂に入れなかったせいもある。

ひとまず、気持ちを切り替えないと。明日からはより本格的な捜査が始まる。

この事件は、間違いなくややこしいことになる。公安一課が乗り出しているのは、共産党による爆破事件の可能性が高いからだ。となると、本来は公安一課が捜査すべき事案――だが捜査一課も乗り出してしまったので、今更引けない。

戦う相手は犯人だけではなく、警視庁の内部にもいる。

特高が形を変えて戻って来ているのだ。もしかしたら状況は、戦前より悪いかもしれない。戦前の特高は、警察の他の部署とはまったく絡むことなく仕事をしてきた。しかし今は、捜査一課と正面からぶつかろうとしている。

果たしてこの事件の捜査は、どこへ向かうのだろうか。

翌朝、出勤前に高峰は再び海老沢の家に電話を入れた。今度は、呼び出し音が一回鳴っただけで出る。

「ああ……」声は寝ぼけている。

「昨夜、約束通りに電話したんだぜ」高峰は非難の調子を滲《にじ》ませて言った。

「すまん。午前様だったんだ……しかしまだ、特に話す材料はないぞ」

「俺もそうだ。だけど、お前の方から電話してくれてもいいじゃねえか」

「どうして」

「いや、一人でそこで死んでるかもしれないって心配になってさ」

「よせよ」海老沢が笑い飛ばした。「僕が死ぬ訳ないだろう。元気一杯だ」

「それならいいけど……いい加減、嫁さん、もらえよ」

「なかなか機会がなくてな」うんざりした様子で海老沢が言った。二人の間では、これまで何度となく交わされてきた会話である。

「いつでも紹介するって言ってるだろう」

「その話はまた別の機会に……今はそんな余裕はない」

「そうだった」高峰は顎に力を入れた。「あの後、何か動きは？」

「ないな」

「犠牲者の身元も分からねえか……」

「ああ。そっちは？」

「残念ながら同じく、だ。とにかく、早く身元を割り出さねえと、仏さんが浮かばれん。しかし、変だと思わねえか？　家族は気づきそうなものだけど」

「もしかしたら地方出身者で、東京で一人暮らしをしていて、たまたまあそこを通りかかっただけかもしれない」

「もしもそうなら、身元を割り出すには相当時間がかかるな。それにしても、何かしら身元につながるようなものを持っていてもおかしくねえんだが……財布にも、小銭が入っていただけだったんだぜ」

「……とにかく、足を使うしかないな」

「お前も、そういう面倒な仕事をするのか？」高峰は少しからかうような調子で言った。

「こういう時だからな。普段みたいに、書類相手ってわけにはいかない」

「とにかく、今夜も連絡を取り合おうぜ」高峰は念押しした。

「無事に帰れれば、な。それまでに身元が判明していれば一番いいんだが」

「俺が必ず割り出してやるよ」

「頼りにしてる」

電話を切り、高峰は自分に気合いを入れた。よし……公安は敵だが、海老沢は違う。信頼できる仲間がいれば、捜査は必ず進むはずだ。

朝一番で世田谷西署の捜査本部に顔を出すつもりが、海老沢と電話していたので少し遅れてしまった。捜査会議が始まるぎりぎりで飛びこみ、道場の一番後ろに腰を下ろす。

微妙な雰囲気の捜査会議になった。捜査はだいたい初日、二日目で一気に進んで片がつくことが多い。しかし今回は、被害者の一人の身元が不明なままの上に、公安の連中が情報を隠している節があり、どうにも意気が上がらない。

会議が終わると、高峰は捜査一課長の窪田《くぼた》に呼び止められた。一介の刑事が捜査一課長と直接話すことなど、まずない――緊張して、つい直立不動の姿勢になってしまった。

「そんなに緊張するな」窪田が苦笑する。

「いえ……」

窪田は、猛者《もさ》が多い捜査一課では珍しい知性派だ。ほっそりした長身で、黒縁眼鏡の奥の目は冷たく厳しい。そして高峰は、窪田が声を荒らげる場面に一度も遭遇したことがなかった。どちらかというと、凶悪事件ではなく知能犯の担当が似合いそうな感じである。

「公安と話をしたそうだな」

「いえ……」反射的に否定してしまったが、窪田の鋭い目に射すくめられ、「はい」と言い直した。

「申し訳ありません！」思わず、九十度の角度で頭を下げてしまった。

「構わん、顔を上げろ」

何を言われるのか予想できず、高峰は顎に力を入れて表情を引き締めた。窪田は無表情——少なくとも怒ってはいないようだ。

「どうして公安なんかと接触したんだ」

「知り合いがいるんです」

「知り合い？」窪田の目が細くなる。

「その……小学校からの同級生でして。警視庁に入ったのも同じ時期でした」

「向こうは特高出身か？」

「はい」

「分かった。今後もその男との接点は保っておくように」

高峰は開きかけた口を閉じた。「公安一課との接触は一切禁止」と指示されるものだと思っていたのに。

「どういう……ことでしょうか」やっと口を開いて訊ねる。

「今回、うちだけでなく公安も捜査に入っているが、公安は間違いなく何か隠している」

その言葉に、高峰は思わずうなずいた。海老沢の話も、どうにも歯切れが悪い。

「おそらく犯人についてなんだろうが……」窪田が続ける。「革命軍の連中が、捜査線上に浮かんでいるという情報があるんだ」

「革命軍というと、共産党から除名された――」

「過激分子だ」窪田が話を引き取った。「普段我々が捜査するような対象ではない。もちろん公安では、最重要の調査対象として情報を収集しているだろうが」

「はい」

「しかし、この件を公安に渡すわけにはいかない。これはあくまで殺人事件であり、我々捜査一課が解決しなければならない」

「承知しています」

「だからお前は、公安にいる同期との接触を密にしておけ。何とか向こうの情報を探り出すんだ」

「分かりました」この指示は、自分の狙いと合致している。

「上手くやれよ」窪田がうなずく。「向こうは、特高の流れを汲《く》んだ百戦錬磨《ひゃくせんれんま》の連中だ。スパイも使う。非合法な手段に訴えることも厭《いと》わないだろう。捜査一課はあくまで正統的に、絶対に法を曲げずに犯人に辿り着く——公安を利用するだけ利用して、後で恥をかかせてやればいい」

「……了解です」言ったものの、海老沢に恥をかかせるつもりはなかった。

「よし、行け」窪田がまたうなずく。「これは一課の——俺たちの事件だ。それを絶対に忘れるなよ」

課長は本気で、海老沢を利用しろと言ったのだろうか——高峰は訝った。刑事部の人間は、戦前のひどい思想弾圧をよく知っているが故に、特高を祖に持つ公安の連中を嫌っているのだが。

「さっき、一課長に何か言われたんですか？」

一緒に回る四係の後輩——一課では先輩だが年齢は下だ——の相良《さがら》が訊ねた。

「いや、大した話じゃねえよ」海老沢のことを明かすわけにはいかなかった。相良は気を許せる後輩だが、言えることと言えないことがある。「気合いが抜けてると思ったんじゃねえか？　発破をかけられたよ」

「高峰さんの気合いが抜けてるはずはないですよね。いつだって、やる気満々ですから」

「いや、今回はちょっと変な感じなんだよ。今まで経験したことのねえ事件だからな」

「それはそうですね……聞き込み、今日も昨日の続きでいいですか？」

「おう、もちろんだ」

二人は、現場になった駐在所の西側一帯を受け持っていた。ここも他の場所と同じような住宅街で、家がないところには梨畑が広がっている。その他に目立つのは印刷工場……この辺では唯一の会社だった。他の刑事が事情聴取したが、特に何も出てこなかったという。しかしいずれ、もう一度話を聴いてみるつもりである。二度、三度と事情聴取を繰り返すと、新たに情報が出てくることもある。

二人はまず、昨夜事情聴取できなかった家を続けて訪れたが、なかなか手がかりが得られなかった。最近行方不明になった人は？　怪しい人物を見なかったか？　答えはいずれも「ない」。午前中、同じような答えばかり聴き続けて、高峰は早くも疲労感を覚えていた。そろそろ昼飯も食べないといけないし、また駅前まで出るか……そう思っていると、相良が鞄の中からいきなり大きな包みを取り出した。

「握り飯、食べませんか？」

「どうしたんだ？」

「母親が持たせてくれたんですよ。この辺、食べるところがありませんから」

「ああ、そうか……」自分も節子に弁当を頼めばよかった。

「たくさんありますから、高峰さんも一緒にどうですか？」

「いや、悪いよ」

「こんなに食べきれないですよ」相良が苦笑した。「うちの母親、とにかくたくさん食えって……戦時中にろくに食べられなかった反動だと思うんですけど、子どもじゃないんですよねえ」

「いいおふくろさんじゃねえかよ」握り飯の絵面《えづら》を想像すると、急に腹が減ってきた。周囲を見回すと……バス停があった。小さな屋根の下には木製のベンチもある。勝手に使わせてもらうのは申し訳ないが、あそこで手早く昼飯を済ませてしまおう。

二人は椅子に並んで腰かけ、握り飯を頬張った。一つは塩むすび、もう一つは口が曲がりそうなほど酸っぱい梅干し入り。これで温かいお茶でもあればいいんだが……贅沢は言えまい。握り飯は大きく、二つ食べると腹が一杯になった。ふと顔を上げると、すぐ近くにある民家の庭に生えた桜が目に入る。見事に育った巨木……既に花は散ってしまっているが、木の葉の濃い緑を見ると、春を実感する。季節を愛《め》でることなどすっかり忘れていたが、体の中から元気が湧いてくるようだった。

「高峰さん」

相良に声をかけられ、杖《つえ》をついた老人が、困ったような表情を浮かべて近くに立っているのに気づいた。バス待ちの人だろう。相良が立ち上がり、「すみません、どうぞ」と声をかける。老人がゆっくりと一礼し、椅子に腰を下ろしてほっと息をついた。杖をついて背中を丸め、いかにもしんどそうである。高峰も腰を上げた。

そろそろ行かないと……しかし習慣で、高峰は老人の様子を素早く観察していた。近くの人だろうが、今まで話を聴いたことはあったか――たぶん、ない。自分たちの受け持ち区域外の人かもしれないが、ついでだから少し話をしてみよう。バスが来るまででもいい。

「ちょっといいですか？」

高峰は警察手帳を取り出し、老人に示した。老人は、手帳の意味が分からない様子だったので「警察です」とつけ加える。

「ああ、ご苦労さんです」老人がしゃがれ声で言って頭を下げた。

「先日、この近くで駐在所が爆破されました。ご存じですよね」

「もちろん」老人がすっと背筋を伸ばす。「伊沢さん、残念でしたね。私、よく手を貸してもらっていたんですよ」

「そうなんですか？」

「膝が悪いもんでね。最近、この辺でも車が増えて、道路を渡るだけでも大変なんですよ。何度も助けてもらいました。いいお巡《まわ》りさんだったよねえ」

老人の言葉が染みてくる。伊沢は、「地元のお巡りさん」として多くの人に慕われていたようだ。そういう人材——仲間を失った痛みを改めて実感する。

「しかし、怖い事件ですねえ。共産党ですか？」

「それはまだ分かりませんが……」町の人たちもそういう認識なのだろうか？「被害者の一人の身元が、まだ分かっていません。最近、この辺で行方不明になった人はいませんか？」

「近所の人じゃないでしょう。いなくなれば分かります」

「仕事でこの辺に来ていた人とか？」

「この辺で働くような場所といったら、そこの印刷屋さんぐらいでしょう」

「あそこでは、特に行方不明になっている人はいないようです」

「ああ、そうですか……」老人の顔が奇妙に歪《ゆが》んだ。「まあ、あそこもお盛んだからね」

「お盛ん？　何がですか？」

「組合が」

高峰は相良と顔を見合わせた。この情報は初耳だ。

「そうなんですか？」

「会社の中の話だから、私らははっきり知らんけど、結構激しくやってるみたいですよ」

「周りに迷惑がかからなければ、しょうがないですよね。労働者の権利です」高峰はうなずいた。

「まあ、国鉄なんかの場合は、周りに迷惑も出るでしょうが……」老人が皺だらけの顔で苦笑した。「何か、外から変な人が入って来て、それから組合活動も盛んになったと聞いてますよ」

「変な人？」

「社員なんだろうけど、その人が共産党の……いや、噂ですけどね」

「どんな人か、知ってますか？」

「確か、牛島《うしじま》さんという人で」

高峰はすっと背筋を伸ばした。「噂」と言いながら、この老人は名前まで知っている。この辺では結構有名な話なのだろうか。

「どうして名前まで知ってるんですか」

「その人、毎日近くの弁当屋に昼飯を買いに来るんですよ。私も一緒になったことがあって、ちょっと世間話をしたんだけど……普通の人だと思ったんですけど、後で弁当屋の親父に『あの人は共産党だ』って言われて驚いてね。そんな風には見えなかったから」

「若い人ですか？」

「三十代……まだ二十代かな？　話したのはその時一回だけだったから、歳までは分かりませんがね。普通の人ですよ」

「そうですか……」この老人から見れば、「普通の人」なのかもしれない。過激な左翼活動家も、たまたま弁当屋で会った老人をオルグしようとはしないだろう。

しかし何かが引っかかった。

バスに乗りこんだ老人と別れ、高峰は相良と視線を交わした。

「今の話、気にならねえか？」

「そうですね……」相良が首を傾げる。「弁当屋に行ってみますか？」

「そうしよう。何も出てこなくても、これから先、昼飯を調達できる店が一つできそうだしな」

少し離れた場所にある弁当屋は、厳密に言えば高峰たちの受け持ち区域から外れていた。昼飯の時間が終わったせいか、中年の店主は店先で一服していた。

高峰が牛島という人物の話を持ち出すと、人が好さそうな店主はすぐにうなずき、煙草を道路に捨ててぺらぺら話し出した。こういう話し好きは脱線しがちで要注意なのだが……高峰は話の要点に集中した。

「こっちへ来たの？　半年ぐらい前だったかな。独身だから昼飯に困るって零《こぼ》してましたよ。それで毎日、ここへ弁当を買いに……印刷屋の皆さんにはお世話になってますけど、毎日来るのはあの人だけだなあ」

「勤務は交代制じゃないんですか？」

「そうですよ。だから平日に休みになったりとか……毎日来るのは牛島さんだけですね。確か、総務の仕事をしているからって。そういう人たちは、夜中まで働く必要はないし、日曜はちゃんと休みになるんでしょうね」

なるほど……喋り過ぎはいかがなものかと思うが、この店主は人をよく見ている。

「共産党だ、という話を聞きましたけど」

「いや……」店主が急に口ごもった。しかしそれも一瞬で、低い声で慌てて言い訳する。「そういう噂を聞いたことがある、というだけですよ」

「誰から聞いたんですか」

「……工場の、古参の人から。昔からいる人は、若い連中が勝手なことをやってるのを苦々しく思ってるみたいだね」

「間違いなく共産党なんですか？」

「さあ……ただ、あの人が来てから、急に組合活動が盛んになったのは間違いないですよ。三月にはストをやって、結構な騒ぎになりましたしね。あの会社は今景気がよくて、工場を新設してるんだけど、そこに金を使う余裕があるぐらいなら給料を上げろってことでしょう」

共産党員の炙《あぶ》り出しをするのは捜査一課の仕事ではないが、何故か気になる。理由は……勘としか言いようがないのだが。

「昨日は見ました？」

「そう言えば、来なかったね」店主が首を傾げる。

「毎日必ず来るんですか？」

「そう、必ず」店主がうなずく。「それでいつも幕の内弁当ばかり買っていくから、どうしたって覚えますよ。あればかりで飽きないのかねえ」

高峰は思わず苦笑してしまった。自分で作る弁当を、「飽きないのかねえ」はないだろう。

聞き込みを終え、二人はそのまま印刷会社に向かった。誰か摑まるだろう……しかし、そこから先は少し難儀した。会社を訪ねると、人事担当者は休み。社長は都心部で会合に出ていて会社へは戻らず、夕方に直帰の予定だという。ただ、牛島が昨日、今日と休んでいることだけは確認できた。高峰はかすかな憤りを感じていた。ここを調べた連中は、この事実を摑んでいなかったのか？　摑んでいておかしいと思わなかったのだろうか。気合いが抜けているのではないか？

とにかくあとは、社長に詳しく聴いてみよう。二人は結局、近所の聞き込みを夕方まで続けた後、直接社長宅を訪問することにした。

会合から帰って来たばかりだという社長は、怪訝《けげん》そうな表情で二人を迎えた。事情を説明すると、今度は顔をしかめる。どうやら牛島という男は、経営者にとって頭痛のタネになっていたようだ。

「昨日、今日と休んでいるようですが」

「無断欠勤みたいだな」いかにも嫌そうな声で答えた。

「連絡は取れるんですか？」

「いや、奴の家には電話もないからね。病気か何かじゃないのか？　うちの会社、今風邪が流行《はや》ってるし」

「家はこの近所なんですか？」

「ああ、隣……宇奈根《うなね》町だね。アパートだ」

「独身ですよね？」

「そうだよ」

「よくこんな風に無断欠勤するんですか？」

「ないが……休んでくれた方がありがたいね」社長の顔が歪む。

「組合活動に身を入れ過ぎてるんですか？」

「というより、奴がうちの組合活動を煽《あお》りやがって……」社長が認めた。「それまでは穏便に、上手くいってたんだ」

「ある種の問題児ということですか？　そんな人をどうして受け入れたんですか？」

「普通に、求人広告に応募してきたんだ。戦時中は海軍で金勘定をやってたそうだから、総務で使えると思って……採用する時は、政治信条なんか分からんだろう？　ところがこれが、とんだ食わせ者だったわけだよ。正体を隠して、うちの会社を乗っ取ろうとしてるに違いない」

「そんなに困った人間なら、馘《くび》にすればよかったじゃないですか」

「冗談じゃない！」唾を飛ばさんばかりの勢いで社長が言った。「そんなことしてみろ、組合は大騒ぎだ。それに奴は、上手く立ち回っていた。問題になるかならないかのぎりぎりで身を引く——とんでもない野郎だよ」

　組合があるということは、社長の一存では馘にはできないわけか……いろいろと面倒臭いこともあるものだ。警察にいると、そんな世界とはまったく縁がない。

「急に無断欠勤するのは、おかしくないですか？」印刷業界は今活況で、いくら時間があっても足りないはずだ。

「奴が休んでも、仕事が回らなくなるわけじゃない」

「確認してもらいたいことがあるんです」

「何を？」

　高峰は警察手帳を開き、一枚の写真を取り出した。本当はあまり見せたくない……爆発に巻きこまれて亡くなった犠牲者の顔写真だ。顔の半分は血まみれ、何かの破片が頭を直撃したのだろう、右側頭部には大きな傷ができて頭蓋骨《ずがいこつ》が破損し、血に濡れた脳味噌が覗いている。

「ちょっとひどい写真ですけど、見てもらえますか？」

　社長が写真を受け取り、眼鏡を額に押し上げる。途端に「こいつはひでえな」と顔をしかめたが、それほど衝撃を受けた様子はない。戦争では、もっとひどい遺体を見てきたのかもしれない。

「ちょっと待てよ……」社長が写真を持ったまま、家の奥に引っこんだ。すぐに別の眼鏡を持って戻って来て、再度写真を確認する。「これは……」

「見覚えはありますか？」

「牛島だ」社長の声は震えていた。

5

「間違いないか？」熊崎が顔を紅潮させた。

「間違いないとは思いますが、遺体の直接確認が必要です。今、社長を下で待たせてあります」

「あの遺体を見せて大丈夫なのか？」熊崎が顔をしかめる。「普通の人間だったら、まともに見られないぞ」

「肝は据わっている人です」

「分かった。とにかく顔だけ確認してもらおう。吹っ飛んだ手足を見せる必要はない」

解剖の終わった遺体は、一度世田谷西署に戻されていた。身元不明で遺族も見つからないので、処理しようもなかったのだ。社長を署に連れて来る間に、印刷会社の関係者に連絡を取り、何人かに来てもらった。一人よりも複数の人間に確認してもらった方が確実である。

結果、確認が取れた。身元不明の遺体は、荒木《あらき》印刷総務課の社員で牛島昭夫《あきお》、三十歳。さらに裏取りを進めるために、高峰たちは牛島が借りていたアパートに急行した。

野川《のがわ》沿いに建つアパートは、全部で十部屋の小さなもので、隣は畑だった。近くに住む大家を呼び出し、部屋の鍵を開けてもらう。すぐにでも中を調べたかったが、まずは鑑識が先……室内で指紋を採取し、遺体のそれと照合しなければならない。それが合致してようやく、遺体を牛島と確定できる。

四畳半の狭い部屋だが、鑑識の作業には三十分ほどかかった。その間、高峰は狭い玄関から中を覗きこむように観察していたのだが、ほとんど何もないことに驚いていた。本当にここで生活していたのだろうか……鑑識作業が終わって室内に足を踏み入れると、その疑念はさらに強くなる。

「何だか、旅館の部屋みたいですね」相良が感想を漏らす。

「確かにそうだな」

生活の匂いがない。唯一それを感じさせるのは、部屋の片隅できちんと畳まれている布団だけだった。机もラジオもない。小さな台所にも、使われていた形跡はなかった。押入れにも、下着や着替えのシャツが何枚か入っているぐらい……本当にこいつは共産党の活動家なのだろうか、と高峰は訝った。何か、その手の文書などが見つかってもおかしくないのに、まるでがらんどうだ。ここには本当に寝に帰るだけで、アジトは別の場所にあるのかもしれない。

それからはひたすら聞き込みを続けた。夜遅い時間に警察が訪ねて来るというのはかなりの異常事態で、どこへ行っても嫌な顔をされたが、引き下がるわけにはいかない。高峰は強引にドアを開けさせ、牛島という男の情報を集めた。

透明人間か？　何ヵ所かで聞き込みを終えた後、高峰はそんな印象を抱いた。

「何か変ですよね」相良も同じ疑問を抱いたようだった。「小さいアパートですし、そそくさと立ち去ってしまう。まるで、顔を見られるのを恐れているようだった。

とは一切なかったようだ。挨拶する時も目を合わせようとはせず、さっと頭を下げて

牛島は、会えば挨拶ぐらいはするものの、アパートの住人と雑談を交わすようなこ

「ああ」高峰も認めざるを得なかった。

近所づきあいがまったくないのもおかしな話です」

予定より少し遅れて、午後九時から捜査会議が開かれた。事件発生後、初めての大きな手がかりなので、刑事たちは活気づいている。興奮で空気が帯電しているようだ、と高峰は思った。

高峰が最初に報告し、さらに印刷会社への事情聴取を行っていた刑事たちの報告が続く。必死にメモを取りながら、高峰は牛島という人物の情報を頭の中で構築した。

牛島は、社長が証言していた通りに、半年前に会社が出した求人広告を見て応募してきた。数字に強いことが分かってすぐに採用が決まり、その後、通勤に時間がかかるということで現在のアパートに引っ越してきたという。それ以前は目黒《めぐろ》に住んでいた。出身は広島《ひろしま》県。戦時中は海軍にいて、終戦時は経理担当として呉鎮守府《くれちんじゅふ》に配属されていた。家族は両親と妹一人。しかし三人の家族は、広島に落とされた原爆の犠牲になっていた。終戦後には東京へ出て来て、様々な会社を転々としていたのだが、三十歳になったのを機に、きちんと生活を立て直そうと就職した——戦争で人生を捻《ね》じ

曲げられ、まっとうな道に戻るのに数年かかった、ということだろう。

「共産党の正式な党員だったかどうかは、今確認している」熊崎が嫌そうな表情で言った。「党員でなくても、シンパ、ないし活動家ということはあるだろうが……荒木印刷の組合活動を活発化させたということは、間違いなく党員だろう」

「どこで共産党と接触していたんでしょうか」相良が手を挙げ、疑問を発する。「これまできちんと会社勤めしていなかったなら、組合活動を通じて共産党と接触する機会もなかったと思います。共産党と接点ができやすいのは、学生か組合活動家ではないでしょうか」

「その辺は、公安一課の方がずっと詳しいんだが……」熊崎が顔を歪める。「とにかくうちでも、できる範囲で調べてみよう。公安の連中には遅れを取るなよ。それとこの件は、奴らには絶対に秘密にしろ」

「報道陣には公表しないんですか？」相良がまた手を挙げる。

「公表はする――高峰」

「はい」指名されて立ち上がる。

「明日以降、牛島の身辺を探れ」

「口答えするようで申し訳ありませんが」言い訳のように前置きして、高峰は発言した。「牛島はあくまで被害者です。現時点では、これ以外の手がかりはなさそうですが……」

「伊沢巡査に対する個人的な恨みの線はまったく出てこない。それにこれは今日入ってきた情報なんだが、爆発の一分前に、革命軍を名乗る人間から西署に予告の電話がかかってきたそうだ。つまり、革命軍の犯行だった可能性がある」

刑事たちの間に、さっと緊張した空気が流れる。高峰も初耳だった。

「公安の連中は世田谷西署に圧力をかけて、この大事な情報を隠していやがったんだ」熊崎が苦虫を噛《か》み潰したような顔で告げた。「その電話を受けたのが、たまたま宿直していた公安係の人間だったのもまずかったな。奴らは、縦の線での指揮命令系統にしか従わん。話は聴いているが、のらりくらりだ」

署員として、署長ら幹部の命令で動くのではなく、あくまで本部の公安一課直結――それで現場への報告が遅れ、犠牲者が二人も出たとなったら、とんでもない責任問題だ。高峰は頭に血が昇り、心臓がどくどくと脈打つのを感じた。ふざけやがって――奴らは、人の命をなんだと思っているのだ?

「この件では、公安の人間を絞り上げてやる」怒っているのは熊崎も同じようだった。「それは俺たちがきちんとやる。とにかく、共産党の活動家らしき人物が、革命軍による犯行と思われる爆破事件で命を落とした――おかしいと思わないか?」

「もしかしたら、牛島が犯人かもしれない……」高峰が低い声で言うと、刑事たちは静まりかえった。「爆弾を仕かけたものの、失敗して巻きこまれてしまった――考えられないことではないと思います」

「あり得るな」熊崎がうなずく。「だからこそ、牛島に関する捜査は絶対に必要だ。捜査本部の半数をそちらに割く。これまでの足取りを徹底して辿れ。終戦後に何をしていたかが特に重要だ。牛島はどこで共産党と接触していたか、現在も接触があったのか、その辺りを重点的に捜査しろ。高峰は明日以降、会社の人間に対する本格的な事情聴取」

刑事たちの間から、「おう」と鬨《とき》の声が上がった。これで捜査は進展するだろうか……そしてこの状況を、海老沢には教えるべきだろうか？　悩んで、胡座をかいたまま畳の上で思案していると、熊崎に呼ばれた。

「これはうちの失敗だ」熊崎が暗い声で告げる。「昨日の段階で荒木印刷を事情聴取しているのに、被害者の身元を割り出せなかったんだから」

「はい」返事するのが辛かった。

「どうも、若い連中は頼りなくて困る。ここから取り返せよ。自分だけで犯人に辿り着くぐらいの気概で捜査しろ。お前には期待してるんだ……ここでまた手柄を立てて、名刑事の看板に磨きをかけろ」

「分かりました」

「よし。明日も早いから、今日はさっさと引きあげろ」

また一礼して、高峰は捜査本部を後にした。何となく、歩き方がギクシャクしてしまう。そう、これは捜査一課の失敗なのだ。

二度は失敗しない。殺された仲間、伊沢巡査のためにも。


夜遅く帰宅し、またも茶漬けを二杯、かきこむ。鮭は鮭でも、今日は鮭缶だった。少し塩気が足りないので、醤油《しょうゆ》をかけて味を足す。

一息ついてから、電話を凝視した。どうしたものか……海老沢は帰宅しているだろうか。しかし今日の情報は海老沢も知りたがるだろう。

幸い、海老沢は帰宅していた。相槌も打たずに高峰の話に耳を傾けていたが、高峰が話し終えると「うちでは把握していない名前だな」と言った。

「共産党の人間かもしれない」

「ああ。調べてみるよ。助かった」

「公安では、この情報は摑んでいなかったんだな？」高峰は念押しした。

「残念ながら」

「だったら、一つ貸しだ。それともう一つ——爆発が起きる前に、署に予告電話があったそうだな」

「ああ。それは把握している」海老沢が認める。「ただし、かけてきた人間の正体は不明だ。だいたい、かかってきたのが爆発の一分前だったのはおかしくないか？　予告にしたら、あまりにも直前過ぎるだろう」

「それじゃあ誰も逃げられねえ、ということか」

「悪戯とも思えないが、今のところは判断保留だ」

「分かった。今後もよろしく頼むぜ」

節子が戻って来たので、急いで電話を切る。捜査に関するややこしい話は、妻にも聞かれたくない。しかし、海老沢と情報交換できたので、ほっとしていた。

「明日、お弁当、どうしますか？」

遅い夕飯を食べる前に、その話をしたのを思い出す。

「そうだな……用意してもらえると助かる。あの辺、飯を食う場所もろくにねえんだ」

「お握りでいいかしら」

「そいつがいい」高峰はうなずいた。「どこで食べるか分からねえからな」

「食事ぐらい、ゆっくり食べないと体に悪いわよ」

「分かってるけど、今はそういうわけにもいかねえんだよ」歩きながら食べてもいいぐらい時間が惜しい。

「それとね……」

節子が座り直した。真剣な話だなと分かり、高峰も背筋を伸ばす。

「何かあったか？」両親のどちらかがまた体調を崩しているとか。戦時中からずっと、二人の体調は心配のタネだった。

「お義父《とう》さん、今日検診で病院に行ったんだけど……後で病院から電話がかかってきたの」

「何だって？」嫌な予感は当たったようだ。

「検査の詳しい結果が出たら、一度、家族で病院へ来てくれないかって」

「深刻な病気なのかな」高峰は声を潜めた。本人ではなく家族に説明するとなると、重い病気……癌《がん》か何かの可能性がある。

「分からないわ」暗い表情を浮かべたまま、節子が首を横に振った。「あなた、病院へ行くような時間、ある？」

「今は……無理だな」自分の父親のことだから何とかしたいが、捜査本部が動いている最中はどうしようもない。「お前、行ってくれねえか？」

「分かりました。大したことないといいんだけど……」

「覚悟はしておいた方がいいかもしれねえな。家族を呼ぶとなると、相当深刻だろう」

実際、父親は最近急に痩《や》せてきている。元々恰幅《かっぷく》はよかったのだが、腹は凹《へこ》み、頬はこけて、歩き方にも力がなくなっている。しかもよく転ぶようになった。歳のせいだ、と本人は笑い飛ばしているのだが、やはり心配だった。今回病院へ行ったのは、定期検診のためだったのだが、そこで何か他の異変が見つかったのだろう。

「すまんな。俺の父親のことなのに」

「何言ってるの。私にとってもお義父さんよ」

「ああ……和子は知ってるのか？」

「話したわ。ちょっと驚いちゃったみたいだから、和子さんには頼めないわね」

「お前がいなかったら、うちはとっくに崩壊してるな」高峰は笑みを浮かべたが、我ながら寂しい表情だと思った。

「じゃあ、明日、病院の方へ電話してみるわ」

「すまんな……先に風呂に入ってくれねえか？」

「それじゃ、お先に」節子がうなずき、部屋を出て行った。

申し訳ないな、と思う。戦時中、空襲から逃げてたまたま防空壕《ぼうくうごう》で一緒になったことで知り合った節子とは、終戦から一年後、昭和二十一年の秋に結婚した。子どもができないまま五年半、節子は家を切り盛りして、高峰の両親の面倒もよく見てくれている。出会った頃はすっきりした美人だと目を見張ったものだが、最近は疲れが目立ち、この前は目尻に皺を見つけた。せめていい化粧品や洒落《しやれ》た服を買ってやりたいのだが、自分の給料では厳しい。新聞に百貨店の広告などが出ていると、節子がじっと見ていることがあり、情けなくなる。

海老沢は本当に、牛島の名前を知らなかったのだろうか……公安には、共産党に関する情報の蓄積があるはずで、捜査一課とはまったく違う手法で牛島に辿りついているかもしれない。

協力し合おうとは約束したものの、不安になる。公安の基本は、やはり独自路線の秘密主義である。そこで働く海老沢を、そもそも信頼していいのか……だいたい俺は、海老沢が普段どんな仕事をしているかさえ知らないのだ。親友とはいえ、彼は自分の仕事についてまったく話そうとしない。話せない事情がある——徹底した秘密主義は、特高と何ら変わらない。

戦前は特高、そして戦後は公安。警視庁は、その体内に、得体の知れないものを抱えこんでいる。

6

海老沢が昨夜高峰から聞いた話が、そのまま朝刊に載っていた。

喜多見駐在所爆破　被害者の一人は印刷会社社員

事件や事故の記事は、四ページしかない新聞の三ページ目に載るのだが、大きな扱いだった。この事件がそれだけ、世間の耳目《じもく》を集めている証拠だろう。

記事を二回読む。海老沢が知らない事実は載っていなかったので、ひとまず新聞を畳み、ほっと息を吐いた。

昨夜、高峰から電話を受けた後で、海老沢はすぐに生方に連絡した。生方は特に驚きもせず、「分かった」と言っただけだったが……彼自身も、既にどこかから同じ情報を得ていたのではないかと海老沢は想像した。同じ係でも、常に情報を共有するわけではない。

捜査一課は、確実に捜査を進めているようだ。今のところ、公安一課と全面衝突はしていないが、いずれ二つの道が交錯するかもしれない。その時に何が起きるか……組織同士の問題は自分が関知するところではないが、高峰との関係は心配だ。ある意味あの男は恩人——戦後、特高が解体されて抜け殻のようになっていた自分に、非公式ながら仕事を与え、警察に復帰する道筋を作ってくれた。なるべくなら、敵対したくはない。

自分たちの仕事は、革命軍の犯行を暴くことだ。高峰と衝突せずとも、それは可能だろう。いや、あいつとは上手く協力し合えるはずだ。

海老沢は、世田谷南署ではなく本部に向かった。昨夜連絡を取った時に、生方からそう指示を受けていた。

席に着くなり、生方に呼ばれた。生方は「楽にしてくれ」と言って、自分の隣の椅子を勧めた。海老沢は浅く腰かけ、背筋を伸ばした。

「今日の朝刊は読んだな？」

「はい」

「あの記事の出どころは、捜査一課のようだ」

「昨日の段階では、うちは牛島という名前を摑んでいなかったんですよね？」海老沢は確かめた。

「疑っていた者もいたようだが、確認が取れなかった。今回は捜査一課に先を越されたな」

「そうですか……」本当だろうか、と海老沢は疑った。直属の上司とはいえ、言葉を無条件に信用していいとは思えない。

「捜査一課の連中は、分かったことは何でも記者連中に話すから困るんだ。捜査の秘密が全部漏れてしまう」生方の眉間に縦皺が寄った。

「係長、今回はずっと捜査一課とは別に動くんですか？　連中には勝手にやらせておけ」

「もちろんだ。これはうちの事件だからな。連中には勝手にやらせておけ」

「その……」海老沢は一瞬言い淀《よど》んだ。「境界線上にある事件だと思います。捜査一課からすれば、殺人事件なわけですから」

「しかし、犯人は革命軍に決まっている。つまり、うちの事件だぞ」

「双方が情報を共有せずに捜査していると無駄が出ますし、いずれは不都合が生じるのではないでしょうか」

「不都合とは？」生方が海老沢を睨《にら》んだ。

「ですから……もたもたしている間に、犯人に逃げられるかもしれません」

「逃げられないように、うちが早く犯人を逮捕すればいいだけの話じゃないか」

「その犯人なんですが……」海老沢は背広の内ポケットから手帳を取り出した。「現在、私のところに革命軍の人間の名前が何人か上がってきています。この連中の中に犯人がいると考えていいんでしょうか」

「それはまだ分からん」

「現段階では、一人も所在を確認できていないんですよね？　世田谷西署の管内に二人いるという本隊の人間も、所在不明になったと聞いています」

「あれは所轄のヘマだ。二十四時間の監視を命じておいたんだが、だらしない話だ」

生方は、そういう指摘をされるのも嫌そうだった。組み合わせた両手の指を忙《せわ》しなく動かし、すぐにでも話を打ち切りたそうにしている。しかし海老沢は引かなかった。戦前とは違うのだから、上司にも言うべきことははっきり言わないと。それに、生方のご機嫌を取るだけで終わらせてはいけない。この男は大勢いる係長の中で序列一位ではあるが、上には上がいる。最終的に捜査の方向性を示すのは、あくまで公安一課長なのだ。

「革命軍の人員は、これだけではないでしょうね。シンパまでは気にする必要はないかもしれませんが……」

「ああ。まず、身元が判明している本隊の人間の動静確認だ」

「私が当たりましょうか？」

「いや、お前は被害者の周辺捜査を続けてくれ。この牛島という被害者は、どうにも怪しい」生方が指摘する。

「被害者も革命軍の人間なんでしょうか？」

「分からん。こっちが把握している名簿には載っていないし、革命軍とも共産党とも断言はできない。ただこいつが、荒木印刷の組合活動を強化させた人間なのは間違いなさそうだ。細胞を作るために送りこまれてきた人間だろう」

「となると問題は、どこから指示が出ていたかですね」

生方がうなずく。共産党の指揮命令系統については、公安一課でも完全に把握しているとは言い難い。共産党は政治的、国際的な事情で揺れ動いて半ば地下に潜行しており、公党でありながら警察としても動向を摑み切れない部分があるのだ。

二年前、野坂参三《のさかさんぞう》らの「平和革命論」がコミンフォルムから批判を受け、徳田球一《とくだきゆういち》らがこれに反発。一方で宮本顕治《みやもとけんじ》らは「国際派」を組織した。こうした動きの中、GHQは共産党に対する弾圧「レッドパージ」を進め、幹部には団体等規正令違反で逮捕状が出たものの、徳田らはこれに反発して中央委員会を解体して非合法活動に移行し、中国に亡命してしまった。徳田らが亡命する前に党は昨年の四全協で軍事方針を提起、五全協では武装闘争方針が決定された。その後起きた札幌《さつぽろ》の警察官射殺事件「白鳥《しらとり》事件」、それに警視庁の足元で起きた「青梅事件」も、五全協の武装闘争方針を受けての犯行と見られている。

こういう急進的な変化は組織を大きく揺さぶり、大量の脱落者が出る一方で、さらなる過激な一派を生み出した。その一つが「革命軍」であり、完全に地下化して爆弾闘争などで世間を騒がせている。

「では、工場の方に接触します……それは、できれば一人でやりたいのですが」

「どうしてだ？」生方が目を細めた。「お前もそろそろ部下を持って、指導しながら仕事することを覚えないといけないぞ。俺としては、そういう立場になって欲しいんだ」

「それは分かりますが……」

川合は頼りない、というより刑事としても人間としても信用できない——そんなことは口に出さなかったが、言い訳は既に考えてあった。

「工場の方でも、今日の朝刊を見て警戒しているはずです。二人で動けば、さらに警戒させてしまうかもしれません。一人なら、それほど警戒されないのではないでしょうか」

「そうか」生方がうなずく。「しかし、簡単には接触できないぞ」

「ですから、細心の注意を払うつもりです」

「では、とりあえずお前一人で当たってみてくれ」

「分かりました」

立ち上がった瞬間、誰かが公安一課に入って来たのが分かった。見たことのない顔——自分と同年代ぐらいだろうか、きっちり背広を着て、暗い紺色のネクタイをしている。背は高くないががっしりした体型で、四角く張った顎が目立った。少し長い髪は、綺麗に七三に分けている。眉は黒炭で描いたように太く、全体に濃い顔立ちだった。

海老沢は知らない人間だったが、生方は顔見知りのようで、緊張した表情を浮かべて立ち上がった。唇をほとんど動かさずに「地検の事件係の佐橋《さはし》検事だ」と告げる。

「私は外した方が――」

「いや、お前もここにいろ」生方が指示する。

公安の刑事が検事と接触する機会は稀だ。捜査一課の場合は、事件係の検事が事件捜査を指揮することも珍しくないようだが、公安はまた事情が違う。

佐橋と呼ばれた検事が、生方に向かって丁寧に頭を下げた。生方がそれにも増して深く一礼する。海老沢も生方に倣った。

「こちらは？」佐橋が、大きな目を海老沢に向けた。

「うちの海老沢です。私の右腕です」

「同席していいんですね？」

「もちろんです……どうぞ、お座り下さい」

佐橋が椅子を引いて座った。三人が、正三角形の頂点を占めるような位置になる。

佐橋はまだ海老沢に対して警戒心を抱いているようだが、その理由が分からない。海老沢は自分自身では、腰が低く当たりが柔らかい方だと思っている。初対面の人間を警戒させるようなことはないはずだ。

「今、公安一課長と会ってきました」佐橋が切り出した。

「はい」生方が低い声で応じる。

「もう一人の被害者は特定できたと考えていい……しかし、かなり難しい捜査になっていますね。容疑者はまだ浮かんでいないんですね？」

「革命軍の人間の所在確認を急いでいますが、どうやら爆破事件の後で、地下に潜ったようです」

「当然でしょうな」佐橋が腕を組む。そうすると背広がはちきれそうになり、特に腕の太さが際立った。「その所在確認が急務か……他には？」

「被害者が、勤務先で革命軍の細胞を作ろうとしていた可能性があります。これから、勤務先の調査も含めて被害者の身辺も調べます」

「十分慎重にやって下さい」

佐橋がまた、海老沢に視線をやった。自分は邪魔になっている、と感じる。それを察したのか、生方が「海老沢、そろそろ出かけてくれ」と声をかけた。いかにも、佐橋に対して気を遣っているような態度。これなら最初から外すように言えばよかったのに、と海老沢は訝った。

立ち上がり、自席で荷物をまとめる。二人はまだ話しこんでいた――先ほどよりも深刻な様子で、額がくっつかんばかりになっている。

しかし、妙だ。用事があれば、こちらを呼びつければいいではないか。検事は警察の捜査を指揮する立場にあるのだし。

佐橋は本当に検事なのか？

公安一課の一員であっても、課内で何が行われているか、全て分かるわけではない。出かける前、生方が荒木印刷の全社員の住所と勤務シフトを渡してくれた時に、海老沢は薄気味悪さを感じていた。こういうものをすぐに入手するには、予《あらかじ》めスパイを飼っておかねばならないのだが……荒木印刷の労働組合は共産党との接点もなく、それほど危険な存在ではなかった。大企業、それに先鋭化している組合に関しては「要注意」印がつき、監視もきちんと行っているのだが、荒木印刷はそこから外れていたのである。もともと会社の規模が小さいせいもあるが、中小企業の組合も警戒しないといけないな、と海老沢は自戒の念をこめて思った。有能な人間がオルグすれば、組合はあっという間に先鋭化する。人数は少なくとも、過激行動に走れば、警察にとって厄介《やっかい》な存在になるだろう。

印刷業界は好景気が続いているようだ。荒木印刷も、一日を二交代制で、朝七時から夜十時まで操業している。夜遅くまで輪転機が回っていたら、近所の人たちはうるさくて仕方ないと思うのだが。

海老沢が最初に会ったのは、戦前から荒木印刷で働いている、坂本《さかもと》という印刷工だった。家は多摩川《たまがわ》を越えた先、小田急線の稲田登戸《いなだのぼりと》駅近く。遊園地があるので有名な駅だが、坂本の家は遊園地とは反対側、世田谷通り沿いにある一軒家だった。この辺も空襲は免れたようで、戦前の古い家がそのまま残っている。

午後一時。昨日は夜十時までの勤務だったという坂本だが、特に疲れた様子もなく海老沢を迎えてくれた。

「遅くまで仕事で大変ですね。近所の人から、苦情が来たりしないんですか？」印刷機の騒音は相当なものだろう。

「社長がまめな人でね……まめというか、金を使うのをケチらない」

「どういうことですか？」

「盆暮れに、近所の人たちにつけ届けを欠かさないんですよ。もちろん、そんな大金じゃないけど、社長は元々あの辺で生まれ育った人で、昔からの顔見知りも多い。そういう人になにがしか包まれて、頭を下げられれば、多少の騒音は我慢しようという気になるでしょう。今は景気もいいし、仕事は頑張らないとね」

予め調べていた情報では、坂本は五十歳、高等小学校を出てからすぐに印刷業界で働き始めたという話で、指先は黒く変色していた。このインクの染みは、もうどうやっても落ちないのだろう。

「なるほど……ところで牛島さんは、求人広告を見て応募してきたんですよね？」

「ああ。今は、人手はいくらあっても足りないんだ」

「でも、実際には印刷工ではなく総務課員として働いていた……」海老沢は指摘した。

「数字に強かったんですよ。海軍経理局っていうのは、何だか怖い感じもするけど」

「いや、金勘定していただけでしょう」

坂本が声を上げて笑い、お茶を一口飲んだ。小さな庭に面した縁側。海老沢を家に上げることには抵抗感があるようだったが、ここまでなら構わないようだ。もしかしたら、桜を見せたかったのかもしれない。それほど大きくはないものの、庭には桜の木が一本ある。花はとうに散っていたが、若葉が風情のある光景を作っていた。

「勤務態度はどうだったんですか？」

「仕事は真面目にやってたけど、課外活動がねえ……」坂本が顔をしかめる。

「組合ですね？　元々、荒木印刷には組合があったはずですが」

「うちの組合は、荒っぽいストやデモをやってたわけじゃないよ。毎年春に、賃上げや福利厚生について社長と話し合っていただけだ。元々は、極めて穏健な組合です」

「坂本さんも組合に入ってたんですか？」

「いや、実は私が初代の委員長でね」どこかバツが悪そうに、坂本が体を揺らした。

「坂本さんが作った組合なんですか？」

「実際に組合を作るように指示したのは社長だよ」

御用組合、ということか。実際、「とりあえず組合活動をしています」という実績を作るためだけに存在し、経営陣とべったりの組合もある。

「社長さんは、何で組合を作ろうなんて思ったんですかね」

「民主主義かぶれじゃないの？」坂本が笑った。「戦後すぐには、誰も彼も民主主義だったじゃない。流行語みたいな感じでさ。社長としては、従業員主導の組合ができて、突き上げられたらたまらないと思ったんだろうね。だから、一番古株の私に声をかけて、組合を作らせたわけですよ」

「それが、牛島さんが入ってきて変わったんですか？」

「そう」坂本が一転して真剣な表情でうなずいた。「オルグっていうの？　うちの活動を手ぬるいって批判し始めてね。印刷業界の他の会社の賃金なんかを示して、もっと取らないと駄目だ、社長はワンマン経営で横暴にやってるって煽り始めたんだよ。金の話のせいか、皆それに乗っかっちまってねえ。だから、今年の春闘は大変でしたよ」

「そうだったんですか？」

「初めてストをやったんですよ。しかも会社から幹部を締め出したんだ」

「大騒ぎだったでしょう」海老沢は顔をしかめた。この情報は総務係には上がっていなかった。

「一日で解決したけど、あれで社長は相当の痛手を受けただろうね。それまで、従業員から『横暴』だとか『ワンマン』だとか言われたことはないんだから。ちょっとやり過ぎだったんじゃないかな――実は私は、組合から抜けようかと思ってるんだ。何も社長を突き上げなくてもいいのにな」

「そうなんですか……でも、組合を抜けると、他の社員との関係が悪くなりませんか？」

「それは、ねえ」坂本が両手で顔を擦《こす》った。「まあ、昔から一緒にやってる連中ばかりだから、こんなことは乗り越えられると思うけど」

「牛島さんは、どこかから派遣されてきたんじゃないんですか？」

「共産党ってことかい？」坂本が聞き返す。

「私の口からは言えませんが」

「そういう感じはしなかったんだが……どうだろうね」自信なげだった。

「荒木印刷を、共産党の細胞にしようとしていたとか」

「まあ、そんなことにはならんと思うが」坂本が首を傾げる。「今、むきになっている連中も、すぐに熱が冷めますよ」

「牛島さんは、組合活動をしている以外に、何か変わったところはありませんでしたか？」

「さあねえ……仕事はごく真面目にやってたよ。前評判通り、数字には強かったし」

「おかしな連中に会ったりしてませんでした？」

「どうかな。仕事が終わった後に何をしていたかまでは分からないからね。組合活動は別だけど」

「肝心の牛島さんが亡くなったんですから、組合活動も下火になるかもしれませんね」

「そうであることを祈るけどね……いや、別に彼が死んで嬉しいとかそういうわけじゃないんだが、物事には何でも程度ってもんがあるだろう？」

若い工員の下柳《しもやなぎ》は、最初から警戒して、しかも喧嘩腰《けんかごし》だった。戦時中は勤労奉仕をしていて、荒木印刷では昭和二十一年から働いているという——そこまで話させるだけでも、かなりの時間がかかった。

自宅は狛江村、駅から歩いて十分ぐらいの場所にある長屋だった。会社のある喜多見の隣駅なのだが、ぐっと田舎の感じが濃くなる。下柳は、一人暮らしの家には人を入れたくないと言うので、仕方なく外で話をすることにした。周囲は畑で、土の香りが濃厚に漂っている。

「あなたは、だいぶ熱心に組合活動をやってたそうですね」

「だから？」馬鹿にしたように言って、下柳が煙草に火を点ける。マッチを道路に投げ捨て、火が消える様を目で追った。

「組合活動をすること自体は、別に問題でも何でもありません。私は、牛島さんと組合の関係を知りたいだけです」

「牛島さんは、俺たちに世の中の常識を教えてくれたのさ」下柳が言った。「今までどれだけ安い金で働かされてきたか、労働環境がどれほど劣悪だったか、牛島さんの話を聞いてよく分かったよ。資本家は、とにかく俺たちの労働力を搾取《さくしゅ》しようとしているだけなんだ。あのタヌキ社長だって同じだよ」

「社長は、そんなに悪い人なんですか？」

「そりゃそうだよ。うちは労働条件も劣悪だし、給料も業界の標準よりずっと低い。俺たちはずっと騙《だま》されていたんだ。牛島さんに言われて、初めて目が覚めたよ」

下柳の口調は、いかにも誰かから聞いた話をそのまま口にしているような印象だった。ずいぶん簡単に煽られたのだな、と思った。

「牛島さんは、だいぶ熱心に組合をまとめていたようですね」

「まあ、ねえ……」急に曖昧《あいまい》な口調になって、下柳が煙草をふかした。海老沢とは目を合わせようとしない。

ようとはしない。

「で、誰が牛島さんを殺したんですか」下柳が訊ねる。相変わらず、海老沢の目を見

「今、犯人を探しています」

「社長じゃないの？　今年の春闘の団交で、かなり激しくやり合ったからね。あんなに汗だくになった社長を見たのは初めてだよ」

「社長が嫌いなんですか？」

「個人的な感情は関係ない」下柳の口調が激しくなる。「あの社長は資本家で、俺たちを搾取している。それを団交できちんと認識させてやっただけだ」

「それで社長は、牛島さんを殺すぐらい憎むようになったんですか？」

「人は恥をかかされたら、何をやるか分からないんじゃないの？」

本気で言っているのか？　海老沢は思わず首を傾げた。

「人を殺すというのは大変なことですよ」

「まあ、それは……」下柳が口ごもる。

「ちゃんとした証拠がないなら、滅多なことは口にしない方がいいと思います」

「まあ、社長にはそんな勇気もないかな」下柳が、実質的に前言を撤回した。

「牛島さんは、どんな人だったんですか？」

「熱心な人だよ。我々の目を開いてくれたんだから」

「組合のことはともかく、人間として、経理担当の社員としてはどうだったんですか？　ここへ来る前は何の仕事をしていたんでしょうね。どこかで組合活動を経験してきたんですよね？」

「さあ……」

下柳が惚《とぼ》けた。煙草を道路に投げ捨てると、すぐに次の一本に火を点ける。煙草に逃げようとしているな、と海老沢には分かった。火を点けている最中は話さずに済む。

「元々は海軍の人ですよね」構わず、海老沢は質問を続けた。

「そう聞いてるよ」

「戦争が終わってから、もう何年も経っています。今まで何をしていたんでしょうね」

「あちこちで働いていたと聞いてるけど、詳しくは知らないな」

「海軍にいた人が、組合の活動に熱心になるというのも、理解できない」

「そりゃあ、戦争に負けたんだから、そういうこともあるでしょう。昨日まで大日本帝国万歳って言ってた人が、次の日には軍部をクソミソに貶《おとし》める――そういうことは、珍しくもなかった。あれで日本は大きく変わったんだから」

「彼は共産党員だったんですか？」

「どうかな」下柳が口を濁した。

「こちらの組合は、総評の下に入っていないでしょう？　印刷出版労働組合にも参加していませんよね。それで、他の印刷業界の組合とは上手くやっていたんですか？」

「そういうのは、これからの課題だから」

「つまり、単純に荒木印刷の中だけの組合活動だったと？」

「あのさ」下柳が初めて海老沢の目を見た。「だけど、それと牛島さんが殺されたことと、何の関係があるわけ？　俺たちは正当な労働者の権利として組合活動をやってただけなんだぜ？　どうして痛くもない腹を探られないといけないんだ？」

「痛くないんだったら、探られても何ということもないでしょう」海老沢は思わず言い返した。「警察としては、被害者のことなら何でも知りたい、ただそれだけですよ」

「別に言うことはないね」下柳が目を細める。

「同僚が殺されたのに、犯人を知りたいと思わないんですか？」

「そんなこと言われても、牛島さんのことは……何も知らないね。あの人、仕事のことと組合活動のこと以外は、何も喋らなかったから」

「一緒に酒を呑んだりしなかったんですか？」

「そういうつき合いはしない人だった」

この証言は、先ほどの坂本の話と合致している。仕事の他は、ひたすら組合の先導者として活動していた。何か妙だ。組合活動は、戦後アメリカからの「押しつけ」で本格的になったと言っていいが、会社の「仲間意識」の中で生まれた組合も多い。俺もお前も同じ、働く仲間ということだ。

「どうも理解できませんね」海老沢はわざとらしく首を捻った。

「何を訊《き》かれても、知らないものは知らないね」下柳が素っ気なく言った。「とにかく俺は、牛島さんに組合活動の大切さを教わったんだ。もうすぐアメリカは手を引いて、日本は独立するんだぜ？　アメリカは、あまり激しい組合活動はさせたくなかったから抑えこんできたんだろうけど、これからはそうはいかない。俺たちが立ち上がる時代が来るんだ」

下柳が熱っぽく語ったが、やはり借り物の言葉にしか聞こえなかった。

7

夕方、海老沢はこの日三人目の聞き込みを行った。相手は荒木印刷労働組合の現委員長、高木《たかぎ》。同僚が集めてきた情報では、今年の一月に委員長に就任したばかりだという。どうやら、春闘を前に組合の中でも混乱があったようで、交代——極端に言えば、前委員長は引きずり降ろされ、高木が代わりにその座についたのだという。

高木も下柳と同様、海老沢に対して敵対的な態度を取った。

「警察に話すことは何もない」いきなり目の前に壁を作ってしまう。

「同僚が殺されたんですよ？　犯人を逮捕したいと思いませんか？」

「それは警察の仕事だろう。我々には関係ない」

海老沢は言葉を切り、唇を引き結んだ。警察に首を突っこまれるのが嫌なのは分かるのだが、あまりにも頑《かたく》な過ぎないだろうか……。

高木の家は、牛島のアパートの近くにある平屋建ての一軒家で、家の中からは子どもたちの笑い声が聞こえてきた。一家団欒《いっかだんらん》を壊したくないので、海老沢は外に出るよう、高木を誘った。高木は下駄《げた》をつっかけて外に出て来たものの、最初から喧嘩腰で会話が成立しない。

「牛島さんは、共産党とつながっていたんですか？」

「結局、知りたいのはそれかよ」高木が鼻を鳴らした。「あんたらは、組合活動を潰そうとしてるだけなんだろう」

「いえ、殺人事件を捜査しているんです」こういう挑発に乗ってはいけない――冷静でいるように、と海老沢は自分に言い聞かせた。挑発に乗ったら、一切話が聴けなくなってしまい、時間が無駄になる。

「牛島さんは、ずいぶん遅い時間に帰るんですね」

「あの日か？　夜まで組合の集まりがあったもんでね」高木があっさり答えた。

荒木印刷の組合が、上部組織とつながっていないことは分かっている——公式には。しかし非公式にはどうだろう？　高木が激怒するのを覚悟の上で、海老沢は一歩踏みこんだ。この時点で名前を出すのは危険で、一か八《ばち》かの賭けになるかもしれないが。

「革命軍をご存じですか？」

「さあ」

高木がとぼける。その態度に、海老沢は引っかかりを覚えた。「知らない」と言えば済むだけではないか。

「共産党から除名された過激な一派です。今、全国各地で強硬な武装闘争路線を貫いています。実際、革命軍の中で爆弾の作り方も流布している。これは看過できませんよ」

「それが、俺たちに何の関係がある？」

「例えば、牛島さんが革命軍とつながっていた可能性はありませんか？」

「何を言ってるんだか……警察も血迷ったのかね」高木が馬鹿にしたように唇を捻じ曲げる。

「革命軍は、組合への食いこみも重視しています。牛島さんが、そういうところから派遣されてきた可能性はないですかね？　過激な方法で、あなたたちの組合をオルグしたとか」

「我々は正当な権利として、経営陣と対峙しているだけだ」

「そうですか……では、牛島さんは革命軍とは関係ないんですね？」

「そんなことは知らん」

「牛島さんが荒木印刷に来るまで何をしていたか、分からないことが多いんです——というより、ほとんど分かっていない。過去を隠す理由があるんじゃないんですか」

「俺たちは過去を詮索《せんさく》しない。未来があるだけだ。人間は常に、これから何をやるかだけが大事なんだ」

高木が急に演説口調になった。しかも極めて抽象的な内容……海老沢を煙《けむ》に巻こうとしているのだろう。適当に話を受け流しながら、海老沢は、この男には隠しておきたいことがあると確信していた。


駅前に出て、先日入ったラーメン屋で夕食を済ませる。夜になると客は少なく、ラジオの音がやけに大きく聞こえる。突然、古川ロッパの声が響いて驚いた。ロッパも、戦前ほどの勢いはないものの、ラジオなどで声を聞く機会は多い。今日は声帯模写ではなく、自分の声で喋っている……声帯模写で歌うロッパの姿は舞台で何度も観ているが、その都度上手さに舌を巻いたものだ。ラジオだと本当に、真似した相手本人が喋っているように聞こえる。海老沢自身は聴いていないが、「徳川夢声《とくがわむせい》伝説」というのがあったそうだ。体調不良で徳川夢声がラジオに出演できなくなった時、ロッパが代役で登場して、四十分間、夢声の声色でつないで誰にも気づかれなかったという。

戦後は、芝居ともすっかり縁遠くなってしまった。新しい仕事に慣れるのに精一杯で、とてもそんな時間は取れなかったのだ。思えば戦時中——アメリカとの戦争が始まった頃までは、まだ時間にも気持ちにも余裕があったと思う。寸暇《すんか》を惜しんで芝居小屋や映画館に足を運んでいたのだから。もちろん、保安課の仕事として観ていたこともある。自分が赤を入れた台本が、そのまま上演されているか確認する必要もあった。

最近は、警察官として復帰したのが正しかったかどうかさえ、分からなくなってきている。自分なりの正義を探すつもりで復職したのに、やっているのは共産党の調査——戦前、特高の同僚がやっていたのと同じことだ。

ラーメンは残した。これからもう少し聞き込みをしてみるつもりだったので、腹一杯にならない方がいい。

十時近くまで、荒木印刷の社員に聞き込みを続けてみたが、強い拒絶反応を示されるだけで、ほとんどまともに話が聴けなかった。

この分だと、一週間もあれば全社員に話を聴き終えるかもしれない。しかし最後には何の結果も得られずに徒労感が残るだけではないかと予想ができて、早くもうんざりしてきた。

今夜は、これ以上の聞き込みは難しいだろう。最後に、荒木印刷の様子を確認しておくか……二交代制で輪転機が回っているはずだが、十時にはそれも終わるはずだ。今日話を聴けなかった他の工員たちの顔を見ておいてもいい。

会社が見える場所まで移動する。既に工場の灯りは落とされ、仕事を終えた工員たちが次々に出て来るところだった。疲れた様子だが、冗談を飛ばし合い、笑いながら大股で歩いて行く——全体に若い工員が多い職場で、活気があるのは、彼らの輝くような顔を見ているだけで分かった。

ほどなく、会社の窓全ての灯りが消え、最後に出て来た社員が大きなドアに鍵をかけた。これで全員退社か……腕時計を見ると、十時十五分になっていた。ここまで見届ける意味があったのかと訝りながら、海老沢は踵《きびす》を返そうとした。事件が起きてからずっと夜が遅かったから、今日は少しでも早く帰って睡眠時間を稼ごう。

その時、視界の隅に人影が映った。誰かが会社の方へ素早く近づいて行く——川合だ。こんな時間に何をしている?

川合は、門を軽く乗り越えた。先ほど社員が鍵をかけた正面のドアの前に立ち、屈みこんで何か細工を始める。

まずい。奴は中に忍びこもうとしている。さすがにこれは止めないと……海老沢は自分もすぐに門を飛び越えた。足音に気づいたのか、川合がさっと振り向き、身を隠すように姿勢を低くする。しかし、もう一度振り向いて海老沢を見ると、安堵《あんど》の表情を浮かべて再びドアの方を向いた。

「こんなところで何してるんだ？」海老沢は低い声で訊ねた。

「ご覧の通りですよ」川合が鍵と格闘しながら、平然と言った。

「忍びこむつもりか？」

「見りゃ分かるでしょ」乱暴な口調で川合が言った。「どいて下さい。海老沢さんには止める権利はないでしょう」

「見過ごすわけにはいかん」

「命令なんですよ」

「誰の」

「坂田《さかた》係長」

「ああ？」坂田は革命軍を担当する三係の係長で、川合の直接の上司だ。「生方さんじゃないのか」

「坂田さんですよ」川合が肩をすくめた。「とにかく、これも仕事なんで」

「しかし……」

「帰るか手伝うか、どっちかにして下さい——これでよし、と」

かちりと小さな音がして南京錠が開いた。無理にこじ開けたのか、合鍵を持っていたのか……合鍵だとすると、いったいどこで手に入れたのだろう。

「どうします？」川合がちらりと海老沢の顔を見て訊ねた。

「一緒に行く」

これは明らかに違法行為だ——せめて事態がこれ以上悪化しないように、自分が抑えにかからないと。

川合は中に入ると、すぐにまた鍵を閉めた。暗闇に慣れるまで、少し時間がかかる……ほどなく、目の前に長い廊下が続いているのが分かった。川合は懐中電灯の光でドアを確認しながらゆっくりと進んだ。左右にある部屋には、それぞれ「総務課」「営業課」「社長室」などの札がかかっている。廊下の端が工場への入り口……川合は工場に足を踏み入れると、すぐに周囲を見回した。

海老沢は彼から少し離れて、様子を見守った。中は真っ暗でほとんど何も見えず、五感を刺激するのはインクの強烈な臭いだけである。ここで一日中仕事をしていたら、頭痛に悩まされそうだ。

川合は、腰に両手を当てたまま、しばらく工場の中を観察していた。やがて何かを見つけたようで、懐中電灯を点けずに、奥へずんずん歩いて行く。後に続いた海老沢は、テーブルに腰をぶつけてしまい、何かが落ちる音を聞いた。まずい……しかし余計なことをするとさらに痕跡《こんせき》を残してしまうかもしれないと思い、何もしないでおくことにした。

川合が探していたのはドアだった。工場の一番奥にあるドア……かちりと小さな音がしてドアが開き、川合が室内に足を踏み入れる。海老沢は後に続いたが、川合の背中にぶつかってしまった。どうして立ち止まったんだとむっとしたが、簡単に先に進めないせいだとすぐに気づいた。それほど狭い部屋なのだ。川合が懐中電灯を点けて、部屋の中をざっと照らしてから、壁を探って電灯を点ける。

明るくなると、部屋の狭さがさらによく分かった。おそらく六畳ほどで、事務机が三つ、テーブルが一つ入っているだけでほとんどの空間が埋まっている。しかも壁の一面は棚になっており、綴じられた書類などで一杯だった。

川合はまずデスクに手をつけた。引き出しを次々と開け、時には奥の方を懐中電灯で照らし出しながら調べていく。海老沢はドアの所に立ったまま、川合の動きを見守った。明らかな違法捜査なので、手伝うわけにはいかない。かといって、強引に止めて揉め事になるのも嫌だった。

「海老沢さん、協力してくれないんですか」川合が文句を言った。

「何を探してるんだ？」

「何かまずいものに決まってるでしょう」

「まずいものって、何なんだよ」

「例えばですね……」川合は床に屈みこみ、深い引き出しを一杯に引いて、中を覗きこんでいた。何か見つけたようで、懐中電灯の光を当てる。それから、引き出しが抜けた空間に腕を突っこみ、何かを引っ張り出した。

「こういうものですよ」ニヤリと笑いながら、一冊の小冊子を海老沢に向ける。

「春の風」だった。


こいつは一体何をしているんだ？　いや、川合ではなくその背後にいる人間——三係の意図が知りたい。海老沢は川合につき合って本部に戻った。それに「春の風」についても気にかかっている。荒木印刷の工場——たぶんあそこは組合事務所だ——で、ゲリラ教本の「春の風」が発見されたということは、荒木印刷の組合と革命軍に何らかの関係があった証拠になる。一般に流通していないこの小冊子を、無関係な人が手に入れるのは難しいのだ。

電車の中で、川合は平気で「春の風」を広げて読んでいた。

「お前、それはまずいだろう」海老沢は素早く注意した。

「大丈夫ですよ。『春の風』なんて、詩集みたいな題じゃないですか」

実際、表紙には桜の木の絵があしらってある。ご丁寧に、花が散る構図だった。

「お前みたいな奴が詩集を読んでたら不自然だろう」

「インテリを装ってるんですけど、駄目ですか」川合が皮肉な笑みを浮かべて小冊子を閉じ、鞄にしまった。

海老沢も以前、「春の風」を読んだことがある。中身はまさに、「武器読本」で、火炎瓶や爆弾の作り方などが、図解入りで詳細に書いてある。物騒極まりないこの小冊子が、どれだけ流布しているかは不明だった。そもそも印刷してあるということは、どこかの印刷屋が絡んでいるわけで……もしかしたら、荒木印刷が担当したのかもしれない。組合の連中が密かに印刷すれば、会社側にはばれないだろう。

本部に生方はいなかった。待っていたのは三係長の坂田だけ……普段接することがない人間だけに、海老沢はかすかに緊張した。向こうも、海老沢が川合に同行しているせいか、警戒心を強めている様子である。

「どうしてお前が一緒なんだ」海老沢に鋭い視線を向ける。

「たまたま会社の前で一緒になりまして」川合が軽い調子で言った。

「そうか」坂田は深く追及はしなかった。

川合が鞄に手を入れ、「春の風」を取り出す。受け取った坂田がぱらぱらとページをめくり、うなずく。

「どこにあった？」

「組合の部屋です。デスクの引き出しの裏に貼りつけてありました」

「隠していたか……まずいものだという認識はあったわけだな」

「仰《おっしゃ》る通りです」川合が話を合わせる。

「これで、あの会社と革命軍との関係は明らかになったな」坂田は満足そうだった。

「どうします？　明日、正式にガサをかけますか？」

「それは検察とも相談する」

「ちょっと待って下さい」海老沢は思わず二人のやり取りに割りこんだ。「どういうことなんですか？　殺人事件の捜査をしていたんじゃないんですか？」

「公安一課の仕事は何だ？」坂田が表情を変えずに海老沢に訊ねる。

「それは……」

「国家の安寧を妨害する過激分子の摘発、排除だ。どういう状況であっても、その基本は変わらない。荒木印刷が革命軍と関係あり、との情報が入ったから捜索したら、証拠が見つかった――通常通りの仕事だろうが」

「違法な家宅捜索です」言った途端、鼓動が高鳴る。

「細かいことを言うな。大義のためには仕方のないことだ……川合、ご苦労だったな」

「とんでもありません」川合が愛想よく言った。

「今日は引き上げてくれ」

「いやあ、遅いんで、こっちに泊まりますよ。仮眠します」

二人の会話を聴きながら、海老沢は身を引いた。何かがおかしい……殺人事件の捜査が続いている最中に、こんな強引な捜索を行う意味は何なのだろう。この人たちは、殺人犯を探すよりも、小さな印刷会社の組合が革命軍と関係していることを重視しているのだろうか。

生方と話さねば、と思った。彼はこの動きを知っているのだろうか。


日付が変わってから帰宅し、海老沢は着替えもせずに畳の上に寝転がった。何をする気にもなれない。頭の中で疑念が渦巻くばかりだった。

公安一課の中で、得体の知れない動きがある。課員である自分にも知らされない、極秘の動き。これでは、仕事のやりようがない。必死でやっていたことが、次の日にはひっくり返されてしまう。公安の中で誰かが「正しい」と思ったからこそ、いや、指示したからこそ、この違法な捜索が行われた。国家を安定させることが全てに優先し、そのためには多少の間違いや違法行為には目を瞑《つむ》る——理屈ではそういうことも必要なのだと海老沢も分かっていた。過激に動く連中に対処するためには、綺麗事ばかり言ってはいられない。それはそうだが、心のざわつきは鎮まらない。これは本当の正義なのか？　単に、戦前の弾圧が形を変えて繰り返されているだけではないか？　高峰は「個人は国家より大事だ」「国家が個人を潰してはいけない」と本気で信じている。彼の正義感の方が正しいのではないか？　そして自分は——。

ゆっくりと体を起こし、頭《かぶり》を振った。とにかく明日、生方に状況を確かめるしかない。

本棚の前に屈みこみ、分厚い『風と共に去りぬ』を手に取った。戦前に翻訳されていたのだが、海老沢が手に入れたのは去年である。あまりにもページ数が多いせいもあり、少し読んだだけで挫折していたのだが……これを原作にした映画が、今年の夏に上映されるようだと小嶋から聞いていた。戦争に入る直前に作られたという映画は、どんなものだろう。小嶋は、「戦争中でもアメリカはテクニカラーの映画を作っていた。あれを観ると、日本が戦争に負けた理由が分かる」と言っていた。日本と戦いながら大作映画を平然と作っていたアメリカには、それだけ底力と余裕があったということなのだろう。小嶋が「反米」にならず、逆にアメリカかぶれしたのは、その辺の事情を知ったからかもしれない。相手があまりにも大きい場合、反発するよりも何か学んだ方が得ではないか？

アメリカに比べればはるかに小さな日本……その国を守る仕事を、海老沢は再び選んだのだが、果たしてそれが正解だったのかどうか。判断できぬまま、悶々《もんもん》とするばかりだった。

電話が鳴る。高峰だろうと受話器を取り上げると、小嶋だった。

「よう、どうしてる」小嶋の口調は軽快だった。「例の爆破事件、どうなってる？まだ捜査してるんだろう？」

「そういうことを気楽に聞くなよ」海老沢は眉間に皺を寄せた。「お前と喋ってることがバレたらまずい」

「神経質になり過ぎなんだよ、警察は」小嶋が鼻を鳴らした。「何も、天下国家の問題じゃないだろう」

「天下国家の問題かもしれないぞ」

「お前らは、何でも大袈裟にし過ぎじゃないか？賭けてもいいけど、日本では絶対革命なんか起きないぞ。そういうことができる国民性じゃないんだ」

「革命は起きなくても、その過程で事件は起きる。実際、犠牲者も出てるんだぞ」

「お前らが、自分の存在価値をアピールするためにやってるんじゃないか？」

「自作自演だとでも言うのか？」海老沢は頭がかっと熱くなるのを意識した。「死人も出てるんだぞ。冗談じゃない」

「まあ……気をつけろよ」

「何に？」

「足元に。知らない間に、変なことに巻きこまれるかもしれないぞ」

「何言ってるんだ」事情を知らない週刊誌の記者が何を……と思ったが、何とか言葉を呑みこむ。小嶋は何か知っているのか？

「週刊誌も馬鹿にしたもんじゃないぞ。ＧＨＱもすぐにいなくなるし、何でも自由に書ける時代が来たんだよ」

　本当に自由だと思っているのか？　戦前、検閲によって削らねばならない部分など、たかが知れていた。そもそも映画も舞台も、台本は検閲側の意図に添うように書かれていた。国策、戦意高揚——物を作る人間も、お上《かみ》を怒らせないように気を遣っていたではないか。

　敗戦で何かが変わったか？　変わったと思っていても、そんなものは思いこみではないか？　日本人の本質が、一回の敗戦ぐらいで変わるとは思えない。

8

「いやあ……それを聞かれてもねえ」坂本というベテランの社員は、嫌そうに表情を歪めた。「知らないものは知らない——何回聴かれても、そうとしか答えようがないですよ」

「何回も、ですか？」高峰は思わず聞き返した。自分が坂本に会うのはこれが初めてである。捜査一課の他の刑事たちは別の仕事をしていて、荒木印刷の調査は俺に任されているはずだ……。

「そうですよ」

「私以外に、誰かが話を聴きに来たんですか」

「海老沢、とかいう刑事さん……わざわざ家まで訪ねて来たんですよ」

海老沢が？　高峰は、内心の驚きが顔に出ないようにと、少しうつむいた。あいつが荒木印刷の社員に話を聴いて回っているのか？　いったいどんな捜査をしているのだろう。

「他にも、話を聴かれた社員が結構いますよ。それがいつも自宅にいる時なんだよな。それはそれで迷惑——まあ、昼間職場に来られても困りますけどね。いちいち仕事を止めないといけないから」

「それは申し訳なく思ってますけど……」

自分の声が、輪転機の音に消されるのを意識した。工場の中では、互いの声も聞き

取れないほどの轟音がこだましている。工員同士がやり取りする際には、筆談してい
るようだ。その轟音は、工場から少し離れた総務課にいても遠慮なく響き渡り、声を
張り上げないとまともに会話もできないほどだった。
　この日の事情聴取は坂本が最後だったので、高峰は急いで捜査本部に戻り、熊崎に
報告した。
「公安が？」熊崎の眉根が寄る。
「ええ。牛島さんの身辺を洗っているようです」
「確か、彼が来てから荒木印刷の組合活動が先鋭化したという話だったな……公安と
しては、その線を気にするのは不自然ではないだろう」
「殺人事件の捜査とは関係ないと思いますが」高峰は不満を漏らした。
「いや、そこは前向きに考えよう。公安が自分たちの仕事をしている限り、俺たちの
邪魔はしてこないだろうし」
「そうでしょうか？」高峰は食い下がった。どこかで衝突してもおかしくない。
　電話が鳴る。高峰は慌てて受話器を摑んだ——相良の悲鳴のような声が耳に飛びこ
んでくる。
「大変です！」
「どうした」高峰は意識して声を低くした。相手が動転している時は、こちらはでき

るだけ落ち着いて応対しないと。

「荒木印刷が……公安が……」

「何だ！」流石《さすが》に高峰も声を張り上げてしまった。二つの言葉が頭の中で結びつく。

「公安の連中が何かしたのか？」

「ガサに入りました」

「ああ？」

目の前が真っ暗になる。高峰は送話口を掌で押さえ——その手が震えた——熊崎に報告した。

「相良からです。公安が、荒木印刷のガサに入ったようです」

「何だと！」

熊崎が吠える。巨体で大声を出すと、流石に迫力があった。質問される前に、高峰は電話に戻った。

「お前は今、何をしてるんだ？」

「聞き込みの最中に、荒木印刷の前を通りかかったんです。それでたまたま、公安一課の連中が中に入って行くのを見て……揉めてました」

「お前、どこから電話をかけてる？」

「近くの——例の弁当屋で電話を借りました」

何か関係あるのか？

「ちょっと待て」と熊崎が引き止める声が聞こえてきたが、無視して高峰は部屋を飛び出した。クソ、公安の連中――海老沢は何を考えてるんだ？　これは殺しの捜査と何か関係あるのか？

「すぐ行く！」

高峰はパトカーを飛ばし、荒木印刷の前で相良と落ち合った。相良はどうしていいか分からない様子で、門の前を行ったり来たりしている。高峰がパトカーから降りて姿を見せると、露骨に安堵の表情を浮かべた。

「どうなってる？」

「中へ入ったまま出てきません」

「もう三十分ぐれえになるのか……」高峰は腕時計を確認した。本格的な家宅捜索には、相当時間がかかる。特に個人宅と違って会社には、調べるべき場所がたくさんあるのだ。

「どうします？」

「中へ入るぞ」

「そんなことして大丈夫なんですか？」相良の顔から血の気が引く。

「公安の連中の勝手にはさせせねえ」

会社に入って、高峰は驚いた。ドアを開けると、まず長い廊下になっているのだが、そこに人だかりができて、シュプレヒコールが鳴り響いていた。「警察は帰れ！」「不当捜査はやめろ！」……まるで狭い場所でデモをしているようだった。高峰が「警察です」と声を上げると、今度はこちらに攻撃が向いてくる。怒号が飛び交い、人が押し寄せて来て、強烈な圧力を感じた。「殺人事件の捜査です！」と怒鳴り返すと、ようやく圧力が弱まった。廊下が埋まっているということは、公安一課は奥にある工場の家宅捜索を行っているのだろう。輪転機を調べて何が分かる？

工場に通じるドアを開けると、中でも工員たちが怒声を上げていた。「弾圧だ！」「警察は帰れ！」——とても中に踏みこめる雰囲気ではない。高峰は、ドアのすぐ側《そば》に坂本がいるのに気づき、腕を引っ張って外に出した。坂本は眉間に皺を寄せて迷惑そうな表情を浮かべたが、相手が高峰だと分かると、少しだけ緊張を緩めた。

「何があったんですか」

「何があったと言われても……こっちが聞きたいぐらいですよ。やってるのは警察でしょう？」

「部署が違うんです」言い訳めいていると思いながら、高峰は言った。

「とにかく、いきなり大勢でやって来て捜索だって……まるで押しこみ強盗だね」坂本が呆《あき》れたように言った。「今、組合の事務所を調べてる」

「工場の中に組合の事務所があるんですか？」

「元々倉庫だったのを改装して使ってるんだよ」坂本が説明した。

「何の容疑か、言ってましたか？」何も告げずに家宅捜索するなどあり得ない。

「俺は聴いてない」坂本が逆に聞き返す。「とにかく何とかしてくれんかね。このまましゃ、いつまで経っても仕事ができん。警察は、操業できない分の補償はしてくれるのかい？」

高峰は言葉に詰まった。公安が邪魔している一分一秒が会社に損害を与えているのは間違いないだろうが、自分たちには止める権利があるのか？　それでも高峰は、もう一度工場に足を踏み入れようとした。何か一言──「さっさと終わらせろ」ぐらいは言ってやろう。

しかしそこで、後ろから肩を摑まれた。振り返ると、熊崎が怖い顔で立っている。

「口出しするな」

「しかし、会社の人たちが困ってるんですよ。それに、このままだと騒ぎ──暴動になります」

「うちの予備隊が出動するらしい」

「まさか」高峰は啞然《あぜん》として口を開けた。暴徒鎮圧などの目的で結成された予備隊は、警察の中の「武装部隊」と言っていい。大規模なデモなどで街頭警備に当たり、群衆と衝突する様を高峰も見ていたが、ここはたかが小さな印刷会社ではないか……。「公安一課の要請ですか？」

「そういうことだ。ちょっと出ろ」

不満は残ったが、係長の命令を拒否はできない。結局三人は、高峰が乗ってきたパトカーに乗りこんだ。

「警備第二部長が、刑事部長と直接話したそうだ」警備第二部は、公安一課を統括する部署だ。「部長は、爆取《ばくとり》違反の容疑で荒木印刷を捜索する旨《むね》、刑事部長に通告したらしい。相良が報告を入れてきた前後の話だ。俺たちに話が降りてくるのが遅れただけなんだ」

「そういう問題じゃないと思いますが」高峰は反発した。上から教えられれば納得できるものでもない。

「だったらお前が、刑事部長に文句を言うか？」熊崎が脅しにかかった。

「そういう意味では……」高峰は話題を変えた。「爆発物っていうのは、この前の事件に関連してですか？」

「違う。先月、江東区《こうとう》の廃工場で爆弾が見つかった事件、覚えてるか？」

「ええ」危うい一件だった。廃工場で遊んでいた子どもたちが、円筒形の金属容器を見つけて自宅に持ち帰ったのだが、不審に思った両親が警察に届け出たところ、製造途中の爆弾だと判明した。

「あの件を、革命軍の犯行と断定したようだ。荒木印刷には革命軍のシンパが何人かいる――江東事件にも関与しているという疑いだ」

「初耳です」

「公安の連中がやっていることなんぞ、俺たちの耳にはまったく入ってこんよ。連中は、とにかく秘密主義だからな」熊崎が皮肉っぽく吐き捨てた。

「今回の事件とは一切関係ないというんですか？」

「それも分からん。刑事部長も食い下がったようだが、警備第二部長は詳しい説明を拒んだらしい」

「ふざけやがって……」高峰は唇を噛んだ。「上は何をやってるんですか！」

「余計なことを言うな」熊崎が低い声で忠告した。「部長を批判しても何も始まらない」

高峰は自分の腿《もも》に拳を叩きつけた。訳が分からない……公安も、世田谷事件の捜査をしていたのではないのか？

「相良、車を出せ」熊崎が、運転席に座る相良に命じた。

「係長……」高峰は反論しようとしたが、鋭い視線に射すくめられ、言葉を呑まざるを得なかった。

「冷静になれ、高峰」熊崎が諭《さと》した。「考えてみろ。江東の爆弾事件だって重要だ。公安の連中が捜査するのは当然だろう」

「しかし、何か裏がある気がします」

「うむ……」

熊崎が黙りこむ。車が大きな段差を乗り越え、がたりと揺れた。外では砂埃《すなぼこり》が激しく舞う。世田谷も西の外れに来ると、まだ舗装されていない道路も多い。高峰は、聞き込みしているうちに背広と靴が汚れるので困っていた。

「本当に、このまま好きにやらせておいていいんですか？」高峰はつい訊ねた。

「うちが口を出せることじゃない」熊崎が唸《うな》るように言った。

「捜査の方針は……」

「今夜指示する。たぶん今日は、一課長も来られるだろう」

「そうですか……」

何を遠慮しているのだ。公安の連中は、自分たちが捜査しているところに勝手に手を突っこんで、引っ掻《か》き回しているようなものである。協力し合えば、もっと順調に捜査が進むはずなのに……連中はそもそも、駐在所が爆破されたことなど、どうでもいいと思っているのか？　作りかけの爆弾が見つかった事件と、実際に二人の死者が出ている事件、警察としてどちらが重要だ？

やはり何か、裏がある。もしかしたら公安一課は、世田谷事件に関して、重要な手がかり——もしかしたら容疑者——を摑んだのかもしれない。しかし容疑者を引っ張るための材料がなく、代わりに江東区の爆弾事件を利用して揺さぶりをかけたとか……これは別件捜査ではないか。

戦前なら、こういう強引な手法も許されたかもしれないが、敗戦から七年、刑事手続きの基本になる刑事訴訟法は全面改正され、警察の捜査手法は大きく変わった——変わらざるを得なかった。もはや戦前のような好き勝手は許されない。捜査一課の刑事たちは、それをしっかり意識している。

公安だけが、戦前の特高と同じやり方を貫く理由は何なのだ？

今にも爆発しそうな苛立ちを抱えて世田谷西署に戻ると、ここでも一悶着起きていた。

捜査本部に割り当てられた道場の前で、西署の副署長が誰かを叱責している。怒られているのは見覚えのない男——そして彼の横では、「喜多見駐在所爆破事件捜査本部」と書かれた紙が、「爆」と「破」の間で破れてひらひらと揺れていた。

「どうしたんですか？」熊崎が副署長に訊ねる。

「このおっちょこちょいが転びかけて、大事な張り紙を破いちまったんだよ」副署長が眉を顰《ひそ》めて説明する。

「申し訳ありません！」若い制服巡査が、頭を膝にぶつけそうなほど深く一礼する。

「まあまあ」熊崎が苦笑した。「こんなものは、ただの看板じゃないですか。それに申し訳ないけど、あまり上手い字じゃなかったし……高峰、お前、こういうのが得意だったな」

「得意というわけでは……」

「いいから。新しい看板が必要だろうが。ちょっと書いてやれ」

そういうのは俺の仕事じゃないんだが……しかし命令なら従うしかない。副署長が新しい紙と筆、それに墨を用意してくれたので、ざわつく捜査本部で、畳に座って看板を書き始める。

これだけ大きな——看板にするような字を書く時には、やはり集中力が必要だ。一度失敗して書き直したが、二度目には周りの喧騒も気にならなくなっていた。

書き上げた看板を、道場の入り口に掲げる。その時にはすっかり気持ちが落ち着いていた。もしかしたら熊崎は、そういう効果を狙って俺に看板を書かせたのか……見抜かれているとしたら、俺もまだまだ底が浅い。

「なかなか達筆じゃないか」

声に振り向くと、一課長の窪田が目を細めて見ていた。

「課長……」高峰はさっと一礼した。

「どうした？　もう看板が古くなったのか？」

「粗忽者《そこつもの》がいまして、破いてしまったんです。書き直しました」

「そうか……いい字だが、お前、気持ちが揺らいでいるな」

指摘されると、口をつぐまざるを得ない。精神状態は字に出るものだろうか。

「あの、課長……」

「詳しいことは捜査会議で話す」

それだけ言い残して、窪田は道場に入って行った。今日はさすがに、百戦錬磨の課長も緊張しているようだな……高峰は肩を上下させてから、彼の後を追った。

普通の捜査会議では、まず刑事たちから順番に報告がある。しかし今日は、一課長自らが最初に説明に立った。

「既に知っている者も多いと思うが、本日、公安一課が荒木印刷に家宅捜索に入った。容疑は爆発物取締罰則違反。先日、江東区で発見された製造途中の爆弾に関する捜査絡みの家宅捜索だ。最新の情報だが、公安一課は革命軍のシンパと見られる荒木印刷の社員三人を引っ張っている。このまま逮捕する見込みだ」

緊迫した空気が流れる。窪田は、それが自然に鎮まるのを待った。高峰は、立ち上がって声を張り上げたい気分だったが、何とか抑えた。公安一課は、決して違法なことをしているわけではない。自分たちが抱えている事件の捜査を進めているに過ぎない。ただそれが、こちらの捜査と被《かぶ》ってくる――そう言えば、と荒木印刷の坂本から聴いた話を思い出した。海老沢も、荒木印刷の社員に事情聴取をしている。あいつは結局、爆破事件ではなく革命軍を潰すための捜査をしていたのではないか？　簡単に喋るとは思えないが、後で確認してみよう。

「警備第二部長から刑事部長に事前の通告はあったが、基本的に公安は、独自路線で勝手に捜査をしているようだ」

「課長」我慢できず、高峰はつい立ち上がった。「公安一課は、世田谷事件については捜査していないということですか？」

「警備第二部長は、それについては言及しなかった――座れ、高峰」

静かだが頑とした口調で命じられ、高峰はゆっくりと腰を下ろした。

「公安一課のやることについては、一々気にするな。うちはあくまで、世田谷事件で犠牲になった二人のために捜査をする……それで、本筋の捜査の話だ。熊崎係長？」

促《うなが》され、熊崎が立ち上がる。その顔は、先ほどまでの困惑した表情ではなく、いつも通りに気合いが入っていた。

「最新の情報だ。犠牲者の一人――荒木印刷の牛島という男は、どうやら存在しない」

どういうことだ？　家への帰り道、高峰は混乱したままだった。

「牛島が存在しない」という結論を出したのは、彼の過去の足取りを追っていた他の刑事たちである。荒木印刷に提出された履歴書の大部分が、嘘だと判明したのだ。広島県出身ということだったが、当該住所にそんな人物の本籍は存在していないことが分かったし、海軍にも牛島という男の在籍記録はなかった。そして、荒木印刷で働く前——履歴書に書かれていた住所には、牛島という人物は住んでいなかった。その他、これまで働いていたとされていた会社などに当たっても、牛島の存在は確認できなかった。

幻。

「適当な話ですよねえ」電車で一緒になった相良が、呆れたように言った。「民間の会社って、人を雇う時に身の上を調べたりしないんですかね。ちょっと調べたら、履歴書が嘘だらけだってことぐらい、すぐに分かるでしょう」

「今は人手不足だからな。ちゃんと仕事ができて、まともそうな人間だったら、すぐに雇うだろう。身分証明書は、でっち上げることもできるだろうし」

「これは、やっぱり……」

相良が口を閉ざした。電車の中で話せることではないが、相良が言いたいことは高峰には分かっていた。この疑問は捜査会議でも話題になったが、捜査一課として調べるのは難しい――牛島は革命軍の工作員で、荒木印刷の組合を牛耳《ぎゅうじ》るために送りこまれてきたのではないか？

窪田によると、革命軍は各地の小さな組合ばかりを狙って工作員を送りこみ、過激化を進めているという。東京など大都市の真ん中で目立つ活動をするよりも、地方に小さな細胞を作り、それをつなぎ合わせていこうという地道な作戦らしい。その一方で、爆弾などの過激な武装闘争にも乗り出している。どうやら「両面構え」の作戦で世間を混乱させようと狙っているようだ。

しかし高峰は、革命など起きるはずがないと確信している。警察は予備隊を強化するなどして、緊急時に備えているのだから、万が一集団暴力的な動きが起きても、簡単に抑えこめるはずだ。十分な戦力があると見せつけるだけで、過激な連中も滅多なことはできなくなる。

ただし、今回の事件は別だ。起きてしまった事件については、しっかり捜査しなければならない。革命軍の意図は関係なく、犯人は逮捕され、しかるべき処罰を受けるべきである。絶対に許されない事件――殺人なのだから。

それをやるのは捜査一課――起きてしまった事件に対処する自分たちである。

自宅に帰ると、珍しく客がいた。節子の弟、稲葉《いなば》正夫《まさお》。既にだいぶ酒が入っているようで、ご機嫌だった。高峰にすれば大事な義弟《おとうと》なのだが、呑気に酒の相手をする前に、節子に確認しておかねばならないことがあった。

着替えるために寝室に入り、父親の件を節子に訊ねる。

「明日、病院へ行くことになったわ」

「すまねえな……頼むぜ」

「大したことがないといいんですけど」

最近、家に帰って来るのが少しだけ億劫《おっくう》に感じられるようになってきた。父親の病気のこと、和子の結婚問題……面倒な問題に直面せざるを得ないからだ。そう言えば、正夫はどうしてここにいるのだろう？

「正夫君、何か用事があったのか？」

「新製品を届けてくれたのよ」

「お菓子か……」

高峰は思わず顔をしかめた。戦時中は、ない物ねだりで甘い物への欲求は激しかった。節子がどんぐりで作ってくれたビスケットを、貪《むさぼ》るように食べたのを思い出す――しかし基本的には、甘いものはあまり好きではない。ところが製菓会社に勤めている義弟の正夫は、新製品ができると「試しに」と持って来てくれる。家の女性たちには好評なのだが、高峰はほとんど手をつけることはなかった。

「正夫君、今日はだいぶご機嫌じゃねえか」

「お義父さんと気が合うのよね。お義父さん、お嫁さんを世話したいって言ってたわ」

「それどころじゃねえんだが……」高峰は溜息をついた。

「少しでも前向きな話があった方がいいわよ」節子が微笑《ほほえ》んだ。

確かに……これから本格的な闘病生活が始まるにしても、少しでも希望があった方がいい。自分が人の役にたてると思えれば、父親の気持ちも上向くだろう。しかし、嫁さんを紹介すると言っても……父親は、高峰と同じ警察官だった。サーベルを下げた外勤巡査の知り合いと言えば、警察関係者しかいない。警察官の娘を紹介するつもりだろうか……。

「親父はどうした？」

「もう休まれたわ。ちょっと呑んで」

「酒なんか呑んで大丈夫なのか」高峰は目を剝《む》いた。だいたい最近、父親は酒などまったく呑んでいなかった。呑みたいとも言わなかった。

「ご機嫌だったから、たまにはいいでしょう」

「そうか……」

高峰は、台所に続く六畳間に向かった。ちゃぶ台の上には、クッキーらしきお菓子の缶が置いてある。

「いつも悪いな」正夫に向かって頭を下げる。

「これ、酒に合うんですよ」正夫が嬉しそうに言って、高峰の方に缶を押し寄せた。

「クッキーなのに？」

「甘くないんで」

胡座をかいた高峰は、一つ手に取ってみた。黄みの強い円形で、凝った刻印がある。ああ、昔もこういうクッキーがあったな、と懐かしく思い出す。齧《かじ》り取ると、ほのかな甘みよりも塩味の方が勝った。それに、単純な塩味だけでなく、もっと複雑な奥行きがある。

「確かにウイスキーに合いそうだな」

「でしょう？」正夫が笑みを浮かべた。もう二十九歳になるのだが、笑うと幼い一面が顔に出る。

「軽くやるか？　何を呑んでたんだ？」

「日本酒です」

「ウイスキーにしようぜ。とっておきがあるんだ」

「いいですね」

節子が、高峰秘蔵のサントリーオールドとグラスを二つ、持って来た。クッキーを齧り、ウイスキーを一口。酒が入ると甘みが強く感じられるようになったが、それでも酒の肴《さかな》としては悪くない。しかし、食べ過ぎに気をつけないと太りそうだ。

「最近、どうだ？　親父からまた結婚を勧められたんだって？」

「良かれと思って言ってくれてるんでしょうけど、困りますよね」正夫が苦笑する。「仕事が大変なんで、今はそれどころじゃないですよ」

「忙しいって言ったって、工場の仕事だから勤務時間は決まってるだろう」

「いや、残業や休日出勤が普通になってますからね。それで手当はろくに出ない……こういう労働環境は改善しないといけないですよ」正夫が本気で憤慨した口調で言った。

「組合も忙しいんだろう？」

「会社では出世できないですけど、組合の方で、変に責任ある立場になりましたからねえ」

「ああ、今は書記長だったな。大変なのか？」

「本当なら仕事を外れて、組合専従でないとやっていけないぐらいです」

「熱心なのはいいけど、気をつけろよ。最近、組合活動も目をつけられてるからな」

高峰は警告した。

「大丈夫ですよ。うちは、そんなに激しく活動してるわけじゃないんで。要求は、労働条件の改善——欲しいのは金と休みだけですからね。組合が過激になりがちなのは、もっと小さい会社ですよ」

例えば荒木印刷のように……あの会社の組合も、今年の春闘はかなり荒れたようだ。

それにしても、正夫が組合で責任ある立場に就くとは……この現状が彼にとっていいことかどうか、高峰には分からなかった。

正夫はかなり苦労してきた。徴兵で陸軍に入り、戦時中は南方で相当ひどい目に遭ったらしい。本当に辛かったようで、いくら酔ってもその頃のことは話そうともしないぐらいだ。実家の商売は床屋だが家業を継ぐことはなく、いくつかの会社での仕事を経験した後、昭和二十三年から今の会社に勤め始めた。戦前から続く大きな製菓会社で、戦後は薬品製造にも進出して業務を拡大している。特にビタミン剤が人気で、高峰の両親も愛用していた。高峰は、気休め程度の効果しかないと思っているのだが。

「義兄《にい》さんは、今、仕事は大変なんですか」

「まあまあ……いろいろあってね」

「捜査上の秘密ってやつですか？」

「ぺらぺら喋ると怒られるんだよ」

「警察は厳しいですねえ。俺は今だに、怖いお巡りさんの記憶しかないですよ」

「昔、君の実家が盗みの被害に遭った時に捜査した刑事は、よくしてくれたそうじゃねえか」

「姉さんは覚えてるそうだけど、俺は覚えてないですね。まだほんの小さな子どもだったから」

「そうか……まあ、好き勝手には話せないこともあるんだ。君だって、会社の秘密や組合のことを自由に喋ったらまずいだろう？」

「別に隠すことなんか、ありませんよ。組合だって、皆で仲良くやってるだけだし。義兄さんのところは、組合を作ったりしないんですか」

「まさか」高峰は笑い飛ばした。「警察官が組合を作って賃上げ要求したり、ストをやったりするのか？　そんなことしてたら、事件は一つも解決しねえよ」

「民間とは違いますか」

「そりゃそうだ」

気楽な会話……南方では相当苦労したようだが、こうやって話している限り、戦争の傷跡は微塵も感じられない。気楽なのではなく、むしろ精神が強いのかもしれない。どんなに嫌なことがあっても、平然と振る舞えるような——後は嫁さんだな。仕事が大変といっても、本人にその気がないわけでもなさそうだし、自分もそろそろ本腰を入れて紹介してみようか。

そんなことを呑気に考えられるこの時間がありがたかった。

9

動きが速過ぎる。それに乱暴過ぎる。

自分が何も知らないのも、海老沢には不満——不安だった。そもそもは、世田谷事件の捜査をしていたのではないか？　それが何故か、まったく別件の江東区の爆弾事件での家宅捜索、そして荒木印刷社員の逮捕という事態になった。いったい上は何を考えている？

荒木印刷の社員——組合の活動家は、三人逮捕されていた。いずれも容疑は、爆取違反。江東区の廃工場で作られていた爆弾の部品を調達した、というものである。

三人が逮捕された翌朝、本部に出勤すると、どこかよそよそしい雰囲気が感じられた。まるで自分だけが捜査に参加していないような感じ……実際、これまで牛島について調べてきたことに意味があるのかどうか、分からなくなってきていた。

トイレに行って戻って来ると、廊下で川合と出くわした。途端に先日の不法侵入を思い出し、怒りが蘇《よみがえ》る。

「ちょっといいか」

「何ですか」川合は相変わらず呑気な、人を馬鹿にしたような態度だった。

「この前の夜の家宅捜索――お前、何か変だと思わなかったか？」

「何がですか？」

「正規の令状があったわけじゃない。お前があそこに『春の風』を仕込んだんだろう？」

「俺は、言われた通りにやっただけですよ。ただあそこを捜索しただけで」川合が惚けた口調で言って耳を掻く。

「何が見つかるか、予《あらかじ》め知ってたんじゃないのか」

「いやあ……」川合が目を逸らす。

「そもそも、令状なしの捜索は違法だぞ。違法だと分かってやってたんだろうが」かっとして、思わず詰め寄る。

「俺たち下っ端は、ただの歯車なんですよ。言われたことをやるだけです。そうすれば評価は上がりますからね」

「お前は、歯車でいいと思ってるのか？　上が絶対に間違った判断を下さないと信じてるのか？　少しは自分の頭で考えたらどうなんだ。戦前とは違うんだぞ」

「自分は、戦前について言うことは何もありません」川合が軽い口調で言った。

海老沢は思わず、川合の胸ぐらを摑んだ。ぐっと顔を近づけ、「お前の頭は空っぽか？　警察は機械が欲しいわけじゃない。自分の頭で考える刑事が必要なんだ」と詰め寄る。

「そんなこと言われましてもねえ」川合が白けた表情で言った。

「何も考えないで上に言われた通りに動いてるだけだと、いつかは捨てられるぞ。機械は必ず故障する。そういう時は、修理しないで、代わりの機械を持って来ればいいんだから」

海老沢は手を放し、そのまま胸元を軽く突いた。川合がよろめいて後ずさったが、表情は変わらない。まるで本当に機械のようだ……。

「行け」

低い声で言うと、川合は海老沢の横をすり抜けるようにして去って行った。その時ふと、廊下の端で生方がこちらを見ているのに気づく。まずいな……うつむいて部屋へ戻ろうとすると、生方に呼び止められる。

「よく言ったな」

「え？」意外な褒《ほ》め言葉に、海老沢は戸惑った。

「この前の、夜の潜入捜索の件だな？　あれは三係が勝手にやったことだが、確かにおかしい。仕込みだったとしたら、大問題になりかねん」

「実際に、問題にすべきじゃないんですか？　このままだと、戦前と同じことに……」

「言えない状況は分かってくれ」生方が懇願した。「序列一位の総務の係長といっても、俺も歯車の一つに過ぎない。しかしああいう若い刑事が、何も考えずに歯車として育て上げられていくのは、ちょっと問題だ」

初めて聞く、生方の「弱音」だった。しかし、やはり公安のやり方に疑問を感じている人間が内部にいると思うと心強い。

「おかしなことをする若手がいたら、どんどん指導してやれ。お前なら、特高とは違う戦後の公安を作れるだろう」

「自分は、そんな……」

「お前は戦前、特殊な立場にいた。特高に籍を置いていても、共産党や一般市民の弾圧には加わっていなかっただろう？　それが大事なんだ。特高的なやり方を知ってはいても、手は汚していない。だから戦前と戦後の警察の架け橋になれるはずだ。俺は、人を見る目に自信はある。お前は、新しい公安の象徴になれる人間なんだぞ」

生方が海老沢の肩をぽん、と叩く。二人は連れ立って部屋に入った。生方は自席につくと、海老沢に「ちょっと座れ」と命じた。海老沢は椅子を引いてきて、彼の横に座った。

「お前は今までずっと、総務係で分析担当のまとめ役をやってきた」

「はい」

「公安には、情報をまとめて分析する人間は絶対に必要だ。お前はそういう仕事に圧倒的に長《た》けている。しかし、そういう人間には弱点もある。分かるか？」

「いえ……」

「実務に弱い。現場で捜査したことはほとんどないだろう」

「現場仕事――スパイなら、作ったことがありますよ」大学生を上手く引っかけたのだ。

「ああ、そうだったな。しかしあれは、あくまで練習のようなものだ」

「分かってますが……」

生方がうなずき、煙草に火を点けると、顔を背《そむ》けて煙を吐き出した。

「お前の仕事は、お前の出自……保安課で検閲を担当していたことにも関係している。昔のお前は、人ではなく文書を相手にしていた。復職した時の上司は、お前の過去の実績を買って、今の役目につけたんだろうな」

「それは了解しています」

「こういう仕事は不満か？」

「不満ではありませんが……」

「現場に出ていないと、分からないことも多いだろう。それに公安は、隣の人間が何をやっているか分からないのも普通だ——機密保持のためには仕方がないが」

「分かっています」

「お前はこれから、様々な経験を積む必要がある。それが上へ行くための条件であり方法だ」

上に行くかどうか、行きたいかどうかは分からないが、何をするにしても、現場の経験が必要なのは間違いない。海老沢はすっと背筋を伸ばした。

「引き続き、牛島のことを調べてみていいでしょうか」

「牛島、ではない」

その情報も昨夜聞いていた。「牛島」は偽名を使っていたようで、まだ正体が分からない。結局、被害者の身元に関しては、捜査は一歩も前に進んでいないのだ。

「牛島と名乗っていた男、ですね」海老沢は言い直した。「革命軍から送りこまれてきた人間だとは思いますが、会社での生活、地域に住む人間としての生活はあったと思います。そこから、正体を探り出すことができるのではないでしょうか。少なくとも身元が分からない限り、捜査は進みません」

「革命軍のことを調べている連中が、先に割り出すかもしれないぞ」

「そうはさせません」

「面子争いは無用だ。そこに余計な力を使うな」生方が忠告した。

「……分かりました」

「それともう一つ」生方が煙草を灰皿に押しつけた。「お前、捜査一課に同期がいると言ってたな」

「ええ」何の話だ？　海老沢は警戒して少し身を引きつつ認めた。

「そいつの義理の弟が、組合活動にかなり熱心なようだ……大正製菓《たいしょうせいか》労組の書記長だそうだな」

「──そう聞いています」隠す意味もないだろうと海老沢は開き直った。どうせ自分は、丸裸にされているに決まっている。高峰の義弟は陸軍上がり、南方からの帰還兵で、戦後は苦労してようやく定職を得たと聞いていた。海老沢も何度か、一緒に呑んだことがある。ただし、組合活動に身を入れ始めたと聞いてからは、距離を置くようにしてきた。利益相反というか、自分の仕事の方に入ってきてしまう。

「あまり好ましい話ではないな」

「大正製菓の労組は、それほど過激な活動はしていませんよ。共産党との結びつきも弱い」

「最近はそうでもないようだ。だから気をつけないと……これは忠告だがな」

「どうしろと仰るんですか？」

「それは自分で考えることだな。いずれにせよ、お前に近い人間が過激な組合活動に身を入れていると、まずいことになるかもしれんぞ」

立ち上がりかけた生方が、また腰を下ろした。まじまじと海老沢の顔を見て続ける。

「何度も言うが、俺はお前に期待している」

「はい」

「戦前とやり方は違うが、目指すところは同じだ」

「川合のやり方は、昔と一緒ですよ。いや、昔よりひどいかもしれない」荒木印刷に不法侵入し、組合の部屋を捜索した一件——生方の言う「戦前とは違う」は、あくまで建前に過ぎない。そして川合と一緒に不法侵入し、彼を止められなかった海老沢の後ろめたさは消えなかった。

「分かっている。だから、ああいう具合に警告するのは大事だ。ただし——」今度は生方は本当に立ち上がった。「お前には無傷で、今後の公安の中心になってもらわないと困る。自分の身を守ることを一番に考えろ。そのためには、余計なことはしない方がいい」

果たして自分のやることに意味があるのか。

疑問に感じながらも、海老沢は再び現地に赴《おもむ》いた。「牛島」という男についてもっと知りたい。この男が本当に革命軍の人間なら、その正体を暴きたい。それが、世田谷事件を解決するヒントになるはずだ。

牛島が借りていたアパートを訪ねた。大家に頼んで鍵を貸してもらい、納得いくまで捜索することにする。

しかし……もともと、布団以外にほとんど何もなかった部屋である。仮にあったとしても、徹底的な捜索で持ち出されてしまった可能性が高い。何か隠そうとしても、隠す場所さえないような狭い四畳半なのだ。押入れ、天袋などを探ってみたが、何も見つからない。後は畳をひっくり返すしかない——試みてみたものの、これは一人だけでは上手くいかなかった。

埃が舞う部屋の中で、疲れて座りこんだ。開け放った窓から爽《さわ》やかな春の風が入りこんでくるものの、気は晴れない。

牛島がこのアパートに入居したのは、昨年の十月だった。保証人は、荒木印刷の社長。引っ越しに際して会社は費用を出さなかったが、保証人ぐらいは……という考えだったかもしれない。そもそも牛島は家族を亡くし、天涯孤独の身の上という設定になっていたから、会社側が保証人を引き受けても不思議ではない。

それにしても、この部屋はどうするのだろう。借りていた人間が亡くなったので、今は空き家……東京では部屋が足りないし、大家としても一刻も早く新しい人に貸したいだろう。とはいえ、住人が亡くなった家は縁起が悪く、なかなか借り手がつかないのが普通だ。先ほど面会した大家は、保証人である荒木印刷の社長に相談しているそうだが、向こうもばたばたしていて、話し合いはなかなか進まないという。

ノックの音がして、海老沢は慌てて立ち上がった。自分が出ていいものだろうか……一瞬躊躇《ためら》ったが、鍵はかけていなかったと気づいた。向こうがドアを開ける前に、こちらで開けるべきだと判断する。

「坂本さん……」

ドアの向こうに、一度事情聴取した坂本が立っていた。もう一人、面識のない若い男がいる。荒木印刷の工員だろうか。坂本は、海老沢の顔を見るなり、表情を引き攣《つ》らせた。

「警察の人がいると聞いたけど……あなたでしたか」

「この部屋に何か用ですか？」

「いや……引き払わないといけないんで、様子を確かめにね」

「坂本さん、そういう総務的な仕事もするんですか？」

「暇な人間がいないんだから、しょうがない」坂本が皮肉っぽく唇を歪ませた。「うちみたいに小さな会社で、三人も逮捕されたら大事《おおごと》なんですよ」

「それはそうでしょうが」

「まったく……」坂本の後ろに控えた若い男が吐き捨てる。「警察は、昔と同じように好き勝手にやってるだけじゃねえか。あいつらが革命軍の人間だっていう証拠はあるのかよ！」

「それを今、調べている……」

海老沢は思わず言い訳した。それを聞いた若い工員が顔を紅潮させ、坂本を押しのけるようにして玄関に入って来た。

「一体どういうつもりなんだよ！　うちは普通のまともな会社なんだぜ？　革命軍なんかとはまったく関係ないんだ！　適当に容疑をでっち上げて、荒木印刷を潰そうとしてるんだろう。戦前の特高と同じやり方じゃないか！」

まくしたてられ、海老沢は黙りこんでしまった。元々言い合いは得意ではないし、この件については若い工員の言い分にも理はある。

「どうなんだよ！　だいたい、殺されたのは牛島さんなんだぞ。それがどうして、うちの会社が捜査の対象になるんだ？　警察は何を考えてるんだ！」

「まあまあ」

坂本が若者の肩に手をかけ、ゆっくりと下がらせた。若者は鼻息荒く、まだ顔も真っ赤だったが、それでも先輩の坂本には逆らえないようだった。

「ちょっと外で待ってろ」

「だけど……」

「いいから、外にいろ」

坂本が低い声で命じると、結局若者は引き下がった。坂本が溜息をつき、薄い笑みを浮かべて海老沢を見たが、目は笑っていなかった。

「うちの会社を捜査するなんて、いったいどういうことなんですか。意味が分かりませんね」坂本の口調は柔らかかったが、言っていることは先ほどの若者と同じだった。

「申し訳ないんですが、私も中で起きていることを全部知っているわけではないんです」

「そうかもしれないけど……そういう説明で納得できるものでもない。それは分かるでしょう？」

「……ええ」

「うちの会社は、これからいったいどうなるんですか？　三人逮捕されただけでも大変なんですよ。小さい会社だから、もう仕事が回らなくなっている。資料も持ち出されて、組合の方でも困っているんです」

「組合の方は、仕事とは関係ないと思いますが」

「組合活動ができなくなると、仕事にも差し障《さわ》るんですよ。会社とは別に、勤務記録なんかを取ってますからね。大事なものなんですよ」

「それは分かりますが……」

「だいたい、革命軍の冊子が出てきたって言ってるけど、そんなこと、あるわけがない」

海老沢は黙りこんだ。あれは……小冊子が出てきたところは、自分も確認した。しかしずっと、ある疑いに苦しめられている。やはりあの「春の風」は、三係が仕組んだ罠ではないのか？　あらかじめ組合事務所に隠しておいて、川合が「発見した」ことにしたのではないか？　もしかしたら、荒木印刷の中に協力者を作ったのかもしれない。

「だいたいあの三人には、江東区に行く余裕なんかないんだ」坂本がぶつぶつ言った。

「そうなんですか？」

「勤務表を見れば分かる。二交代制できちきちに働いているし、江東区なんていう遠い場所へ行ってる暇はないんですよ」

「しかし、まったく時間がないわけじゃないでしょう」海老沢はつい反論した。「休みだってあるはずです。それとも二十四時間、三百六十五日、会社に縛りつけられているんですか？」

「革命軍なんかと関係あるわけ、ないでしょうが」坂本の口調が感情的になってきた。

「爆弾の部品を調達した――調達するだけで、自分で江東区まで届ける必要はないじゃないですか。誰か別の人間が運んだのかもしれないし」

「あんたのことは……信用できそうだと思っていたんだけどな」坂本が溜息をついた。「所詮《しょせん》、あんたも警察官ということですか。組合なんか、潰れてしまえばいいと思ってるんでしょうな」

「組合活動は、労働者の権利ですよ」

そもそも、日本企業に労組をきちんと導入したのはGHQである。アメリカでは、従業員と経営者の健全な関係を保つために、昔から組合が活動していた。だから日本でも、民主主義を発展させるためには組合が必要だ――しかしGHQの意図とは裏腹に、組合活動は一部で先鋭化し、共産党と結びついて政治活動を活発化させている。

「で？　どうするんですか。我々はまだ、あんたらに調べられることになるんですか？」

「必要なら捜査は続けます。だけど、これだけは覚えておいて下さい。私は、牛島さんが殺された件を調べています。誰が牛島さんを殺したか――爆弾を仕かけたかを知りたいだけなんです。この件では、私の同僚も殺されているんですよ」

「牛島のことは何も言えない」

微妙な言葉の変化に海老沢は気づいた。「知らない」のではなく「言えない」。海老沢はすかさず突っこんだ。

「牛島さんは革命軍の人間だったんですね？」

坂本が急に黙りこむ。海老沢はそれで、坂本がやはり嘘をついていたのだと確信した。おそらく高木も……牛島の正体を知っているからこそ、会社が革命軍と関連づけて考えられるのを避けたかったのだろう。

「牛島さんが来てから、組合活動は過激化しました。牛島さんは、荒木印刷の組合を、革命軍の細胞にしようとしていたんでしょう？　だからこそ、組合の事務所から革命軍の小冊子が見つかった――そういう筋書きじゃないんですか」

「それは警察の見方だろうが」

「本当は、牛島さんがどういう人間なのか、知っていたんじゃないんですか？　彼の正体が分かれば――」

「俺に聞くな！」坂本が声を張り上げて繰り返した。「あんたらは、自分たちの目的のためには平気で事件をでっち上げるんだろう。今回の世田谷事件も、最初からでっち上げじゃないのか」

「まさか——」坂本の因縁に、海老沢は言葉を失いかけた。いくら何でも、同僚の命を奪うようなことをするわけがない。

「とにかく、これ以上うちに迷惑をかけないでくれ。いくら叩いても、何も出ないから。逮捕された三人も、すぐに釈放してもらわないと困る。あいつらがいないと、会社が潰れるかもしれないんだ。警察に、一般の会社を潰す権利があるのか？」

坂本が音を立ててドアを閉めた。海老沢はすぐに追いかけようと思ったが、足が動かない。

坂本たちが、牛島と革命軍の関係を知っていたのは間違いないだろう。しかし彼の疑念は……小冊子は「たまたま」見つかったのだろうかと考えると、鬱々《うつうつ》たる気分になってきた。組合事務所に小冊子を仕込むような組織は、もっとひどいことでも平気でやるのではないか？

もしかしたら、公安一課の一部の人間にとって、革命軍を追いこむことは「戦争」なのかもしれない。戦争なら、どんなに卑怯な手もありだ。

自分だけが除《の》け者にされているのではないかという疑念が、海老沢の中で次第に膨れ上がってきた。大事なことは全て、自分の知らないところで決まり、勝手に進んでいく。「自分だけが外されている」という感覚はきついものがある。もしかしたら疑われているのかもしれない……高峰の義弟の話がいきなり出てきたのも不自然だ。知り合いの振りをして、組合の活動家から情報を得るならともかく、逆に警察の情報を流していると疑われている？　そんなことはまったくしていないと反論はできる――しかし、客観的に証明する材料は何もないのだ。

気味が悪いのは、自分も調査の対象になっていることだ。身内まで調べてどうする？　公安一課は、最終的に一体何をしたいのだろう？

久しぶりに早く自宅へ戻ったのだが、くさくさして何もする気になれない。飯を炊くのも面倒で、駅前まで戻って夕飯を済ませることにした。

家を出てすぐに、高峰に出くわした。

「よう」

高峰は何も気にしていない様子で、軽く右手を上げて挨拶する。海老沢は「ああ」と短く返事した。高峰に会っても気分は晴れない。

「飯か？」高峰が明るい調子で訊ねた。

「ああ」

「お供するよ。俺もまだなんだ」

「仕事中じゃないのか？」

「今日はもういいんだ」

海老沢は左腕を突き出して、腕時計を見た。午後七時……本当なら、捜査本部の捜査会議が始まるぐらいの時刻ではないか。

「駅前に食堂があったよな？　そこにしようや。まあ、この辺には、あそこぐらいしか食べるところはねえだろうけど」

「そうだな」

二人は並んで歩き出した。高峰は妙に機嫌が良く、足取りも軽い。

「お前、捜査会議はいいのか？」高峰が訊ねる。

「今日はサボったんだ」

「公安はそんなことでいいのか」高峰が目を見開く。

「ああ。捜査一課とは違うだろうし……いや、実際、報告することもないんだよ。情けない話だが」

「そうか」

二人は、海老沢行きつけの定食屋で手早く食事を済ませた。店を出ると、高峰は「軽く呑もうぜ」と誘ってきた。「最近、お前の家にもご無沙汰だし」と言われたが、疲れているし、海老沢は、断ってしまおうかとも思った。用事があると言えば、高峰も無理は言わないだろう。だが何故か、「いいよ」と答えてしまった。公安のやり方に疑問を感じ始めている今、高峰と話をしておくのもいいかもしれない、と思った。協力し合うと約束したのだし。

「相変わらず素っ気ない部屋だな」六畳間に座りこむなり、高峰が言った。

「一人暮らしだ。しょうがないだろう」

海老沢が酒を用意する間、高峰は仏壇に線香を上げた。線香の香りが漂い出し、海老沢は最近、ちゃんと線香を上げることもなかったな、と反省した。

一升瓶と湯呑み、つまみは南京豆《なんきんまめ》だけ。それでも高峰は文句を言わなかった。南京豆をつまみ、酒をゆっくり一口飲むと、煙草に火を点ける。海老沢はまた立ち上がり、長い間使っていない灰皿を持ってきた。綺麗にしておいたつもりだが、灰が残っているのが妙に気になる……もちろん、高峰はまったく気にしていない。豪快に煙を吹き上げると、煙草を灰皿の縁で叩いた。

「小嶋から電話がかかってきた」海老沢は打ち明けた。

「何だって？」

「世田谷事件のことを知りたがってたよ」

「何だよ、あいつ、そういう取材にまで手を出してるのか？」高峰が顔をしかめる。

「余計なことは話さなかっただろうな？」

「ああ」

「あいつとのつき合いも……考えないとまずいかもしれねえな」煙草をくわえたまま立ち上がると、本棚のところへ行ってしゃがみこむ。「最近、何か面白い本はあったか？」

「いや、本を読んでる暇もない」

「俺もだ。何だか、戦争が終わってからの方が忙しくねえか？」高峰がちゃぶ台のところへ戻って来た。「考えてみたら、戦争中はあまり仕事はしてなかったんだよな。空襲警報で、こっちも防空壕に隠れている時間が長かったから……お前だってそうだろう？」

「僕はそもそも仕事がなかった」戦争が激しくなるにつれ、映画の制作や芝居の上演は少なくなっていった。当然、保安課興行係の仕事もどんどん減っていったのだ。

「そうだな……こういう状況をありがてえと思うべきかどうか――よくはねえだろうな。治安が安定してるとは言えねえんだから」

「ああ」海老沢は相槌を打った。

「公安としては、過激分子を検挙することで、治安の安定を図ろうとしているわけだ」

来たな、と海老沢は身構えた。情報交換ではなく、一方的にこちらの仕事の話を聞きたいわけか……軽くうなずくだけで、何も言わずにおいた。

「なあ、今回、革命軍を逮捕したのはどういう狙いなんだ？」

「容疑の通りだよ」

「その容疑については俺は何も言えねえが、世田谷事件とどういう関係があるんだ？　公安は何を狙ってる？」

「そんなこと、僕の口から言えるわけないだろう──いや、実際、知らないんだし」

「本当に？」高峰が目を細めた。「お前、公安の中では将来の幹部候補なんだろうが。そのお前が何も知らないって言っても、説得力がねえぞ」

「いや、幹部候補って言われても……」

「お前が自分でそう言ってたじゃねえか」

そんなこと、言っただろうか？　記憶をひっくり返してみたが、思い出せない。知らぬうちに、公安内部の事情を話してしまっていたのだろうか。

「早く出世しろって言われてる──前に、そう言ってたじゃねえか」

「ああ」その話か。自分でもすっかり忘れていた。

「お前は出世する──そういう人間は、課内の事情も全部知ってるんじゃねえか？」

「そんなこともないんだ。隣の係──隣の席の刑事が何をやっているかもよく分からない」

「公安はそんなものか？」

「何か分かったのか？」高峰が、海老沢の目を真っ直ぐ見たまま、煙草を灰皿に押しつけた。

「僕はやってる」

「世田谷事件の捜査はしてねえのか？」

「残念ながら。通常の捜査、としか言いようがない」

「じゃあ、今回の一件での、公安の狙いも分からねえのか？」

「ああ」

「残念ながら、お前に言えるようなことはないよ。そっちはどうなんだ」

「同じく、だ」高峰が肩をすくめる。「まったく、情けねえな。こんな事件、すぐに解決すると思っていたのに。それで、犠牲者の牛島という男は、本当は何者なんだ？」

「それは……」

「奴の履歴書は全部嘘だった。身元を隠して、あの会社で働いていたんだよ。公安もその事実は摑んでるだろう？」

「ああ」海老沢は認めた。

「正体は？」

「それは分からない——少なくとも僕は知らない」

「そうか」高峰が顎を撫でた。「しかし、お前以外の誰かが知ってるかもしれねえな。公安は、内部でも秘密が多いんだろう？」

「……それより、こういう風に会うのはまずいんじゃないか？」

「どうして」

「刑事部と警備第二部は仲が悪い――いろいろ都合の悪いこともあるだろう」

「馬鹿言うな」高峰が豪快に笑い飛ばした。「上のことなんか知らねえよ。俺たちは、昔からずっと友だちじゃねえか。会ってたって、誰かに文句を言われる筋合いはない」

「そうだが……」海老沢は口ごもった。この男は本当に、捜査に行き詰まって僕のところにヒントを求めてきたのだろうか。あるいは何か別の狙いがある？

「実際、どうなんだ？　何か新しい材料はねえのか」

「お前に話すようなことはないよ。むしろそっちの方が先行してるんじゃないか」

「いや」高峰が嫌そうな表情を浮かべる。「牛島の正体すら分からねえ。あの男はいったい、何者なんだ？」

「分からない。分かってれば話してるさ」

「そうか……」

会話が上手く転がらないので、二人の会話には熱が入らなかった。結局高峰は、早々に家を出て行った。実際に、話すこともほとんどない……僕の捜査も進んでいないんだ。そう説明してもよかったが、高峰が信じてくれるかどうか、分からなかった。

外へ出て、高峰の背中を見送る。溜息をついて踵を返した途端、闇の中で誰かが動くのが見えた。川合？　川合だ。海老沢は慌てて彼を追おうと思ったが、既に姿は消えてしまっている。

あの男は、高峰を尾行してきたのか？　あるいは僕を監視していた？　仲間から監視されるのは、気分のいいものではない。あるいは自分は既に、公安の「仲間」ではなく「敵」と見なされているのか？　冗談じゃない。このままでは、立場が危うくなるばかりだ。

しかし、どうしていいか、上手い考えはまったく浮かばない。

そしてほどなく、海老沢は大きな暴力の波に巻きこまれるのだった。

第二部　内部の敵

1

クソ、何なんだ。

海老沢は、デモ警戒のために貸与されたカメラを懐《ふところ》に抱えこみ、体を丸めた。大事なカメラが壊れたら一大事だし、証拠の写真も駄目になってしまう。もはや監視もへったくれもない。何とかこの嵐から脱出しなくては。

どうしてこの仕事を断らなかったのだろう、と後悔した。本来の自分の仕事は情報の整理と分析——外で身の危険を感じる必要などないはずなのに。これも生方の言う、「経験を積むこと」だと分かってはいたのだが、ここまでひどいことになるとは想像もしていなかった。

メーデーのデモ隊のうち中部地区隊は、日比谷《ひびや》へ到着した後、皇居前広場に入った。ずっと中部地区隊に紛れこんでいた海老沢はそこに巻きこまれ、逃げ出すこともできずに、人波に揉まれ続けることになった。本来は少し離れたところから全体の様子を撮影するだけのつもりだったのに、あまりの人の多さに自由に動けなくなってしまったのだ。今のところ、警察官だとバレてはいないようだが……「アメ公、帰れ！」「警察は邪魔するな！」とデモ隊の怒号が飛び交う度にビクビクする。

警官隊が横一列に並んで制止しようとしたが、デモ隊はこれをあっさり突破し、二重橋の際まで突進してプラカードや赤旗を掲げた。まるで戦国時代だ……いや、もちろん海老沢は戦国時代の実態など知らず、何かの映画で観ただけなのだが。まずい。非常にまずい。砂塵《さじん》が舞い上がって視界が悪化する。そんな中、海老沢は耳の横を何かが飛び過ぎる鋭い音を聞いた。気づくと、デモ隊が警官隊に向かって石を投げている。背後からの投石を避ける術《すべ》はない——海老沢は首をすくめた。

人の流れに必死に抗い、何とか日比谷通りの方へ向かい始める。その最中、鼻を刺すようなきつい臭いに気づいた。催涙《さいるい》弾だな……警視庁の予備隊が、暴徒鎮圧のために用意している装備の一つだ。あれに巻きこまれると厄介なことになる。海老沢は、カメラを庇《かば》って体を丸めたまま、人にぶつかりながら、何とか二重橋から離れようと必死に歩みを進めた。

海老沢の目も、知らぬうちに涙で濡れていた。さらに悪いことに、「撃つぞ！」という脅しの後、実際に数発の銃声が響く。振り向くと、デモ隊は芝生の上に一斉に伏せていた。海老沢も慌てて身を投げるように伏せた。自分だけ突っ立ったままだと、怪しく思われてしまうという事情もあるし、実際、撃たれる恐れもある。警備している人間が、海老沢を警察官だと分かってくれる保証はない。この騒ぎが収束するまで、ここで大人しくしているしかないだろう。

「撃ちやがったぞ！」「弾圧だ！」這いつくばったままの人たちが、唸るように文句の声を上げる。

海老沢の横にいた中年の男が、「クソ！」と悪態をついた。

「やられた……痛え」

「どこの怪我ですか？」海老沢は思わず訊ねた。

「倒れた時に足首が……」

「大丈夫ですか？」

「大丈夫なわけ、ねえだろう！」男が怒声を上げる。「警察の連中、俺たちを殺そうとしているぞ。こっちからやっちまうしかない」

海老沢は無言で、立ち上がろうとした男の腕を摑んだ。

「放せよ」男が睨みつける。

「危ないですよ。足を痛めているなら、特に——」

「だったらこのまま、黙って殺されろっていうのか。奴ら、俺たち市民を撃ちやがったんだぞ！　おい！　警察を倒しに行くぞ！」

男の声に呼応して、周りにいた男たちが雄叫《おたけ》びを上げて一斉に立ち上がる。激しい怒声、それに催涙弾の影響での咳《せき》の音が響き渡る。それでも男たちは、二重橋の方へ殺到していく。なんとしても警察の防御網を突破して、皇居内に突入するつもりだろう。

こいつら、本気だ。

海老沢は初めて、日本で革命が起きるかもしれないと思った。こんな暴力的なやり方で自分たちの主張を押し通すことが許されていいわけがない。こういう連中は、暴力的なデモなどが行えないように封じこめねばならない。

それこそが、警察官としての僕の仕事だ――しかし今は、それどころではない。何とかこの混乱から逃げ出さないと、警察官としての理想も追い求められない。

今だ。

海老沢は、人を避けて何とか走り出した。しかし後ろの方にいるデモ隊は銃声に気づいていない様子で、こちらに押し寄せてくる。学生らしい男二人とぶつかり、そのまま仰向けに倒れて足首を捻ってしまった。激しい痛みに怯《ひる》んだが、何とか立ち上がり、足を引きずりながら逃げ続ける。

その時突然、知った顔に出くわした。畠山昭六。学生服姿で、必死の形相を浮かべ、竿から赤旗を外していた。外した赤旗を首のところで結んでマントのように羽織り、竿を高く掲げて突っこんで行く。敵に白兵戦をしかける兵士のように……海老沢に気づいた様子はない。

あの畠山が？　講和条約にもそれほど興味がなく、愉快に酒を呑んだり映画を観る方が大事だと思っているような男が？　何が彼を、このメーデーの騒ぎに駆り立てたのだろう。大学の友人たちに誘われたのかもしれないが、海老沢が知っている畠山とはあまりにも違い過ぎる。お前、こんなところで逮捕でもされたら、大蔵官僚の親父さんに迷惑がかかるぞ——追いかけて引っ張り出そうかと思ったが、躊躇う。普通の学生だと思っていた畠山は、どういうわけか兵士に変わってしまった。つまり、今の僕にとっては敵に過ぎない。

これは戦争だ。

空襲では敵兵の姿が見えなかった。しかし今はまさに、敵同士が正面衝突する陸戦の様相である。

この戦争は終わるのか？　それまでにどれだけ犠牲者が出るのだ？

2

世田谷事件発生から半月。捜査は動きが止まったまま、五月を迎えた。高峰たちは依然として世田谷西署の捜査本部に詰めていたものの、どうにも意気が上がらない日々が続いている。しかも父親が入院してしまい――癌で余命半年の宣告を受けていた――気もそぞろだった。主に節子が病院に通って面倒を見てくれているのだが、自分が何もできないのがもどかしくてならない。母親も、自宅で臥《ふ》せている時間が長くなっていた。

鬱々とした気分をさらに悪化させる出来事が起きたのは、そんなある日だった。夕方、高峰が捜査本部に戻ると、小さな人の輪ができていたのだ。その中心にいるのは熊崎。何か打ち合わせでもしているかと思ったが、突然赤ん坊の泣き声が聞こえて高峰は仰天した。

「何事だ？」近くにいた相良に訊ねる。

「伊沢さんの奥さんが来てるんです……奥さんと、町内会長の松尾さん」相良が眉をひそめ、小声で答えた。

「何の用事だ？」高峰はにわかに心配になった。まさか、一向に進展しない捜査に業を煮やして、文句を言いに来たのか？　松尾は、事件発生の時から伊沢の安否を知るや怒りを露《あら》わにしていたし。

「差し入れです」

「差し入れ？」

「お世話になっているからって……そんなこと、気にしなくてもいいんですけどね。それと、相談があるみたいですよ」

「文句を言いにきたんじゃないのか？」

「いや、伊沢さんの家族のことで……奥さん、大変じゃないですか。子どもが二人いて、これからどうするのか」

「松尾さんが相談に乗ってるのか」それだけ、町内会にも馴染んでいたわけか……しかし、捜査本部に相談されても困る。本来は、所轄の署長たちが面倒を見なければいけない話だ。

人の輪の方を見ると、赤ん坊を背負った女性が熊崎にしきりに頭を下げていた。熊崎は困ったような表情を浮かべている。夫が——幼い二人の子どもの父親が亡くなって半月程しか経っていないのに、捜査を担当する同僚たちに気を遣っているとは。しかし実際は、苦しい生活の実情を打ち明けに来た……。

伊沢の妻と松尾がこちらに歩いて来る。高峰は無意識のうちに頭を下げ、二人を見送った。気配が消えるまで、顔を上げられない。突然、苦しくなった——息を止めていたのだと気づき、慌てて深呼吸する。

熊崎が近づいて来た。眉間には皺が寄ったままで、いつ怒りが爆発してもおかしくない雰囲気だった。

「伊沢巡査の奥さんですね？」

「ああ」

「差し入れしてもらうようなことはしていませんが……」

「当たり前だ！　一刻も早く犯人を捕まえろ！」

熊崎が吠えたが、高峰はびくともしなかった。伊沢の妻の訪問に一番苦しんだのは、捜査本部の幹部である熊崎その人だろう。警察官の妻だからと言って、同僚たちが必死になる姿に恐縮することはないのだ。今は悲しみに耐えながら、立ち直る時間を生きていけばいい。むしろ高峰たちが気を遣うべきだった。

「奥さん、誰か頼るような人はいないんですか？」

「両方のご両親とも、空襲で亡くなったんだ。親戚で頼れるような人はいない。だから町内会長の松尾さんが相談に乗っているんだ」

「警察としては、生活の相談には……」

「分かってる！」熊崎がまた大声を張り上げる。「しかし仲間のことだぞ。俺たちでできることはやっておかないと駄目だ！」

今自分たちがやるべきことは――伊沢の家族の面倒は見られない。とにかく、犯人を逮捕することだ。

夜の捜査会議が始まる前、署が用意してくれた弁当を食べている時に、高峰は意外な話を聞いた。相良が昼間、本部の外勤課に勤めている同僚とたまたま会って、その話を教えられたのだという。

「警官が行方不明？」高峰は思わず声を潜めた。

「らしいですよ。あくまで噂ですけどね」相良も声を低くした。

「初耳だな」高峰自身は決して「事情通」ではないし、庁内の噂にはあまり興味がない。

「俺もですよ。京橋署《きょうばし》の巡査らしいですけど」

「京橋署って、俺の出身だぞ」それを聞いたら、興味がないとは言っていられない。捜査本部から、京橋署に電話をかける。誰か知っている人間がいれば……幸い、刑事課の後輩だった宇治《うじ》が当直で署にいた。

「あれ、どうしたんですか」宇治が驚いたように言った。「今、世田谷西署の捜査本部じゃないんですか？」

「ああ。ちょっと気になる噂を聞いたんだけど……そっちで、行方不明になっている警官がいるんだって？」

「どこで聞いたんですか？」宇治が急に声を潜めた。

「どこでもいいじゃねえか。どうなんだよ」

「事実です」宇治が低い声で認めた。

「刑事課か？」

「いや、外勤課です。交番勤務なんですけど……」宇治が言葉を濁した。「行方不明になって、もう一年近くですよ」

「一年近く？」高峰は眉間に皺を寄せた。「俺は今日、初めて聞いたぞ」

「実は、箝口令《かんこう》が敷かれてるんです」宇治の声がさらに低くなる。

「どうして」

「さあ……」宇治の口調は頼りなかった。「世間体が悪いから、じゃないんですか？　どうも、失踪《しっそう》したみたいです」

「事件に巻きこまれたんじゃねえのか？」

「いや」

「どうして分かる？」

「家も調べたんですけど、普通の様子でした。争ったような形跡はありません」

「独身なのか？」

「ええ。今、二十七歳ですね」

「実家は？」

「小田原《おだわら》……高峰さん、何だか取り調べみたいですよ？　捜査一課は怖いなあ」宇治がおどけて笑い声を上げた。

「ああ、いや、すまん……つい、癖で」高峰は謝った。「で、結局どういうことなんだ？　自分の意思による家出か？」

「そういうことなんでしょうね。警官が出奔《しゅっぽん》するっていうのも、あまり聞かないけど」

「捜してねえのか？」

「それがその……そう、捜してないんです」宇治の声の調子が一段落ちた。

「ああ？　放っておいていいのかよ」

「行方不明になってすぐに、本部から『事件性がないなら捜す必要はない』っていうお達しが回ってきましてね。それと、絶対に部外秘にということで――本部からそう言われたら、どうしようもないでしょう」

「そいつは明らかに変だな」

「行方不明になるだけでも、十分変ですけどね」

電話を切り、高峰は相良に事情を説明した。

「仕事が嫌になって逃げ出したんですかね」相良が首を傾げた。

「それは無責任過ぎるだろう。辞めるにしても、ちゃんと筋は通さねえと」

「京橋署って、何かおかしな伝統でもあるんですか？　若い人間に対するしごきみたいなこととか」

「まさか」少なくとも高峰がいた頃は……あれはたぶん、署長の富所《とみどころ》の性格——戦前の警察官にしては穏やかな人だった——によるものだった。今はどうだろう。署長によって、署の雰囲気もがらりと変わるものだ。

「すみません、変な話をして」相良が頭を下げた。「行き詰まると、つい余計なことを考えますね」

「いや……」

曖昧に返事をしながら、高峰はこの件が妙に心に引っかかっていることに気づいた。大したことではないかもしれない——若い巡査が一人行方不明になっても、警察全体に大きな影響が出る訳ではないのだ。

ただ、何かが気になる。「捜す必要はない」という本部からの指示……本部の人間は、実は彼が無事だと知っているのではないか？　そうでなければ、とりあえずは人手を割いて——それは所属する京橋署の担当になるだろうが、捜索続行を指示するはずだ。

しかし……いかに箝口令を敷いていても、もう少し噂が流れていてもおかしくない。

何かがある。自分に関係あるかどうかは分からなかったが、胸騒ぎが止まらない。

帰宅すると、ラジオの大きな音が玄関まで聞こえてきた。しまった、と腕時計を確認する。午後八時五十分。今日は木曜日、ちょうどＮＨＫの「君の名は」が放送されている時間だ。

戦前、古川ロッパ一座の座付き作家だった菊田《きくた》一夫《かずお》の脚本によるこのラジオドラマは、高峰家では、人気の番組だ。毎週木曜の午後八時半になると、体調が悪い母親さえ、正座して真剣な表情で聞いている。戦火で引き裂かれた二人の物語――高峰の感覚では大甘のメロドラマで聞くのも恥ずかしいぐらいなのだが、これが受けている。専門家の小嶋は、女子《おんなこ》ども向けだと半ば馬鹿にしながら、「菊田最大のヒットだ」と評している。

高峰は、ラジオの置いてある茶の間をちらりと見て、何も言わずに寝室に引っこんだ。すぐに節子が顔を出したが、「いいよ」と短く言って下がらせる。ラジオドラマぐらい、好きに楽しんでもらおう。

背広とシャツを脱いで浴衣に着替える。背広の具合がどうもおかしい。見ると、左の脇のところがほつれていた。ああ、これもずいぶん長く着てるからな……戦前は銀《ぎん》座《ざ》の大店《おおだな》だった永楽《えいらく》呉服店が、戦後目敏《めざと》く洋服屋に転身した時に、安く誂《あつら》えてくれたものである。あれから七年近く――そろそろ限界だろう。高峰にとっては、戦争が終わった象徴でもある背広なのだが。

顔を洗って六畳間に戻ると、ちょうど「君の名は」が終わったところだった。今日はどういう展開だったのか、和子は目に涙を浮かべてさえいる。高峰はちゃぶ台の前に腰を下ろし、節子が用意してくれた遅い夕飯を食べ始めた。

「『君の名は』は、そんなに面白いかい？」

「脚本がいいのよ。あなたが言う通り、菊田一夫ってすごいわね」節子が感心したように言った。

「そうだな」昔から菊田一夫の脚本は、これでもかとばかりにツボを突いてくる。泣かせる時は泣かせ、笑わせる時は笑わせる。中途半端な部分がなく徹底しているから分かりやすく、多くの人に好まれるのだろう。高峰の感覚では、「深み」がないのだが、……その辺は、「昭和座」の座付き作家で、終戦後に殺されてしまった広瀬孝《ひろせたかし》の方が、はるかに優れていた感じがする。芝居を観に行かなくなったのは、時間がないせいもあるが、広瀬の新作がもう観られないから、ということもある。もっとも戦後の劇場は、戦前と違って女性客ばかりが目立つようになって居心地が悪いのだが。男には芝居を観る暇もなくなったのか……。

「今日、病院へ行って来たわ」

食事を終え、お茶を飲み始めた時に、節子が打ち明けた。

「どうだった？」

「よくないわね……それにお義父《とう》さん、家に帰りたがっているのよ」

「それはまずいんじゃねえか？　ちゃんと病院で治療を受けねえと」

「でも、本人も何となく症状は分かっているみたい」

「医者は何て言ってるんだ？」

「本人の希望なら、そうしてもいいっていうことだけど……」

最期は自分の家で、ということか。しかし、いつ死ぬか分からない病人が家にいれば、看病する節子が苦労するだけだ。しかし、母親も自由に外出できるような体調ではないから、父親が入院したままだと死に目にも会えない可能性がある。節子に負担はかけたくないのだが……。

「駄目だ。退院させるわけにはいかねえ」

「私なら大丈夫よ」節子が、高峰の心情を読んだように言った。

「いや、しかし……」

「お義母《かあ》さんのことも考えてあげないと。私は、今まで二人の看病をしてきて慣れてますから」

「それじゃ、申し訳ねえ」

「私はいいんです。それに、ずっと入院してるとお金もかかるし……」節子が急に声を潜める。「実際には、病院でも治療できることはほとんどないそうなんです。だから家にいても同じだって」

「分かった。俺が一度、親父とちゃんと話をするよ。本人がどうしても帰りたいっていうなら、希望を聞こう」畳の上で死にたい、という気持ちは分かる。しかし、あの強く厳しかった親父が、こんな弱気なことを考えるとは……涙が溢れそうになり、高峰は鼻をすすった。こんなことなら、和子も早く嫁にいけばよかったのだ。せめて花嫁姿を見ることができれば、親父も悔いは残らないだろう。とはいえ、これから慌てて結婚など、絶対に無理だ。

　それを話すと、節子が意外な候補者の名前を挙げた。

「海老沢さんは？」

「海老沢？」高峰はどぎまぎした。「いや、まさか、それはねえだろう」

「どうして」節子が不思議そうに訊ねた。「昔から知り合いだから、人柄もよく分かってるでしょう？　悪い話じゃないと思うわ。海老沢さんも公務員なんだから、給料は安定しているし」

「いやいや、冗談じゃねえぞ」高峰は勢いよく首を横に振った。「あいつが俺の義理の弟になるなんて、あり得ねえよ」

「そうかしら……」節子はどこか不満げだった。

「何か、気味悪いじゃねえか。そんなことになったら、今後あいつとどうつき合っていけばいいか、分からねえ」

「大事なのは和子さんの気持ちでしょう。もう、戦争中じゃないんだから。自由に人を好きになっていいんだし」

「でもこれは、一種の見合いだぜ」

「あ、それもそうね」

「だいたい、和子はどう思ってるんだよ。俺たちが勝手にあれこれ喋っていても、どうしようもねえだろう」

「それは……」節子が一瞬目を伏せた。

「もしかしたら、もう和子に聞いたのか？」

「聞いたわ」節子が認めた。「正直、結婚相手としては考えられないって」

「そりゃそうだろう」高峰はうなずいた。「子どもの頃から知ってるから、近過ぎるんだよ。そういう人間を結婚相手として見るのは、難しいんじゃないかな」

「でも私は、お似合いじゃないかと思うんですよ。どうかしら？　もう一度話してみましょうか？」節子が頰に手を当てた。

「うむ、まあ……俺も考えるよ」

放ってはおけない。しかし上手い考えは浮かばなかった。親父がこういう状態の今、自分がしっかりしなくてはいけないのだが……一家の大黒柱としてはまだまだな、と情けなくなった。

翌日、一度捜査本部に顔を出した高峰は、午後になってから警視庁本部へ行くよう命じられた。捜査一課長への伝令役――熊崎から書類を託されたのだが、この命令にはうんざりだった。こんなこと、下っ端の若い刑事にやらせておけばいいじゃないか。俺ももう三十五歳、捜査一課の主任として、すっかり中堅なのに。

小田急で新宿《しんじゅく》に出て、都電の十一系統で桜田門《さくらだもん》まで――席は空いていたが、高峰は立ったままで向かうことにした。今日はいい陽気だから、途中で居眠りしないように気をつけないと。鞄は斜めがけにして腹のところで抱えこむ。中身は聞いていないが、直接一課長に届ける必要があるのだから、重要な書類には違いない。

それが目に入ったのは、四谷《よつや》三丁目の停留所近くだった。都電がゆっくりスピードを落としたところで、歩道から車道にまではみ出すような横断幕と幟《のぼり》が見えた。「労働時間短縮」「賃金アップ」「会社は組合員を殺すな」――勇ましいスローガンが、仰々しい赤い文字で横断幕やプラカードに書かれている。どこかの会社の労組が、ストでもやっているようだ。そう言えば、義弟の正夫が勤める大正製菓の工場がこの辺にあるはずだが、まさか正夫が……そう思って、都電が停まった時に屈みこみ、固まっている連中に向かって目を凝らしてみる。

いた。

頭に鉢巻をした正夫が、右手を拳に固め、宙に突き上げている。おいおい、大丈夫なのか……こんな時間——平日の午後二時にこんなことをしていて、問題ないのだろうか。よく見ると、正夫たちは工場の門の内側で一塊になっていた。鉄製の門は固く閉ざされている。もしかしたら、組合の連中が会社幹部を閉め出したのか？　かなり物々しい雰囲気だ——見ると、背広姿の年配の男が数人、門の正面に陣取った作業着姿に鉢巻をした組合員と遣《や》り合っている。そのうち、組合員が手を出した……これはまずい。暴力沙汰になると、所轄だけでなく予備隊も出て来るかもしれない。本格的な衝突になったら、怪我人が出る恐れもある。そんなことに巻きこまれないように、正夫には上手く逃げて欲しいが……無理かもしれない。正夫は書記長の要職にあるのだ。他の組合員が逃げ出しても、最後まで残ろうとするのではないだろうか。

気になるが、重要書類を持ったまま都電を降りて、確認しに行くわけにはいかない。

断腸の思いとはこういうことか。高峰は目を瞑り、たった今見たものを忘れようとした。自分の力でどうしようもなければ、考えないようにするしかない。

一課長に書類を渡しただけでお役御免になった。本当に、ただの運び屋だったわけか……むっとしながら、久しぶりに捜査一課の大部屋に立ち寄る。先ほど、四谷三丁目で見た小競り合いが気になって訊ねてみたが、情報は入っていなかった。組合と会社側、あるいは予備隊が衝突しても、捜査一課には直接関係ないのだが、情報は必ず入ってくる。居残り部隊も、常にアンテナは張り巡らせているのだ。その連中が何も知らないということは、おそらく穏便に済んでいるのだろう。

都内は今、ひどくピリピリしている。五月一日、皇居外苑でデモ隊と警察が全面衝突した余波が残っているようだった。ＧＨＱによる占領解除の三日後の出来事であり、しかもメーデーでの決議の一つは、警察予備隊を指しての「再軍備反対」だった。警察予備隊は警察とは関係ない組織なのだが、高峰は自分たちが「敵」と決めつけられたような気分になった。デモ隊側に二名の死者が出て、重軽傷者は千人を超えた。警察側にも負傷者が出た。最終的には予備隊も出動して何とか抑えこんだのだが、ざわついた雰囲気は未だに街に漂っている。大正製菓の騒動も、その流れのようなものだろうか……いやいや、先ほどの横断幕や幟を見た限りでは、政治的な闘争という感じではなかった。要求は、よくある賃金と待遇の改善だ。正夫もそう言っていたではないか。

このまま世田谷西署に帰ってもよかったが、先日来、気になっていることがあったので、寄り道して調べることにした。少し遅れても問題ないだろうと考え、古馴染みの京橋署へ向かう。途中、銀座四丁目で乗り換えるのではなく、そのまま都電を降りて歩くことにした。大した距離ではないし、今日は陽気もいい。事件さえなければ、ゆっくり散歩してから芝居見物でもしたい一日だ。

京橋署は空襲の被害を免れたものの、さすがにくたびれていた。関東大震災で全焼した後に新築移転されたので、できてからまだ三十年も経っていないのだが、その間、東京では様々なことが起きた……。

京橋署に来るのは久しぶりで、妙に懐かしい感じがした。古巣の管内動向には常に注目しているが、殺人などの凶悪事件は久しく起きていなかった。戦後、銀座が復興するとともに、酔っ払いによる喧嘩や窃盗事件などは急増していたが、高峰の感覚ではそれは些細なことである。

ああ、銀座も久しぶりだ……四丁目の角にある和光《わこう》は、まだ米軍向け売店のＰＸとして使われているのだが、間もなく接収解除されるだろう。和光の時計塔は、戦前から銀座の象徴として見上げていた。復興が進む銀座で、ゆっくり遊びたいものだ……節子に、少しでも楽しい思いをさせてやりたかった。戦時中に知り合った時には、戦争が終わったら一緒に芝居でも観て、銀座で美味いものでも食べて——と話し合っていたが、戦争が終わったら終わったで、生活を立て直すのに追われてしまった。資生《しせい》堂《どう》パーラーはちょっと贅沢過ぎるし、せめて煉瓦亭《れんがてい》で、二人でカツレツでも食べようか。

あれこれ考え、銀座に次々と生まれている新しいビルを眺めながら歩いているうちに、京橋署に着いてしまった。二階の刑事課に行くと、宇治がいた。昨日電話で話したばかりのせいか、驚いたように目を見開く。目配せすると、すぐに廊下に出て来た。

「どうかしましたか？」

「いや、昨日話を聞かせてもらったから、そのお礼だ」お礼と言いながら土産も持ってこなかったな、と反省する。「ちょっと抜け出せねえか？　コーヒーでも奢るぜ」

「いいですよ」宇治がニヤリと笑った。

二人は連れ立って、銀座の街を歩き出した。最近新しくできた喫茶店があると宇治が言い出したので、そこに向かう。真新しいビルの一階、窓が大きく開けた店で、街ゆく人を眺めながらコーヒーを楽しめそうだ。ただし高峰は、奥の引っこんだ席を選んだ。外から覗きこまれて、誰かに気づかれるとまずい。

「ここ、なかなか美味いんですよ」宇治が嬉しそうに言った。

「変な混ぜ物とかしてあるんじゃねえだろうな」高峰は警戒した。戦時中、「コーヒー」と称して、柿の種を炒《い》ったもので作ったどす黒い液体を飲まされ、閉口したことがある。

「大丈夫です。純コーヒーですよ。その分、お高いですけどね」

言われて、高峰はテーブルに置かれたメニューを確認した。コーヒー一杯五十円は、確かに高い。今はだいたい、三十円が相場だ。

コーヒーが運ばれてくると、宇治は親の仇《かたき》でも討つような勢いで砂糖を加えた。そういえば、ずいぶん太った……戦時中はろくに飯も食えず、ガリガリに痩せていたのだが。

「お前、そんなに甘いものが好きだったか？」

「やっと普通の砂糖が使えるようになったんですから、入れないともったいないでしょう」

「太るぞ」

「痩せるよりはましでしょう」

よく分からない理屈だ……高峰は何も加えずに一口飲み――さすがに五十円するだけあって、味には深みがあった――「ピース」をくわえた。テーブルに置いてあった店のマッチで火を点ける。

「実は、昨日高峰さんと話した後で、ちょっと気になりましてね」

「例の行方不明の巡査の件か？」

「ええ」宇治が声を潜める。「行方不明になるような理由が何もないんですよ。仕事も普通にこなしていて、特に問題を起こしたこともないですし……外勤課の連中も、訳が分からないと言ってます」

「失踪する人は増えてるそうだけど、警察官というのはちょっと特殊だな」

「ええ……それで、実は変な噂を聞いたんですよ」

「何だ」高峰は身を乗り出した。

「何か特殊任務を帯びて、潜入捜査をしてるんじゃないかと。そういう捜査をするところというと――」

「公安だな」高峰は話を引き取った。

「そういう噂です。本部の公安に抜擢されて、どこかで潜入捜査をしてるんじゃないかって」

「根拠はあるのか？」

「外勤の連中にしつこく話を聞いたんですけど、えらく邪険に扱われましてね。いかにも秘密があるみたいな……勘ですけど、そういうの、分かるでしょう？」

「ああ、勘は馬鹿にできねえからな」

「高峰さんほどじゃないですけどね。高峰さんの勘はすごいからな」

高峰はコーヒーを飲み、煙草を吸い、しばし無言で考えた。どうしてこの件が頭に引っかかっているのだろう……宇治に「高峰さん？」と呼びかけられ、はっと我に返る。

「でも、勘だけじゃないんですけどね。実は、変なところでそいつを見かけたという情報を聞いたんですよ」

「どこだ？」

「それが、世田谷なんです」

「世田谷？」高峰は腰を浮かしかけたが、すぐに座り直した。焦るなよ——世田谷はやたらと広い。「世田谷のどこだ？」

「喜多見付近です。うちの外勤の若い奴があの辺りに住んでるんですけど、声をかけたら無視されたそうです」

「どういうことだ？」まさに事件現場の近くではないか——高峰は、鼓動が高鳴るのを感じた。

「さあ……」宇治が首を捻る。

「いつ頃の話だ？」

「二ヵ月ぐらい前です。普通の格好をしていて——普通というのは、制服じゃなくて、背広姿という意味で」

「そうか」

ピンとくるものがあった。やはり潜入捜査……しかし今はまだ、口に出せない。根拠は何もないのだ。

「その男、名前は何て言うんだ？」

「安沢荘介《やすざわそうすけ》」

「知らねえ男だな。顔写真、手に入らねえか？」

「いやあ……どうかな」宇治が渋い表情を浮かべた。「あまりあちこち突《つっ》くと、まずいと思うんですよね。この噂、何か裏がありそうじゃないですか？」

「ああ」高峰はうなずいた。「あるだろうな」

おそらく、公安という「裏」が。

「やるなら、極秘で調べるしかないですよ。それより高峰さん、何か、相当まずいことに首を突っこんでいませんか？」

「そうかもしれねえな」高峰はうなずいた。「それでも、やらなくちゃならねえ時はあるんだ」

「捜査一課に行ってから、変わりましたよね。京橋署にいる時より、ずっと厳しくなった」

「ああ。覚悟しておけよ。お前が捜査一課に来ることがあったら、びしびし鍛えてやる」

「望むところです」宇治がニヤリと笑う。「高峰さんが上司だったら、どこまでもついていきますよ」

「調子いいこと言うな」

「いや、本気です」宇治が急に真顔になる。「高峰さんは、将来上に立つべき人だと思うんですよ。なにせ、あの難しい事件を解決した名刑事なんだから。高峰さんに憧れてる若手も多いし、本当に、捜査一課全体を仕切るような立場になって下さいよ」

「そんな先のことは考えてねえよ」高峰は表情を引き締めた。「今は、目の前の事件に集中するだけだ」

3

「お前にはこの件から外れてもらう」

生方が突然、宣言した。登庁したばかりの海老沢は、思わず聞き返してしまった。

「外れる？」

「ああ。上の判断だ」生方がうなずく。どこか困ったような表情だった。「逮捕された革命軍の連中は、江東事件について自供を始めた。積極的な関与ではなく、誰かに命じられるままに爆弾の材料になる部品や工具を集めて渡していただけだと言うんだが……命じた人間が誰かは知らないと言っているが、これは嘘だな。叩けば必ず喋る」

「ええ」

「おそらく、世田谷事件も革命軍の犯行だ。身柄は押さえているから、これから本格的に叩けばすぐに吐くだろう。連中が地元で事件を起こしたとは思えんが、必ず情報は持っているはずだ。ずっと否認し続けるほど、性根の据わった連中とは思えない」

「そうですか……世田谷事件の捜査も、三係がやるんですか？」海老沢は、刑事が一人もいない島を見遣った。おそらく三係の連中は、どこか別室で極秘捜査をしている。公安は都内のあちこちに、極秘作戦用にアジトを用意しているのだ。確か、新宿にも一ヵ所……世田谷の現場にはそこが一番近いはずだ。

「そういうことになる」

「つまり、うち――僕は用なしですか」

「そういう意味じゃない」生方が慰める。「こういう捜査には、それぞれ得意分野がある……革命軍に関しては、隣の係が専門だからな。それでお前、明日は休め」生方が命じた。

「いや、しかし……」

「メーデーの時に、ひどい目に遭っただろう。今も足を引きずってるじゃないか。医者へも行ってないんだろう？」

「そんな暇はありませんよ。だいたい、大したことはありません」反論しながら、声が震えているのが自分でも分かる。あの恐怖は、長く尾を引くだろう。海老沢の感覚では、空襲で逃げ惑った時よりも身近に死の危険を感じた。

「意地を張るな。怪我人を無理に働かせるほど、うちには余裕がないわけじゃない。月曜まで連休をやる」

「休みなんか必要ありません」

「これは命令だ」生方が急に真顔になって告げた。「怪我人は戦力にならん。使い物にならなかったら、お前を抜擢してきた上の連中も怒る。少しでも早く回復して戻って来い」

「……分かりました」

「メーデーに関しては、警察の失敗だった」

生方が小声で打ち明ける。実際、今月一日のメーデーは、海老沢の感覚では完全に暴動だった。参加者は、最初は整然とデモ行進していたのだが……独立後初のメーデーということで、万が一のことを警戒し、公安一課も多くの人数を投入していた。海老沢もデモ隊のすぐ近くで歩きながら警戒していたのだが、いきなり始まった警官隊との衝突に巻きこまれたのだった。ようやく逃げ出して、何とか同僚を見つけて助けてもらったのだが、まったくひどい目に遭った……一週間経った今でも、まだ足首の痛みは引いていない。

後になってやっと暴動の全体像が分かったのだが、知れば知るほどぞっとした。最初、デモ隊はアメリカ人の乗った自動車を立て続けに襲撃して放火し、自由党本部へ投石、交番を破壊した。皇居前広場はまさに、陸戦の様相だった。午後五時過ぎにようやくデモ隊は撤収したものの、この件での逮捕者は千人を超えている。戦前には見られなかった、新しい形の危機――一部の共産主義者だけを相手にしていれば済むわけではなく、自分たちが守るべき「大衆」が、警察に対して牙を剝いてきたのだ。

海老沢はあの時、心底恐怖を覚えた――警察に復帰してから初めてだった。これが民主主義だというのか？　デモをやって皇居を襲うようなことが、共産党、そしてそこに集まった人たちの狙いなのか？

その日、海老沢は定時に警視庁を出た。普段、こんな時間に帰宅することはまずないから、時間を持て余してしまう。

歩きながら、いつもの癖で家から持って来た朝刊の最終面に目を通した。映画は……本物の相撲《すもう》取りが出演しているという『やぐら太鼓《だいこ》』はどうだろう。いやいや、これは宣伝文句がよくない。「愛と涙と戦慄《せんりつ》と興味」って何なんだ？　ひどいな……長谷川一夫《はせがわかずお》の『大江戸の鬼』にも今ひとつ惹《ひ》かれなかった。だいたい海老沢は、戦後は洋画ばかり観ているのだ。邦画というと、つい戦前の検閲作業を思い出してしまって足が向かない。たまに観る機会があっても、どうにも面白くない。検閲がなくなって何でも自由になったといっても、それで映画が面白くなるわけでもないのだろう。結局、日本の映画人というのは、さほど面白い作品を作れないのではないか……。

アメリカ映画の『我が心の呼ぶ声』にするか。今日から一般公開が封切りで、あちこちで上映されているが、テアトル渋谷が一番便利そうだ。内容はまったく分からないが、今は映画で海外の暮らしを知るのも楽しみである。

テアトル渋谷はそこそこ賑わっていた。映画としてはちょっと地味……知っている俳優も出ていない。しかし海老沢は、いつの間にかその世界観に引きこまれていた。背景にある朝鮮戦争が、今の海老沢にとっても身近に感じられる話題だからだろう。

そこそこのハッピーエンドは食い足りなかったが、アメリカの映画というのは基本的にこういうものだ。ヨーロッパの映画だと、また違う味わいになるのだが。

映画館を出ると、もう八時を回っていた。結局今日もこんな時間か……どこかで飯を食って帰ろう。渋谷の雑踏の中にさまよい出て、足を庇って歩きながら、手早く飯を食べられそうな店を探す。渋谷もかなりの戦災を受けたが、復興は早かった。今では多くの飲食店が建ち並び、デパートなども営業を再開して、戦前よりも賑やかになっている。驚くことに、去年にはケーブルカーまで設置されていた。東横《とうよこ》百貨店と玉《たま》電《でん》ビルの屋上を結ぶ「ひばり号」——海老沢は乗ったことはないが、子どもたちには人気のようだ。

恋文横丁《こいぶみよこちょう》に入る。ここには気安い呑み屋が軒《のき》を並べているのだが、酒を呑む気分でもない。そういえば、最近できたカレー屋の評判がよかったはずだ……行ってみると、レンガ造りのなかなか立派な建物で、カレーのいい匂いが外にまで漂い出している。途端に食欲を刺激され、海老沢は迷わず店に入った。

どす黒い、独特の色のカレーだった。舌を痺《しび》れさせるほど刺激が強く、スプーンが止まらない。なかなかいい店だな……遅い時間なのにほぼ満員というのも、味が確かな証拠だ。満足して店を出て、ぶらぶらと坂を下り始める。そこで急に、肩を叩かれた。途端に鼓動が跳ね上がり、判断に迷う。この辺には暴力団も跋扈《ばっこ》しており、普通に歩いている人が因縁をつけられて金を奪われる事件もよく起きているのだ。

突然、「海老沢さん」と呼びかけられた。知り合いか？　少しだけ緊張を解いて振り向くと、見知らぬ男が立っていた。自分より若い——たぶん、二十代だ。灰色の背広に同色の鳥打帽《とりうちぼう》。ネクタイはしていないが、白いワイシャツにはきちんと糊《のり》が利いている。目がちゃんと見えないぐらい、眼鏡のレンズが分厚い。

立ち止まれない——人の流れに押されて、歩き続けるしかなかった。男がすぐ横に並んで、なおも話しかけてくる。

「海老沢さんですね？」

「おたくは？」

「天野《あまの》と言います」

その名前に聞き覚えはなかった。面倒なことに巻きこまれそうな予感を覚え、海老沢はさっさと立ち去ろうとした。しかし、人が多くてなかなか自由に歩けないし、素早く逃げようにも、足の痛みが邪魔をする。何とか振り切る方法はないだろうかとうつむきながら考えたが、上手い手はなかった。しかし、少なくとも相手は、この場で直接危害を加える気はないだろう。何しろ衆人環視の環境なのだ。

「僕に何か用事でも？」

「ちょっと話がしたいんですが」

「ここで？」

「ここでは無理ですよ」

「だったらどうしたい？」

いきなり腕を引っ張られた。クソ、何をするつもりだ？　しかし天野と名乗る男は、脇道に海老沢を引っ張りこんだだけだった。表通りは人気《ひとけ》が多いのに、一本裏道に入った途端、急に静かになる。海老沢は明らかに危険な気配を感じたが、一方で、もしかしたら何か情報が手に入るかもしれないと開き直ることにした。

「革命軍の天野です」男が自己紹介した。

「何だと?」

思わず一歩詰め寄ったが、次の瞬間にはすぐに引いて周囲を見回した。これはまずい……この男が本当に革命軍の人間なら、周りにも仲間がいるかもしれない。メーデー事件では、革命軍からの逮捕者は出なかったものの、この連中が非常に危険な存在であるのは間違いないのだ。まして今は、荒木印刷から逮捕者が出て焦りもあるだろう。

「僕が誰だか分かってるのか?」

「警視庁公安一課の海老沢さんですね」

「今、あんたたちが際どい立場に立たされていることは分かってるな?」

「もちろんです。非常にまずいですね」天野がうなずく。

その瞬間、海老沢はその名前を記憶の中から引っ張り出した。天野光男《みつお》、二十八歳。革命軍に十人ほどいる常任闘争委員の一人だ。残念ながら天野の顔写真は入手できていなかったので、本当に本人かどうかは分からなかったが。

「このまま、警察の罠にはまって終わるわけにはいかないので。自分の身は、自分たちで守るしかないんです」

「罠? どういうことだ?」

「公安なのに分からないんですか?」天野が呆れたように訊ねた。

「担当が違う」

「喜多見ではよくお見かけしましたが」

こいつは僕を見張っていたのか？　嫌な想像が走って、背中が寒くなる。

「私は、微妙な立場にあるんです」天野が深刻な表情で打ち明ける。

「微妙とは？」

「革命軍は、このままだと持たない――無理な活動が続いていますから、内部も分裂寸前です」

「無理な活動というのは、江東区の爆弾騒ぎのことか？」

天野が口を閉ざす。帽子のつばとレンズが分厚い眼鏡のせいで、目がよく見えない――わざと顔の印象を曖昧にしようとしているのかもしれない。しかし鼻、そして口元は、何となく佐田啓二《さだけいじ》に似ている。かなりの美青年のようだ……そんなことは、革命運動には何の関係もないだろうが。

「私は、革命軍を抜けたいんです」

「常任闘争委員が？　それでは組織は成り立たないだろう」

「革命軍は、もはや組織として成り立っていない――警察はそこへ手を突っこんで、完全に崩壊させようとしているんですよ。馬鹿馬鹿しい」

「馬鹿馬鹿しいだと？」海老沢は一歩詰め寄った。「あんたたちは、爆弾を作った

——武装闘争路線の極致じゃないか。看過できない」

「あれは、暴走した連中が勝手にやったことです」

「世田谷の事件もそうなのか？　一部の過激分子がやったことだと？」

「私の口からは言えません」

「この場であんたを逮捕することもできるんだぞ」

「無理でしょう」天野が首を横に振った。「何の容疑ですか？　戦前とは違うんだから、気に食わない人間を勝手に引っ張ることはできませんよ」

「だったら、とりあえず近くの署で、詳しく話を聞かせてもらおうか」

「それは遠慮させてもらいます」

「ずいぶん勝手な理屈だな……で、あんたは何をしたい？」

「あなたは、普段は革命軍の捜査はしていないんですよね？」天野が念押しした。

「さあな」海老沢は言葉を濁した。

「担当が違うと、自分で言ってたじゃないですか」

「だから？」

「革命軍の捜査をしている人たちは、非常に強引です。まるで戦前の特高だ……あなたは、同じ公安の人でも考えが柔軟そうだ。そういうあなたを見こんで、お願いしたいことがあります——調べてもらいたいこと、と言うべきですかね」

「虫のいい話だな」海老沢は鼻を鳴らした。煙草を吸っていた頃なら、相手の顔に煙を吹きかけてやるところである。

「牛島という人間について、よく調べて下さい」

「どうして」

牛島については、最小限の情報しか公開されていない。新聞などには、単純に「荒木印刷社員」という情報が流されただけだ。もちろん、事件記者たちは、何か裏があると勘ぐっているだろうが。自分たちでも調べているだろうが、警察が掴んでいる情報にまでは辿りつけないだろう。

「あなたたちは、牛島という男を革命軍の人間だと思っている」

「どうかな」海老沢は曖昧に言った。

「あなたの立場では、認められないことは分かります。あなたが知っている前提で話しますが、牛島という人間について、掘り下げて調べて下さい。牛島などという人間が革命軍にいないことは、すぐに分かるはずです」

「だったら牛島は何者なんだ？　まったく知らない人間のことを、そんな風には言えないだろう」

「ごもっともですね」天野がうなずく。

「つまりあんたは、牛島という人間をよく知っているわけだ。奴は何者だ？」海老沢は食い下がった。

「荒木印刷の社員」

「それじゃ、話は一歩も進まない」

「調べればすぐに分かることです」天野がうなずいた。「あなたなら、調べられると思います」

「あんたが知っているなら、今教えてもらった方が早い。時間を無駄にしたくないんだ」

「私の口からは言いにくいことなんです」天野が周囲を見回した。

「どうしてこんな中途半端な真似をする？」海老沢は軽い苛立ちを覚えた。

「このままだと、革命軍は一方的に責任を押しつけられて、空中分解してしまいます。しかし私は、そうなる前に革命軍の中の良心的な部分を生き残らせたいんです」

「過激派に良心もクソもないだろう」

「そういう人間もいるんです。いずれは社会の役に立つ人間と言ってもいい」

「共産党だって、メーデーのデモを扇動して暴徒化させた。共産党より過激なあんたらが良心的とは、とても思えない」

「そこは信じていただくしかない……とにかく、牛島という人間のことを調べて下さい。必ず裏が見つかります……それと、これを」

天野が名刺を差し出した。ただの名刺——しかしひっくり返すと、「牛島と安沢の関係？」と書き殴ってあった。

「どういう意味だ？」

「では、これで」天野は海老沢の問いかけには答えず、踵を返して雑踏の方へ歩み出す。

「おい——」

呼び止めたが、天野は歩みを止めようとせず、そのまま雑踏に紛れてしまった。海老沢は一瞬間をおいて——尾行の基本だ——跡をつけようと思ったが、既に天野の姿は見えなくなっていた。灰色の背広など、渋谷界隈を歩いている人の制服のようなものである。

「何なんだ……」牛島と安沢？　安沢というのは何者だ？　手の中では、先ほど受け取った名刺が熱を持っているようだった。


翌々日の土曜日、海老沢は怪我の治療のために医者へ寄った後、昼過ぎに出勤した。休みは言い渡されていたが、公安一課に人が少なくなる時間帯を狙って、天野について調べたかった。

革命軍の名簿を見ると、彼の実生活での肩書きは「東都《とうと》大文学部助手」である。名刺に書いてあった電話番号も、実際に東都大文学部のある研究室のものだと分かった。問題は、名刺の裏の「牛島と安沢の関係？」という一文である。

天野に電話してみようか、と一瞬思った。しかし、昨日の今日で電話で話すのも気が進まない。まるで向こうの思う壺《つぼ》ではないか。

食べ損ねた昼食を済ませておくか——立ち上がった瞬間、戻って来た生方が渋い表情を浮かべる。手には書類の束を抱えているので、食事からの帰りではないと分かった。

「休みを取れと言ったはずだぞ」

「ちょっと調べたいことがありまして」海老沢は曖昧に言った。

「まったくお前は……まずい知らせがある」

「何ですか」

「大正製菓の組合が暴徒化した」

「本当ですか？」海老沢は生方に詰め寄った。「あそこは、それほど強硬派ではないはずです」

「あそこにも革命軍が入りこんでいたようだ」

「革命軍が？」まさか……海老沢は顔から血の気が引くのを感じた。革命軍は組織分裂寸前だと天野は言ったが、あれは嘘なのだろうか。むしろ積極的に攻勢をしかけているではないか。

「昨日から工場でストライキをしていたんだが、組合員と幹部が揉み合いになった。それが今日になってさらに悪化して、組合側と会社側が全面衝突したんだ」

「初耳です」

「予備隊が出動して、組合側の人間が十人ほど逮捕された――その中に、捜査一課の高峰の義理の弟が入っている」

「本当ですか？」訊ねる声にも力が入らない。

「間違いない。今、四谷署に留置されている……お前、最近高峰と話したか？」

「いえ」反射的に嘘をついてしまう。

「そうか……高峰は、これでまずい立場に追いこまれるかもしれないぞ」

「義理の弟と本人は関係ないじゃないですか」

「警察というのは、人間関係を重視するんだ。もしかしたら、高峰は辞表を書くことになるかもしれない」

「まさか」

「お前も気をつけて、距離をおいておけよ。変なことに巻きこまれたら、厄介だぞ」

「高峰はこのことを知っているんですか？」

「さあな。それは、俺が与《あず》かり知ることじゃない」

「高峰は……」

「何だ？」

「いえ、何でもありません」

いったい何が起きているんだ？　高峰と話したかったが、外を動き回っているあの男を摑まえるのは難しいだろう。それに、自分が真っ先にこの事実を高峰に知らせてしまうのはまずい――歯がゆさだけが残る。

自分の周りが大きく揺れ動いている。その揺れが最終的にどちらに向くかは、予想もつかなかった。

4

高峰は、四谷署の前で節子と落ち合った。警察官の妻とはいえ、節子も警察署に慣れている訳ではない。緊張して直立不動の姿勢になっているのを見て、申し訳なくなった。

節子は風呂敷包みを抱えていた。中身は着替えや歯ブラシ――留置場暮らしでも不便しないようにと、高峰が指示したものだった。

「大丈夫かしら」

「心配いらねえよ。ちょっとした事故みてえなもんだから」節子を安心させるために言ったが、高峰も詳しい事情が分からず、心配だった。何より昨日の一件が悔やまれる……都電から見た組合と会社側の小競り合い。正夫にきちんと忠告しておけばよかった。あれ以上激しくやると、警察が介入してくるぞ——失踪した警官のことが気にかかって、連絡を怠ってしまったことを悔いる。

署まで来ても、面会できるかどうかは分からなかった。所轄と公安ががっちり身柄を押さえて調べているので、たとえ捜査一課の名前を出しても、自由に面会できるとは思えない。それでも高峰は、まず上から攻めた——京橋署にいた時の刑事課長、下《しも》山《やま》が、今四谷署の副署長を務めている。

「ちょっと……」

高峰の顔を見た途端、制服姿の下山が立ち上がる。そのまま、署長室に入って行った。署長まで巻きこむと大変なことになる——と心配になったが、署長はたまたま不在だった。高峰は節子にうなずきかけ、待つようにと無言で指示してから、下山の後に続いて署長室に入った。

「義弟《おとうと》さんのことだろう？」

「はい、申し訳ないです。ご面倒をおかけして……」

「それは気にするな」慰めようとしてくれてはいるのだが、下山も自信なげだった。

「この件は、本部の公安一課主導ですよね？」

「事が事だからな」

「所轄としては……」

「本部の指示に従うだけだ。お前は、差し入れか？」

「はい」

「義弟さんは今、留置場にいる。少しの時間なら調整できるぞ。会うか？」

「お願いします」

「十分だな」下山が腕時計を見た。「すぐに公安一課の取り調べが始まるようだ」

「十分で大丈夫です」

「嫁さんだよな？」下山が、署長室の外をちらりと見た。

「はい」

「お前にはもったいない嫁さんだな」下山の表情が少しだけ緩む。

「よく言われます」

「分かってるならいい……」下山が、すっと高峰に身を寄せてきた。「あまり心配するな。状況は聞いたが、この容疑で長く勾留するのは無理だ。検察もいい顔はしないだろう。早く出られるんじゃないかな」

「だといいんですが」

「留置場の数も足りないんだよ——さ、行くぞ」

留置場での面会というのは、高峰も初めてだった。普段、容疑者と対峙するのは取り調べ室でと決まっている。今回は留置管理課の部屋を用意してもらったのだが、それでも正夫は、鉄格子の向こうにいるように緊張しきって疲れていた。ネクタイは外され、ベルトも取り上げられてしまい、少し大きめのズボンはずり落ちそうになっている。

「大丈夫か？」高峰は低く声をかけ、正夫の様子を目に焼きつけようとした。節子と二人同時の面会は許されず、彼女は外で待っているから、後で説明しないと。

「何とか……」声に元気がない。

「話は聞いたけど、怪我人は出てるのか」

「出てないと思いますけど……分からないです。気がついたら、手錠をかけられてたんで。警察はずいぶん乱暴なんですね」

「今は混乱している時代だから」公安のやり方をかばう必要はないと思いながら、高峰は言った。

「俺、出られるんですかね」

「変な隠し事をしないで、素直に話せば大丈夫……だと思う」

一瞬、高峰が言葉に詰まったせいか、正夫の顔に陰が過ぎった。

「まさか、逮捕されるなんて思ってませんでしたよ。いきなりなんですね」

「そういうものだから。これに懲りたら、組合活動からはちょっと距離を置いた方がいいぜ。労働条件の改善のためには、もう少し穏やかにやる手もあるだろう」

「本当ですよね」正夫はすっかりしょげかえっていた。「考えが足りなかったです。皆で一緒にやることが、大事だと思ってたんですけど」

「そういう中に、過激な連中もいるんだ」

「そうですね」正夫がうなずく。

「できるだけ、不便はねえようにするから。差し入れにも便宜を図る」

「すみません……」

「いや、こんなことぐらいしか役に立てねえからな」

これで、役に立っていると言っていいのだろうか。もう少しきつく、組合活動を控えるよう忠告しておくべきだったかもしれない。メーデー事件で、あれだけ怪我人と逮捕者が出た後で、公安も以前より警戒を強めているのだから。

「おい、何やってるんだ！」

いきなり背後から怒鳴りつけられ、高峰は慌てて振り向いた。見覚えのある男……喜多見のラーメン屋で、海老沢と一緒に食事をしていた男だと気づく。たぶん、公安だろうが、態度が悪過ぎる。まるでこちらをゴミ扱いしている。むっとしたが、このまま粘ると正夫がまずい立場に追いこまれるかもしれない。高峰はゆっくり立ち上がり、正夫に「気をしっかり持てよ」と最後のアドバイスを与えた。

留置管理課から出ると、先ほど高峰を怒鳴り上げた刑事が追いかけて来た。

「あんた、変な知恵をつけたんじゃないだろうな？」

「知恵をつけるも何も、どういう状況かも分からねえな」高峰はとぼけた。

「あんた、捜査一課の高峰さんだろう？　名刑事の高峰さん。まずい状況だよな。家族が過激な組合で活動してるってのは……このままただでは済まないんじゃないか？」

「あんたは公安だろう？　あんたらが、無理に過激な組合に仕立てあげたんじゃないか？」

「そういう言い分、活動家の連中とそっくりだよ。あんた、まさか捜査一課にいながら共産党ってことはないだろうな」

「おい、お前」高峰が詰め寄った。「何言ってるんだ？」

「こっちは普通に捜査してるだけだ」

目の前で留置管理課のドアが閉まる。正夫との永遠の別れを告げるような音がした。

「ふざけやがって……」

一人歩いている時に思わず愚痴がこぼれて、高峰は慌てて周囲を見回した。こんな独り言をつぶやいているのを聞かれたら、何だと思われるだろう。

行き先は海老沢の家──こういう時に文句や不満をぶつけられる相手は、海老沢しかいない。それに海老沢なら、正夫を何とか助けてくれるのではないだろうか。さっさと釈放するよう、裏から手を回すとか。

海老沢は在宅していた。シャツ一枚の寛《くつろ》いだ格好──高峰の顔を見た瞬間、表情を強張らせる。

「あの件か？」高峰が口を開く前に、いきなり切り出した。

「ああ──義弟が逮捕された」

「聞いてる」

海老沢が玄関の外へ出て、後ろ手に戸を引いて閉めた。何なんだ？　家に入れないつもりか？　何を警戒しているのだろう、と高峰は訝った。一歩、二歩と歩いただけで、海老沢が足を庇っているのに気づいた。

「怪我でもしてるのか」

「ああ……まあな」海老沢が言葉を濁す。

「足か」

「そんなことはどうでもいい……お前、正夫君の面会に行ったそうだな」

「何だ、知ってるのか……公安の若い生意気な奴に放り出されたよ。この前、お前と一緒に喜多見でラーメンを食ってた奴だ」

「川合だな……あいつはふざけた野郎だ」

「公安ってのは、ふざけた野郎の集まりなのか？」

「僕も公安だぞ？」

「お前は違うだろうが……それより、何とかならねえか？　大正製菓の事件は偶発的なものなんだろう？　逮捕するほどとは思えねえ」

「僕は、あの件には関与してないんだ」

海老沢の妙に引いた態度に、高峰は戸惑った。これまでは、立場や組織の違いを超えて、本音で話し合うことができていたと思う。今回の一件は、それほど重大なことなのか？　二人の関係に亀裂を生じさせるほどに？

「大したことじゃないんだろう？　いつまでも身柄を拘束しておくのは、問題あるんじゃねえか？」

「僕の口からは何も言えない」

「大正製菓の労組に、革命軍が入りこんでいるっていう噂を聞いた。本当なのか？」

「革命軍は、いろいろな企業の労組に入りこんでいるよ。過激化させるのが狙いだ」

「今回の衝突も、そういうことなのか？」

「……今のは一般論だ」

「おい——お前、本当にどうしたんだ？」

「何が」

海老沢が高峰の顔を見た。そう言えば、今日、視線を合わせるのは初めてだ。

「足だよ。何があった？」

「メーデーの時の警戒で、足首をやられたんだ」

「逃げ足が遅かったんだな。普段現場で鍛えてないからだろう」

からかったが、海老沢の表情は真面目なままで、冗談を受け入れる余裕もないようだった。

「お前はあの現場を見ていない。僕は、あれを目《ま》の当たりにして考え直した」

「何を？」

「本当に、日本で革命が起きるかもしれない。何十万人もの人が、簡単に暴徒になるんだぞ？　あれがきちんと組織化されたら、予備隊じゃ対処しきれない」

「だから？」

「抑えこむべきものは、早めに抑えこんでおかないといけないんだ」

「革命軍も？　世田谷事件の捜査はどうなったんだよ」

「順調に進んでるんじゃないか？　捜査一課の方はどうなんだ」

「何でうちと公安が競い合わないといけないんだ？　協力すれば、もっと早く事件が解決するかもしれねえのに」

「僕の立場では何も言えない」

海老沢ののらりくらりとした態度に、高峰は怒りよりも戸惑いを覚えた。海老沢も戦時中、それに戦後の一時期は魂が抜けたようになっていたのだが、警視庁に復職してからは、日々淡々と仕事をこなしている。熱が入らないというわけではなく、冷静に、落ち着いた態度を保っている感じだ。しかし今は、そういう感じではない。明らかに高峰との間に壁を作ろうとしている。

「お前、本当に革命が起きるとでも思ってるのか？」

高峰は低い声で訊ねた。海老沢が周囲をさっと見回し、「僕たちが何もしなければ」と答え、さらに早口でつけ加えた。

「お前は、宮城《きゅうじょう》の騒ぎを見ていないだろう。連中は、皇居に突っこむ直前まで行ったんだぞ。皇居すら守れないようでは、他の重要なところは絶対に守れない」

「守るのは、うちの予備隊の仕事じゃねえか」

「お前は何も分かっていない！」海老沢が少しだけ声を高くした。「力と力の衝突では、間違いなく怪我人が出る。死人が出るかもしれない。日本人同士が殺しあってどうするんだ？　僕たちは、そうならないように、事前に抑えなくてはいけないんだ」

「それは、戦前の特高と同じやり方じゃねえか。また予防拘禁でもやるつもりか？」

「予防拘禁じゃない。事前に相手の力を分析して、その力を削ぐために合法的な手段を行使する、ということだ」

「ひでえ官僚答弁だな……義弟を逮捕したのも、力を削ぐためか？」

「個別の案件については、僕は答えられない。関わってもいない」

「お前を頼りにはできねえってことか」

「申し訳ないが」海老沢が頭を下げる。

　それでも友だちか、と海老沢の胸ぐらを摑んで絞り上げてやってもよかった。実際、それぐらい怒りで頭が沸騰《ふっとう》していたのだが、瞬《また》く間に消えてしまった。

　こんな議論を、海老沢が復職する前にも交わした記憶がある。二人が拠《よ》って立つ正義。高峰の場合は、社会や政治情勢がどうであろうが変わらぬ不変の正義。それに対して海老沢が選んだのは、体制によって解釈が変わる正義だった。あの時はついむきになって話してしまったが、結論は出ないままである。

　しかし結局、俺たちの立場は相容《あいい》れないままなのか。海老沢を頼ろうとした俺が馬鹿だったかもしれない。

　一人で何とかしなくてはいけないのだ。

立ち去ろうとした瞬間、海老沢が口を開く。

「お前、安沢という名前に心当たりはないか？」

「何だって？」予想外の名前に、高峰はつい声を張り上げてしまった。

「安沢。それほどよくある名前じゃないだろう」

「お前は知らないのか？」

「僕が知ってないといけない名前か？」

押し問答になってくる……高峰は答えを口にした。

「京橋署の巡査だ。しばらく前から行方不明になっている」

「そうか……」海老沢が顎に拳を当て、黙りこんだ。

「安沢がどうかしたのか？」

「いや、ちょっと名前を聞いて気になったんだ。それだけだ」

それだけということはあるまい。しかし高峰は、それ以上突っこむ気力を失ってしまった。


正夫は結局、下山が予想した通り、週明けに釈放された。今後も在宅で取り調べは行われる予定だが、とりあえずは自由の身になる……節子が署へ迎えに行って自宅まで送り届け、その夜、高峰は中野《なかの》にある節子の実家に面会に行った。

節子と正夫の父親は、戦前からこの地で床屋をやっていた人で、熱血漢というか気が短いというか、すぐ頭に血が昇って無茶を言い出す人だった。何しろ、疎開したら、従軍中の正夫に対して申し訳ないと思って、危険な東京で頑張り続けていた。

しかし終戦から数年経って、父親も落ち着いて——年齢を重ねていた。瞬間的に激怒はしても、長続きしない。その場に高峰がいたことも、抑止力になったようだった。怒りもほどほどに、店の方に引っこんでしまう。

「すみません……」父親に散々絞られた後なのに、正夫は高峰にも頭を下げた。

「無事に出られてよかったじゃねえか」

「義兄《にい》さんが手を回してくれたんじゃないですか？」

「いや」情けない、と思いながら高峰は否定した。「いろいろ頼んでみたんだが、直接影響はなかったと思う。要するに、そもそもそれほど大したことじゃなかったんだよ」

「でも、参りましたよ……」正夫はすっかり萎《しお》れていた。

「これからどうするんだ？」

「明日、会社へ行きます。馘かもしれないな」

「ある程度、厳しい処分も覚悟しておいた方がいいかもな」高峰は、甘いことは言わないように気をつけた。「少なくとも、組合活動からは手を引くように言われると思う」

「それはちょっと……」正夫が躊躇った。「仲間がたくさんいるんですよ。裏切る訳にはいきません」

「だけど、会社にも当局にも目をつけられている。組合活動から手を引かねえと、これからどうなるか分からねえぞ」

「そうですかねえ……」

納得いかない様子だったが、高峰は自分の言い分は正しいと思っていた。余計なことをしない――突出した動きをしなければ、当局も弾圧はしないはずだ。

これこそが、海老沢たちの「やり方」ではないか？　逮捕などで衝撃を与え、活動する気力を失わせる――手間はかかるが、確実な方法ではないだろうか。それに脱退者が増えれば、組織は自然に弱体化していく。

やはり、革命など起きないのではないか？　左翼勢力と公安組織のせめぎ合いは、公安側の一方的な勝利に終わるのではないだろうか。しかし、力で抑えつけた勝利の後には何がある？　戦中の息苦しい時代に逆戻りするだけではないか？

5

戦後の大学は、公安にとって極めて重要な監視場所である。左翼勢力が学生を取りこみ、勢力拡大を狙っているのだ。必然的に公安の内部調査も進んでおり、海老沢も各大学にいる活動家の名前などは押さえていた。

大学生の活動家――それが大問題になったこともある。今年の二月、東大で学生サークル「ポポロ劇団」の公演を私服警官が監視しているのを発見され、学生たちに暴行を受ける事件が起きた。これは警察にとっては恥も恥、とんでもない事件だった。警察手帳を奪われた上に、謝罪状まで書かされた――公安一課の中でも、「そもそも気づかれるようでは刑事失格だ」と批判が集中した。

私服警官による構内潜入や監視には、このような危険が伴う。それよりも、学生をスパイとして育成する方がずっと効率的だ。戦後、マルクス経済学が大流行し、それにかぶれる学生も増殖したのだが、大学生全員が共産主義者になったわけではない。共産主義を恐れ、憎む人間も少なくないのだ。そういう人間を上手く説得して大学内の情報を探らせる、あるいは共産主義者のグループの中に協力者を作る――理性に訴えるか、あるいは金を積めば、できないことではない。もちろん学生は卒業してしまうので、同じ人間をスパイとしてずっと使い続けることはできないのだが。

海老沢も、東都大の中にスパイを飼っている。あまり外に出ない海老沢にしては珍しいことなのだが、このスパイを作るのは、いわば「実習」だった。ここ一年ほど会っていなかったが、会えば何か情報が手に入ると期待していた。

スパイは、山形《やまがた》から上京してきていた岩原《いわはら》という四年生で、文学部で日本史を専攻している。卒業後は、帰郷して高校の教師になるつもりだという。基本的には真面目な学生で、しかも軍人一家の生まれだった。終戦の反動で共産主義に染まることもなく、お国のために働いた祖父や父親の影響を強く受けていた。

「足、どうかしたんですか？」下宿を訪ねた海老沢の顔を見るなり、岩原が言った。

「ちょっと転んでね」

「本当にちょっとですか？　ひどそうですけど」

「受け身に失敗したんだ」

今日は月曜日……土曜日には医者へも行ったのだが、痛みはあまり引いていなかった。軽い捻挫《ねんざ》だと診断されたが、とてもそうは思えない。

「歩くの、辛くないですか」

「多少はね」

「じゃあ、俺の部屋でどうですか」岩原は屈託がなかった。

「それはまずいだろう。人に見られたくない」

「大丈夫ですよ。この下宿、人の出入りは多いですから」

「君のところへも、彼女が来たりするのか」

「そういうことはないですけど……とにかく、どうぞ」

　幸い今日は、誰にも会わなかった。通された岩原の部屋は、綺麗に片づいている。西日がもろに射しこむ四畳半、真夏の午後などは地獄だろう。二人は、部屋の中央で胡座をかいて向き合った。

「ちょっと教えて欲しいことがあるんだ」

「何でしょう」

「文学部の助手で、天野さんという人がいるよな？」

「独文科の助手さんですね」岩原はすぐに反応した。

「知ってる人かい？」

「顔が分かるぐらいですけど」

「彼は、革命軍の人間だという噂がある。革命軍のことは、前に話したよな？」

「ええ」岩原の顔から血の気が引いた。

「ちょっと探りを入れてみてくれないか」海老沢は、背広のポケットから封筒を取り出した。中には百円札が十枚。故郷を離れて下宿暮らしをする学生には、魅力的な金額だろう。岩原は平然と金を受け取った。

「小銭も入っている。それで、いつでも電話してくれ」

「分かりました。でも、そう簡単にはいかないと思います……伝手《つて》がないところなのい？」

「そんなに急いではいないから、慎重に調べてくれ。それより、就職の方はどうだ
「これから本番です」

「向こうで先生になって、故郷に帰るわけか」

「それを目指しています」

「目標があるのはいいことだな」海老沢はうなずき、立ち上がった。「じゃあ、よろしく頼むよ。くれぐれも無理はしないように」

岩原は、スパイとしてはかなり優秀である。朴訥《ぼくとつ》とした表情、それに訛《なま》りが残っているせいか、初対面の相手でも緊張させない。警察官として雇いたいぐらいだった。しかし、スパイ上がりの警察官はいない……スパイは、常に裏切る可能性を秘めているから、あまり入れこむのもまずい。用がなくなったら、さっさと手を切るべきだ。

さて、手は打った。後は待つだけ。

しかし海老沢の作戦は、根本的なところから頓挫した。

その情報は、非公式に入って来た。革命軍を担当する三係がざわつき始め、刑事たちが次々に飛び出して行く。何事かと思って探りを入れてみると、天野が遺体で見つ

かったというのだ。

どういうことだ……騒ぎ立てるわけにもいかず、海老沢は三係が無人になるのを待って、生方のデスクに近づいた。

「ちょっといいですか」

「何だ」革命軍の人間が殺されたというのに、生方は平然と書類に目を通していた。

「革命軍の件で、ちょっとお話ししたいことがあります。実は向こうから、私に接触してきたんです」

生方が勢いよく顔を上げ、「どういうことだ」と訊ねた。

海老沢は、天野と出会った経緯を説明した。

「革命軍が分裂しそうだ、ということか」

「それで、本人は何とか逃げ出したいと」

「担当でもないお前に、何で接触してきた？」

「それは分かりません」

「で？　その後はどうした？」

「東都大に飼っているスパイを使って、天野の周辺調査をさせていたんですが、それがまだ終わらないうちに、この事件が起きました」

「どうして天野と会った直後に報告しなかった？」生方が詰問する。

た。

「革命軍には関わるな、と係長が指示されましたので」

「それとこれとは別問題だ」生方の口調は静かなままだったが、耳は赤くなってい
「失礼しました」面倒を起こすのも嫌で、海老沢はすぐに謝罪した。「しかし、革命軍は本当に分裂しつつあるんじゃないんですか？　天野はそれが原因で殺された可能性が——」

「いや、奴らの敵は国家権力だ。内輪で殺し合っているような余裕はないはずだ」

「だったらこれは、革命軍とは関係ない事件なんですか？」

「いや……気にはなるな」

生方が受話器を取り上げた。庁内の電話簿を取り出して番号を確認し、ダイヤルを回す。すぐに、メモを取りながら話し始めた。五分ほどで通話を終えると、そっと受話器を置いて海老沢の顔を見る。

「所轄ですか？」海老沢は訊ねた。

「ああ……判断が難しいな。昨夜遅く、自宅近くで殺されているのが見つかったそうだ。後頭部を激しく殴打されて、側溝に倒れこんでいた。いつも持っている鞄がなくなっていたようだ」

「鞄がないなら、強盗かもしれません」

「そんな風にも見えるが、強盗を偽装した可能性もある」

どうにもはっきりしない話だ。海老沢は焦りと怒りを覚えたが、それが引くとともに恐怖が膨れ上がってきた。天野を殺した人間は、僕の存在をどう考えるだろう。革命軍は、裏切り者になりかねない人間の尾行ぐらいするはずだ。天野の身辺が調査されていたら、僕の存在も知られているだろう。

十分気をつけないと……この件は、捜査一課が仕切って既に調べ始めているはずだが、また自分たち公安とのせめぎ合いになるのだろうか。捜査一課は事件の背景が分かっていない。いや、自分も同様なのだが……同じ公安一課と言っても、隣の係が担当している監視対象については詳細が分からない。

蛸壺《たこつぼ》だ。

自分たちは蛸壺に入っている。日本の共産主義勢力の全容を知る人間など、どこにもいないのだ。目の前のことしか分からない。

ふと気づくと、普段あまり顔を見ない男が公安一課にいた。三係の坂田係長の席で話しこんでいる。あれは――以前ここへ来た佐橋検事ではないか？　どうしてあの人が？　事件担当なのかもしれないが、天野殺しの捜査指揮も執るつもりだろうか。

やがて佐橋は立ち上がると、生方の席へ向かって来た。生方が立ち上がって迎える。二人は海老沢に背を向けて、ひそひそ話を始めた。生方が二度、三度と振り向き、海老沢の様子を確認する。何なんだ……まるで僕が危険人物のようではないか。聞かれたくないなら、席を外すようにはっきり言えばいいのに。

佐橋はほどなく去って行った。何の用事だったのか——生方に確認したかったが、彼は何となく「近づくな」と無言で主張するような雰囲気を発している。

何だか、見えない縄で手足を縛られたようだ——目の前の電話が鳴ったので、慌てて受話器を取り上げる。

「五十嵐《いがらし》です」

「ああ」

「五十嵐」は、海老沢と岩原の間で取り決めた偽名だった。仲間にも、自分が飼っているスパイの正体は知られたくない。

「天野さんが亡くなったという話を聞きましたけど……」

「事実らしい」

「そうですか……」岩原の声が震える。「何だか怖いんですけど、大丈夫なんですか？」

「何とも言えない。それで、彼に関する情報はどうだ？」

「革命軍にいたのは間違いないようです」気を取り直したように岩原が説明を始めた。「常任闘争委員会で序列一位の神宮《じんぐう》という人が、東都大の出身なんですが……天野さんはこの人と大学の同級です」

「神宮という人間の影響で、革命軍に引っ張られた？」

「いいえ、引っ張ったのは天野さんだという話です。ただ、革命軍で活動を始めると、神宮さんの方が高い評価を得て、いつの間にか立場が逆転していました。今は神宮さんが革命軍で序列三位です」

革命軍のトップは中央闘争委員長、ナンバーツーが闘争委員長と組織委員長である。常任闘争委員会は、闘争委員長の下にある組織で、そこのトップ——筆頭委員は、実質的に組織の序列三位なのだ。

「その二人の間で、何か軋轢《あつれき》があったのか？」

「最近、天野さんはやめたいと言い出していたようなんです。でも、なかなか抜けられなかった」

「なるほど。天野は、それで身の危険を感じていたんだろうか」

「そういう話はあります」

海老沢はなおも岩原から情報を搾り取ろうとしたが、これが限界だった。もう隠す必要もないだろうと、今の情報をすぐに生方に伝える。生方はメモも取らなかった——普段はどうでもいいことまで手帳に書きこむ人なのだが……興味がないのか、自分がこの情報を知ったらまずいと思っているのか。

海老沢は、底なし沼に片足を突っこんだような気分になった。まだ片足だけ……しかし少しでもバランスを崩すと、二度と抜け出せない沼に頭まで沈んでしまいそうだった。

6

何なんだよ……高峰は苛立ちを抑えきれなくなっていた。

天野という革命軍の幹部が殺された情報は、すぐに所轄から捜査一課にも入って来た。現場の状況を見た限りでは、路上強盗の被害に遭ったようだが、敵対する組織、あるいは革命軍内部の敵に襲われた可能性は否定できない。

捜査には、事件現場の所轄である渋谷中央署の刑事課、それに本部の捜査一課で待機中の五係が投入された。公安一課も情報収集を始めたらしい……つまり、世田谷事件と同じく、捜査一課と公安一課の両方がこの事件を捜査しているわけだ。係が違う高峰には捜査する権限はないのだが、気持ちはざわつく。もしかしたらこれは、世田谷事件とつながっているのではないか？　キーワードは「革命軍」だ。

とりあえず、安沢を見たという所轄の人間に話を聴きに行こうとしたが、それは後回しにすることにした。宇治が名前まで割り出してくれたが、もしも本当に目撃していたら、噂にするだけではなく、誰かに報告なり相談なりするのが普通の警察官の対応だろう。そうしていないのは、目撃者がよほど間抜けな人間か、何か特別な事情があるからだ。問い詰める前に、できれば他の目撃証言を手に入れたい。

高峰は、聞き込みの中に「安沢」という名前を入れてみた。現場付近の聞き込みは既に三巡目を終えて四巡目に入っており、近所の人たちともすっかり顔見知りになっていた——つまり、話すこともない。顔を出すとうんざりした表情を向けられるか苦笑されるか、どちらかだった。そして、安沢という名前に引っかかる人はいなかった。

昼過ぎ、高峰はすっかり馴染みになった弁当屋に立ち寄った。最近は、ここの世話になる日々が続いている。五月になって、店の前に小さなベンチを二つ置くようになったので、そこで手早く昼食を済ませられる。

弁当屋の主人——先日、ようやく羽田《はねだ》という苗字だと分かった——が、愛想よく高峰に話しかけてくる。

「最近、いろいろ騒がしいけど、大丈夫なんですかねえ」

メーデーの騒動について言っているのは明らかだった。

「ああいうのは、新聞やラジオが大袈裟に騒ぎ立ててるから、実態以上に大変なことに思えるんですよ」

「そんなものですか？」

「ごく一部で起きてる話ですから」高峰は話を小さくまとめようとした。こういうのは、人の口から口へと噂が伝わる間に、実態よりも話がどんどん膨らんでしまう。

「でも、この辺でもあんな事件が起きてるぐらいですよ」血色のいい羽田の丸顔に翳《かげ》が差した。「まだ犯人は分からないんですか？」

「申し訳ないですが……」

その時、他の客が弁当を買いに来た。見たことのない顔だ——この辺の人とは、ほとんど顔見知りになってしまっているのだが。

「警察の人かい？」

幕の内弁当を注文した男が唐突に振り向き、高峰に訊ねた。五十歳ぐらいだろうか、髪はまばらで、顔には皺が目立つ。よく日焼けしている——汚れた作業着も着ているし、外で仕事をする人だろうと想像した。よく見ると、作業着の胸には「足立《あだち》土建」の縫い取りがある。

答えにくい……高峰はちょうど白飯を頬張っていたので、何も言えなかった。それはむしろ都合がいい——しかし羽田が、あっさり教えてしまった。

「警視庁の刑事さんだよ」

「ああ、荒木さんのところの事件で？」

分かってしまったならしょうがない。高峰は飯を呑みこみ、軽くうなずいた。初対面の人なら、何か新しい情報が手に入るかもしれない。

男が弁当を受け取り、高峰の隣のベンチに座った。早速箸を使い始める。

「この辺りの方ですか？」

「いや、住んでるんじゃなくて仕事をしてるだけだよ」

「建設関係ですね？」

「そうそう。荒木さんのところの新しい工場をやってるんだ。亡くなった牛島さんとも顔見知りだったよ。新工場は、実際はちょっと……どうなるか分からないね」

三人が逮捕されたことを指して言っているのは明らかだった。実際、仕事も上手く回らなくなっているし、評判が悪化して注文も激減しているという。社員が逮捕されたような会社とは取り引きできないということか――高峰も、営業の人間から散々愚痴を聞かされた。

「いつから工事に入ってるんですか？」

「去年の秋――十一月かな。新しい工場はたいそう立派なんだけど、どうなることやらねえ」

「支払いが滞《とどこお》りそうなんですか？」

「社長は、それはないと言ってるけど、どうかねえ……それより、亡くなった牛島さんって、警察と何か関係がある人だったの？」

「どういう意味ですか？」

「いやね」男の声に急に熱が入った。「お巡りさんと話しているのを見たことがあるんだ」

「警官と？」

「そうそう、世田谷西署の今岡《いまおか》さん」

知っている人間だろうか？　思い出せないが、たぶん知らない人間だろう。高峰は、一度会えばだいたい、相手の顔と名前を覚える。

「何でその警官を知ってるんですか？」

「うちのトラックが事故を起こした時に、現場でお世話になってね。親切な人だったよ」

ということは、交通課の警官だろうか。事故処理に来て、工事関係者と話をしたとか……これはすぐに調べられるだろう。

「二人が会っていたのはいつ頃ですか？」

「牛島さんが亡くなるちょっと前ですよ。結構深刻な表情で話しこんでいてねえ」

「場所は？」

高峰は弁当の箱を置いて手帳を取り出した。これは、きちんと記録しておかないと……男は一瞬嫌そうな表情を浮かべたものの、高峰の質問には答えてくれた。

「警察署の近くだったな。立ち話してて……俺は車で通りかかった時に、一瞬見ただけだけど」

「知り合いという感じですか？」

「まあ、あの様子だと、初対面じゃないだろうね」

礼を言うのももどかしく、高峰は立ち上がった。男の名前と連絡先を確認していなかったことを思い出し、慌ててそれだけを聞き出す。

何かが動き出しそうだ。


熊崎が、疑わしげな視線を高峰に向けた。

「すると何か？　世田谷西署の人間が、革命軍の人間と接触していたというのか」

「そういうことになりますね」

「情報収集だとしたら、別におかしくはない……いや、おかしいか？」自問しているのか高峰に訊ねているのか、よく分からなかった。

「おかしいと思います。だいたい、この今岡という警官は、たぶん交通課の所属ですよ？」

「だったら、本当に単なる顔見知りということも考えられるな」

「とはいえ、革命軍だと知ってつき合っていたとしたら、大問題です」

「お前、何が言いたいんだ」熊崎が大きな目をさらに大きく見開いた。

「牛島が、実は警察のスパイだった可能性はありませんか？　あるいはその逆で、今岡という警官が革命軍のスパイだったとか」

「お前、本気で言ってるのか！」熊崎が怒鳴ると、空気が震えるようだった。

「分かりません」高峰は冷静でいるように、と自分に言い聞かせた。現段階では、あらゆる可能性が否定できないではないか……。

熊崎が、所轄の刑事課の若い刑事を呼びつけた。何かヘマでもしたのかと、若い刑事は蒼《あお》い顔をして飛んで来る。熊崎は、世田谷西署に今岡という警官がいるか、と訊ねた。

「交通課の若い奴です」若い刑事が、緊張しきった表情で答える。

「ずっとここか？」

「この春、本部から異動してきたんですが……」

「本部でも交通畑か？」

「いや、公安一課だったと聞いてますが」

熊崎が、困ったような視線を高峰に向けた。彼自身、この状況に上手く立ち向かえないようだった。手を振って若い刑事を追い払おうとしたが、思い直したように声をかける。

「今の件は内密にしろ。誰にも言うな」

「はあ」事情が呑みこめない様子で、刑事が生半可な返事をした。

「口を閉じてろ！　余計なことを言うな！」

「はい！」

熊崎が雷を落とすと、若い刑事が蹴飛ばされたように逃げ出した。熊崎が胸を上下させて、鼻を膨らませる。

「高峰――」

「分かってます。周辺捜査をします」

「気をつけろ。こいつは、どう転んでも厄介なことになるぞ」

熊崎の忠告は、高峰の心に広がる暗雲をさらに暗く、厚くした。

その日帰宅した高峰は、ふと思いついて和子に今岡のことを訊ねてみた。署が違うとはいえ、同じ交通課勤務。何か情報を知っているかもしれない。

「ああ、知ってるわ……変な人で有名みたいよ」和子が、嫌そうな表情で答える。

「噂だけど」

「変な人？」

「あまり交通課の仕事をしてないんですって。世田谷西署にいる後輩が、愚痴をこぼしてたわ」

「そうなのか……」これは貴重な情報だ。

「普通の勤務からは外れて、毎日ぶらぶらしているみたいなの。そうじゃなければ、署内を徘徊《はいかい》——徘徊って変な言い方かもしれないけど、上の方で警備の人とこそこそ話したりしていて、変な感じなんですって」

「それはどう考えても交通課の仕事じゃねえな」

「そうなのよ」和子がうなずく。心配そうな表情になっていた。「何やってる人なのか分からなくて、後輩の子も気味悪がってるわ。交通課長に聞いても、何も教えてもらえないらしくて」

「変な話だな」

「その人がどうしたの？」

「いや、何でもねえ」

「もう」和子が不機嫌に頬を膨らませる。「聴くだけ聴いて、あとはだんまりはひどいわよ。私だって警察官なんだから」

「ああ……役にたったよ。お前も、警察官としてはなかなかだな」高峰にすれば精一杯の褒め言葉だった。

「そう言うなら、何のことか教えてくれてもいいじゃない」

「お前は口が軽いのが弱点だからな。人の噂をペラペラ喋るような人間に、捜査の秘密を教えるわけにはいかねえよ」

「兄さん！」

高峰は早々に自室に退散した。言い合いになったら、和子はなかなかの強敵なのだ。


和子に話を聴いて、かえって「よく分からない男」の印象が植えつけられてしまった。そうなるとどうしても、正体を知りたくなる。高峰はまず、今岡を尾行することにした。行動を追うことで、正体が分かる可能性もある。尾行は二人一組で確実にやらねばならないのだが、今回は一人で行うことにした。

事前に交通課をさりげなく観察し、今岡の顔を頭に叩きこむ。面長で顎がひょろりとした、少し頼りない顔つきである。背は高いが、肉はあまりついていない。制服から背広に着替えると、服がだぶついていた。

署を出ると、今岡は最寄駅である小田急線の祖師ヶ谷大蔵に向かって歩き出した。まだ陽は高く、人出も多いので、尾行は難しくない。

今岡は、上り新宿行きの電車に乗った。高峰に気づいている様子はない。電車の中はちょうど席が全て埋まるぐらいの混み具合で、鞄から新聞を取り出すと、つり革に摑まって読み始めた。高峰は同じ車両内で十分な距離を取り、今岡を観察し続ける。特に怪しい気配はなかった——一日の仕事を終え、体の力をすっかり抜いた勤め人以外の何ものでもない。

電車が新宿に着くと、今岡は急に早足で歩き出した。新宿通りに出て、果物店の高《たか》野《の》の前を通り過ぎる。この先は三越《みつこし》、左側には伊勢丹《いせたん》がある。買い物か映画でも楽しむつもりだろうか。しかし今岡は、一向に歩調を緩める気配がなかった。

新宿を歩いていると、どうしても気が散る。映画館がたくさんある街だから、今封切り中の映画は何だろう、とつい考えてしまうのだ。最近は観に行く暇もないのに、新聞広告で見た封切り中の映画をしっかり覚えてしまうのは、昔の習い性か。今だったら、小嶋が勧めていた『巴里のアメリカ人』……広告で見て気になっていた『凱旋《がいせん》門《もん》』は、もう上映中だっただろうか。戦後は何故か、アメリカ映画ばかり観るようになっている。小嶋も海老沢も同じだった。

今岡は、三越の手前で反対側に道路を渡り左に折れた。この先はごちゃごちゃとした一角で、呑み屋や一膳飯屋が集まっている。一杯呑んで、飯でも食って帰るだけかもしれない。しかし今岡は、腹が減っていたらすぐに引っかかりそうな看板や幟、食欲をそそる醬油やニンニクの香りを一切無視して、早足で歩き続けている。電車を降りてから、急に焦り始めた様子だった。

ほどなく、まだ新しい四階建てのビルの前に出る。一瞬立ち止まって見上げた後、今岡はすぐにビルに近づいた。そのまま追うわけにもいかず、高峰は道路の反対側に移動して監視した。今岡は、外の非常階段を上がって行く。三階……それを見届けて、高峰はロビーの郵便受けを確認した。三階には会社が三社入っているが、郵便受けの一つ——三〇一号室には名前がなかった。

しばらくその場で、煙草を吸いながら時間を潰す。それほど目立たない——ざわついた繁華街の中なので、人の行き来は多く、上手く紛れられる感じだ。埃っぽい臭いとニンニクの香りが入り混じって、何とも言えない独特の雰囲気である。

突然大声が上がり、高峰の意識はそちらに引きつけられた。殴り合い——一人の男が三人に囲まれ、一方的に殴られている。これはまずい。助けに入ろうかと思ったが、何とか踏み止まった。新宿辺りでは、喧嘩も日常茶飯事だ。何かあれば所轄が対応するだろう。今は、今岡を見逃すわけにはいかない。

喧嘩騒ぎはすぐに収まった。無銭飲食か何かだったのかもしれない。声がしなくなったなと思ってそちらを見たら、三人の男が一人を引っ立てていくところだった。

さて、これから本格的に張り込みだ……気合いを入れ直したが、十分ほどで今岡は出て来た。入った時と特に変わった様子はない——いや、足取りが軽くなっている。

ここへ来るまでは、とにかく約束の時間に間に合わせようと急いでいる感じだったのだが、一仕事終えて気楽になったようだった。

尾行と監視は長引いた。今岡はすぐ近くの一杯呑み屋に入って一時間ほど酒を楽しみ、さらにもう一件、立ち呑みのバーにも三十分ほど立ち寄った。さらにお茶漬け屋で仕上げ——それでもまだ九時前だったが、高峰はいい加減うんざりしてきた。帰るならさっさと帰れよ、と低い声で思わず悪態をついてしまう。

お茶漬け屋を出ると、今岡はようやく新宿駅の方に向かって歩き出した。都電の十四系統に乗ると、五つ目の鍋屋《なべや》横丁の停留所で降りる。そこから歩いて五分、焼け残ったらしい古い長屋に入って行った。表札はない。まるで空き家に勝手に入りこんでいるような——しかし、家には灯りが灯っていた。子どもの声が外まで聞こえてくる。家族持ちだったのか……何だか怪しい動きをしていたが、家に帰れば普通に優しい父親なのだろうか。

疑念は増すばかりだった。それは翌日、怒りになって噴出した。

「新宿のビルが、公安の隠し部屋ですか？」

「ああ」熊崎が認めた。「公安一課は、都内にいくつか隠し部屋を持っている。秘密作戦に使うためらしいが……新宿のそのビルは、結構有名な場所だ」

「そうなんですか？」

「俺が知ってるぐらいだからな。つまり今岡は、世田谷西署の交通課に籍を置きながら、公安ともつながっている――いや、公安から世田谷西署に送りこまれた人間の可能性もある。公安ではなく交通課に所属しているのは、目立たないようにするためかもしれないな。どうする？」

「ふざけた話です。叩きましょう」高峰は拳を握り締めた。

「公安にすぐに伝わるぞ」

「連中に警戒させることも作戦かと思います」こうなったら全面戦争だ、と高峰は覚悟を決めた。

「やれるか？」

「今夜にでもやります。署を出たところで摑まえますから、車を一台使わせてもらえませんか？　それと、相良も貸して下さい」

「分かった。十分気をつけろよ」

何に気をつけるのか、よく分からなかった。自分たちは公安の秘密に迫りつつある――それを見せつけることで、連中に圧力をかけられるかもしれない。その向こうに待っているのは、公安一課と捜査一課の全面戦争だろうか。

夕方、高峰は署のすぐ近くに車を停めて待機した。相良が署の前にいて、今岡を待ち構え、尾行して来ることになっている。五時半……高峰はハンドルを握ったまま背中を丸め、署の方を凝視し続けていた。線路脇なので、小田急の車両が通り過ぎる度に、集中力が微妙に削《そ》がれる。

五時三十五分、今岡が一人でぶらぶらと出て来た。すぐ後ろを相良がつけているが、まったく気づいていないようだ。用心が足りないというか、警察官としての鋭さがまったく感じられない。それも妙だが……公安から所轄の交通課に異動してきたことには、何か意味があるに違いない。普通はあり得ない人事なのだ。極秘の特命を帯びての人事だったら、それなりに能力のある人間でなくてはおかしい。

高峰は車を降りて、今岡の前に立ちはだかった。ぎょっとした表情を浮かべて、今岡が立ち止まり、振り返る。背後に相良を見つけて、完全に動きが止まってしまった。高峰はすかさず今岡の肩に手をかけ、振り向かせた。

「交通課の今岡だな?」

「……何だ」

「本部捜査一課の高峰だ。重要な話がある。ちょっと話を聴かせてもらおうか」

「何のことだ?」今岡がとぼけた。

「ここで駄目なら、明日、署で皆がいるところで問い詰めてもいい。それとも、鍋屋横丁の自宅へ行こうか? 子どもさんたちの前で絞り上げてやろうか」

「クソ……」今岡が目を伏せた。

「少しドライブしようぜ。今日は天気もいい」高峰は呑気な口調で言った。

結局今岡は、車に乗りこんだ。相良がハンドルを握り、ゆっくりと車を発進させる。祖師ヶ谷大蔵駅前の道路は、線路を境にして南北にそれぞれ一方通行になっており、どちらにも長く商店街が続いている。相良は北へ向かった。会社帰りの人たち、買い物に出る主婦などで、細い道路は歩行者専用のようになっていて走りにくい。しかし高峰は、今岡への事情聴取に専念した。

「あんた、本部の公安一課から世田谷西署の交通課に異動してきたんだな」

「だから何だ？」

「そういう人事は、普通はねえぞ。どういうことだ？　あまりに間抜けで公安一課を追い出されたのか？」

「それは、世田谷西署の交通課に失礼じゃないか」

今岡が反論する。高峰は鼻を鳴らして、彼の誇りを打ち砕いてやった。途端に、今岡が背中を丸める。こいつは基本的に役立たず——たぶん、単純な連絡役なのだろう。

「昨夜、あんたは新宿駅近くにある公安一課のアジトに入って行ったな。そこに十分ぐらいいた——何か、お届け物でもあったのか？」

今岡が黙りこむ。ちらりと見ると、こめかみに汗が滲んでいた。

「なあ、あんた、何か重要な役目を任されて、世田谷西署に異動してきたんじゃねえのか？　例えば、革命軍の動向を探るためとか——公安課じゃなくて交通課にいるのは、一種の隠れ蓑《みの》か？」

今岡がびくりと身を震わせる。何と単純で弱いことか……こいつはやっぱり能無しだ。絶対に落ちる。高峰はぐっと身を乗り出し、顔を近づけた。舗装が悪く、車ががくんと揺れて、ほとんど頭突きしそうになってしまった。それで恐怖を覚えたのか、今岡が慌てて身を引く。

「別に、あんたが悪いことをしているとは言わねえよ。情報収集も警察の大事な仕事だからな……それで、殺された牛島と会っていたのはどうしてだ？」

今岡の顔が引き攣った。


ようやく家に帰ったのは、午後九時過ぎ。今日は疲れた……事態が予想もしていない方向へ行ってしまい、これからのことを考えると神経が休まらない。

「小嶋さんが来てるわよ」玄関で迎えてくれた節子が言った。

「小嶋が？」今は会いたくないな……仕事のことなら話せないし、馬鹿話を肴に酒を呑む元気もない。どうして家に上げたんだと節子を責めたくなったが、小嶋はここへは何度も遊びに来ている。俺がいなくても、無下《むげ》に帰すわけにはいかなかったのだろう。

小嶋は、茶の間で一人お茶を飲んでいた。

「よう。遅いな。忙しいのか？」小嶋が軽く右手を上げた。戦地で負傷した右腕は、今も顔より上には上がらない。

「ああ」

高峰が畳に腰を下ろすと、「遅かったな。革命軍の人間が殺された件か？」とすぐに切り出してきた。

「勘弁してくれよ。仕事のことは話せないぜ」

「まあまあ、そう言うなって」小嶋が煙草に火を点ける。病気と怪我のせいもあってか一時はやめていたのだが、いつの間にかまた吸うようになっていた。

「お前、事件の担当でもないだろう」

「雑誌は、何でもやるから雑誌なんだ。人手不足だしな……で、どうなんだ？　革命軍の内輪揉めという話もあるようだけど」

「何も言えねえよ」

「そう言わず――」

「無理だ！」高峰は声を張り上げた。「俺は喋れないし、書かれたら困る。お前のところで書いたら、捜査に影響が出るかもしれねえ」

「それは、俺が関知することじゃないんでね」小嶋が平然と耳を掻いた。「俺たちはただ、読者が知りたいことを書くだけだ」

「読者の知りたいことがどうして分かる？」

「俺自身が読者だからだ」小嶋がニヤリと笑う。「それに、ＧＨＱの検閲もなくなった。これからは自分の判断で、読者が必要とする情報をどんどん出していくぜ」

そんなことができるのか？　戦前の特高、そしてＧＨＱによる検閲で、報道はいつの間にか「自主規制」するようになった。蓋が外れたとはいえ、そういう卑屈な気持ちが急に裏返るとは思えない。

「お前が自分の仕事をやるのは自由だけど、俺には何も言えねえよ」

「戦前とは違うんだ。警察も民主的になれよ。俺たちを上手く使う手もあるだろう」

「例えば？」

「警察が知らない情報を、俺たちが摑むこともあるんだぜ」小嶋が言った。「例えばお前ら、安沢という人間を追ってるだろう。警官だよな？」

「個別のことについては何も言えねえな」高峰は低い声で言った。内心はビクビクしている。この男、いわば「内輪の話」である安沢の失踪を知っているのか？

「まあ、いいよ」小嶋が皮肉っぽく笑う。「そう簡単には言えないよな。ただ、この男は本当は失踪してないんじゃないか？　都内のあちこちで目撃されてるんだぜ」

「へえ」高峰は内心の動揺を必死で隠した。こいつは何を知ってるんだ？

「つまり、本業を離れて、別の仕事をしていると考えるべきじゃないかな。確認すればすぐ分かる——例えば、新宿にある『花絵《はなえ》』という店だ。安沢はよくそこに顔を出して、客と話しこんでいたそうだ。いかにもこそこそして、何かありそうな感じで」

「そうか」軽く相槌を打ちながら、高峰は内心驚いていた。小嶋の奴、いったいどうやってこんな情報を入手したんだ？　新宿中の店を聞き込みに回ったとは考えられない。警察内部にネタ元がいるのか、それとも全く別の情報源からもたらされたのか。

小嶋が平然とした口調で続ける。

「協力し合う方が、お互いに利点もあるはずだ。警察も、昔みたいに威張っているわけにはいかないだろう？」

「別に威張ってねえよ」

「お前は、な。だけど警察そのものは、戦前とまったく変わっていない。相変わらず、俺たちにとっては『お上《かみ》』だ」

「まさか」

「ま……とにかく、上手くやろうぜ。警察と報道は協力し合えるんだから」

「俺には無理だ」高峰は首を横に振った。「悪いけど、今日は帰ってくれねえか？

疲れてるんだ」

「……そうか」小嶋が膝を叩いて立ち上がる。「よく考えてくれよ。これは、今回の事件に限った話じゃないんだ。報道と警察の関係も、これから変わっていくんだぜ」

小嶋は完全に変わってしまった、と高峰は確信した。子どもの頃、誰よりも早く映画や芝居の情報を仕入れてきて、仲間の前で俳優の真似をして見せたりしたひょうきんな男……映画や芝居の評を仕事にするようになってからの生き生きした目つき……それが戦争で暗転し、今は大胆に、そして図々しくなった。今でもしばしば一緒に酒を呑むのだが、そういうつき合いは考え直さねばならないかもしれない。

今後は敵として？　そう簡単には割り切れない。

7

海老沢はいつしか、常に誰かに背中を見られているような不安を抱くようになった。歩いている時にも、無意識のうちに振り向いて背後を見てしまう。自分に会いに来た人間が殺された——革命軍の内部で何か問題が起きて、自分もそれに巻きこまれつつあるのではないか……こういう疑心暗鬼の状態が続いたら、そのうち本当にノイローゼになってしまう。家にいる時でさえ安心できない。去年の暮れに起きた事件を思い出すと、我知らず身震いしてしまうのだった。

練馬区《ねりま》の駐在所に勤務する巡査が騙されて誘い出され、近くの畑で撲殺《ぼくさつ》されて拳銃を奪われた――この事件では、今年の二月に犯行グループを全員逮捕できた。近くの工場で起きていた労働争議の捜査をしていた巡査に組合員が嫌がらせをしており、それがエスカレートした挙句、犯行に及んだのだった。この事件は、巡査の仕事熱心さが裏目に出たものである。「行き倒れの人がいる。助けてくれ」と言われたら、地域を守る駐在巡査としては無視できない。とにかく、警察官といえども安心はできない……警察官であるからこそ危ないのだ。

共産党は、「現在の」国家権力を憎む。権力の象徴たる警官も平気で殺す。その警官に家族があり、素朴な正義感で人のために働いていることなど、まったく意に介さない。練馬事件の後、海老沢も共産党に対する見方をさらに厳しくせざるを得なかった。

久しぶりに家で飯を炊き、そそくさと食事を済ませる。風呂に入りたかったが、準備するのは面倒臭い……濡れタオルで体を拭き、冷たい水で頭を洗うだけにした。今日はこのまま、積みっ放しにしてある本でも読んで、さっさと寝てしまおう。

八時過ぎ、「ごめん下さい」と声が聞こえ、海老沢は思わずびくりとしてしまった。落ち着いた男の声だが、こんな時間に人が訪ねて来ることはまずない。いや……

そういえば、今月分の町内会費をまだ払っていなかった。町内会の役員ではないかと想像し、海老沢は戸を細く開けた。右手には、長さ五十センチほどある竹製の靴べらを握る——頼りないが、武器らしい武器はこれしかない。

「やあ。お休みのところ、申し訳ない」

「課長……」海老沢は思わず絶句してしまった。

「課長はやめてくれないかな」堀川《ほりかわ》は戦前、海老沢の上司の特高一課長で、海老沢を保安課に出向させた張本人だった。戦後、ある事件の黒幕であることが分かり、警察に戻ることなく、昔の仲間との連絡も絶っていた。海老沢も会うのは六年ぶり……終戦の翌年以来だった。

二度と会うことはないと思っていた。堀川はあの事件で処分を受けたわけではないが、警察とは完全に距離を置いている。噂で聞いたところでは、実家の商売——足立《あだち》区にある米屋を手伝っているという。もしも戦争がなく、警視庁にずっと奉職していれば、そろそろ定年で辞める年齢だ。実際、最後に会った時に比べると明らかに老けている。髪はすっかり白くなり、背中も曲がって、いかにも元気がない。

「久しぶりだな」堀川が笑みを浮かべたが、力はなかった。

「ええ……どうかしたんですか？」

「ちょっと話したいことがあってな」

「昔の件だったら、もう話すことはありませんよ」

「いや、今の話だ」

今の話？　海老沢は首を傾げた。米屋で働いている人が、いったい僕に何の話があるというのだ。

しかし……仮にも昔の上司である。自分が警察から追い出したようなものだが、それでも礼は尽くすべきだろう。海老沢は靴べらをそっと置いて、戸を大きく開けた。

「どうぞ。大したおもてなしはできませんが」

「気にせんでくれ」

これが、旧交を温めるための訪問でないことは明らかだった。堀川は手土産も持っていなかったし、六畳の茶の間に座るなり、すぐに話し出した。

「最近、世の中はずいぶん騒がしいな」

「そうですね」

「共産党が合法化されると、こういうことになるわけだ」

「戦前のように、予防拘禁で党員を拘束しておく方がよかったですか？」海老沢は皮肉をまぶして言った。

「俺には何も言う権利はない――ただ、お前たちは何かと大変だと思っているだけだ」

「確かに大変ですけど、仕事は仕事です」

この人は何を言いたいんだ……わざわざ雑談しに来たのだろうか。あるいは警察批判がしたいだけ？　だが彼には、そんな権利はない。

「先日、田岡《たおか》と会って酒を呑んだ」

「田岡さん、ですか……」

「お前は会わないか？」

「顔は合わせますけど、係が違いますから、話をすることはないですね」

田岡は戦前、特高部の労働課で、労働運動などの監視をしていた。戦後は海老沢と同じように一時的に警察を離れていたものの、やはり復職して公安一課で勤務している。顔を知っているという程度で、どんな人間かは知らなかった。担当は、組合活動の監視のはずだが。

「あいつも、公安ではすっかり古株だな」

「そうですね」確か、四十五歳ぐらいではないだろうか。

「いろいろな事情を知っている」

「そうでしょうが……それがどうかしたんですか？」焦《じ》れて、海老沢は答えを促した。

「酔っていたせいもあるんだが、とんでもないことを言い出してな」

「課長、重要なことなら早く話して下さい。前置きは結構です」

途端に、堀川が背筋をピンと伸ばした。戦前なら、こんな風に年長の人間に指示したり、きつい口調で話したりすることは許されなかった。

「実は……」堀川がようやく話し出した。

海老沢は直ちに事情を理解し、緊張で体が強張るのを意識した。これが本当なら、世田谷事件は一気に別の様相を呈《てい》することになる。高峰はここまで摑んでいるだろうか。

「本当なんですか？」

「本当かどうか、俺には検証する術がない」

「本当だと思われますか？」海老沢は言葉を変えて聞き返した。

「そういうことがあってもおかしくはない。戦前、うちがよく使っていた手法だ」

「潜入捜査ですね？」

「ああ。現段階で法的に問題ないかどうかは、俺には分からんが」

「法的に問題ないとしても、道義的には問題がありそうですね」海老沢は怒りがこみ上げてくるのを感じた。

「そうかもしれん」

「もしかして……全て、警察が用意した枠の中で起きたことなんですか？　だったら、それを知っている人間も少なからずいるはずです」

「否定はできない」堀川がうなずいた。「公安は、それぐらいのことは平気でやるだろう。特に最近の共産党の激しい動きを見ていれば、どんな手を使ってでも妨害しようとしてもおかしくない」

「相手は共産党ではありません。革命軍です」

「同じことだ。どこかの組織に損害を与えれば、他の組織も揺さぶることができる」

「そのために、警察官の仲間が死んだんですよ？　それでいいんですか？」

「俺には批判する権利はない」堀川が首を横に振った。「とにかく、たまたまこの情報を聞いて気になってな……お前には教えておこうと思った」

「わざわざ教えていただいたのはありがたいですが、私にどうしろと仰るんですか？」

「それは自分で考えてもらわないと困る」

「課長は、こういうやり方に問題があるとお考えなんですか」

「俺には何も言えない」

「戦中のあの件――その負債を今、私に返そうとしているんじゃないですか？」

堀川が黙りこむ。彼が中心になって行った殺人事件の隠蔽工作では、警察のあり方そのものを考えさせられた。戦中だからこそ、あんな異常事態になったわけだが、今の日本も決して落ち着いた状態とは言えない。ちょっとしたきっかけで大きな暴動が起き、本当に政府が転覆してしまうのではないか……。

「お前は、公安の中にいる人間だ。当然、上が判断したことには従うしかない」

「……そうですね」情けない。川合には、自分の頭で考えるようにと言ったのに。

「しかし、それでいいのか？　今はもう、戦前とは違う。戦前なら諦めざるを得なかったことでも、今は絶対に許されない――違うか」

海老沢は黙りこむしかなかった。堀川は、根源的な問題を提示したのだ。一般常識に照らした正義か、公安独自の規律か。

敗戦で様々な価値観はひっくり返ったはずなのだが、公安がやっていることは戦前と同じだ。革命勢力の監視と取り締まり。実際、共産党の闘争方針はどんどん先鋭化し、それよりさらに過激な分派が街を騒がせているから放ってもおけないのだが……この状況は戦前よりも悪い。そういう状況で、公安一課にいる自分はどうしていけばいいのか――ふと生じた空白の時間に考えることもある。

「とにかく、この情報をお前に教えたかったんだ」

「……ありがとうございます」礼を言うべきかどうか分からなかったが、海老沢は一応頭を下げた。

「よく考えてくれ。こんなことが表沙汰になったら、公安は徹底して叩かれるぞ。戦前と違って、今は新聞も平気で当局を批判する。そうなったら、今後は仕事もしにくくなるだろう」

「やめさせた方がいい、と課長はお考えなんですね」

「起きてしまったことはどうしようもないが、この先どうするかはよく考えた方がいい」

「考えてみます」

考えて答えが出てくるかどうか自信はなかったが、そう言うしかなかった。

堀川を送り出し、海老沢は電話の前で座りこんだ。これは極めて重要な情報——しかし、どう扱っていいか分からない。公安の中には全貌を把握している人はいるはずだが、捜査一課は、ここまでは辿り着いていないだろう。高峰にこの情報を流して、事件の全容を解明させるべきではないか……いや、それはできない。僕とあいつは別の道を歩いている。協力しあうのはやはり筋違いなのだ。

あいつの正義と僕の正義は違う。

国家を守るか、個人を守るか。この二つの目的が合致することもあるかもしれないが、今はそうはいかない。高峰がこの情報を知れば、最短距離で突っ走ってしまうだろう。その途中で、公安の狙いや意図をずたずたにしてしまう恐れもある。

それはまずい。まずいのだが……。

公安が、世田谷事件の全容を解き明かすとは思えなかった。この事件にはまだ何か裏があり、それは公安にとって隠しておきたいことではないか……しかし、仲間が死んだ事実は否定できない。事件を闇に埋もれさせてはいけない。

何度も受話器に手を伸ばして躊躇う。これを最後にしよう。今後、僕たちの人生が交わることがなくなっても、この件はきっちり決着をつけるべきだ。公安の中にいる自分にはできないかもしれないが、高峰なら……事件を解決できる人間はあいつしかいない。海老沢は結局、受話器を取り上げ、高峰の自宅に電話を入れた。

8

小嶋が教えてくれた情報は正確で、安沢は本当に新宿の「花絵」に何度も顔を出していたことが分かった。店員が本人と直接話していた上に、安沢自身が本名を漏らしていた。もしも本当に潜入捜査をしていたとしたら、あまりにも迂闊《うかつ》だ……正体を隠すのが基本のはずである。毎回誰かと落ち合って話をしていたようだが、その相手や話の内容までは分からない。

小嶋……やるものだ。高峰の中で、彼は「要注意人物」になった。切れ過ぎる報道の人間は、警察にとっては危険な存在になりかねない。戦前のように脅し、餌で手なずけ、警察に都合よく動かすのも難しいだろう。

さらに重要なのは、その他の二つの情報だった。高峰が今岡から引き出した情報、そして昨夜海老沢から突然もたらされた情報。二つを照らし合わせると、事件の概要が薄《う》っすらと見えてくる。しかし、その先の一番肝心な問題——誰が世田谷事件の主犯なのかについては、まだまったく見当がついていない。

深夜の世田谷西署捜査本部。多くの刑事は既に引き上げ、残っているのは高峰と熊崎、それに捜査一課長の窪田だけだった。大先輩二人に囲まれる格好になったが、高峰は不思議と気後れしなかった。階級は関係なく、経験を積んだ刑事同士の相談……三人で盛んに煙草をふかしながら、額をつき合わせるように話を進める。

「公安は、そこまでひどい手を使うのか……」熊崎が唸るように言った。

「こういう潜入捜査は、全国各地で行われているようだ」窪田の声は冷静だった。

「だからといって、我々の足元でこんなことをされて、看過するわけにはいかん」

「ごもっともです。しかし今のところ、これが明確な犯罪、あるいは違法捜査になるとは言い切れません」熊崎が反論した。

「一つ、いいですか」

「何だ」話に割りこんだ高峰に、熊崎が突き刺すような視線を向けた。

「まず、安沢が本当に犠牲者かどうかを確定させることが大事だと思います」

「……それはそうだな」熊崎がうなずく。

「安沢巡査には家族もいるはずです。接触して情報を探りたいんですが……いくら何でも、家族には何か知らされているはずです」

「遺体は結局、無縁仏として葬られたんだぞ」熊崎が指摘した。

「公安が密かに事情を説明した可能性もありますよ。それで金を摑ませて黙らせたとか」

「いや、さすがにそれは……人一人死んだ事実を隠蔽できると思うか？」熊崎が渋い表情を浮かべる。

「現段階では、あらゆる可能性を否定しないようにしよう」窪田が言った。「捜査一課は、戦時中にも特高に舐められたことがある。特高が公安に変わっても、連中の基本的な考えは変わらないんじゃないか？　俺たちを馬鹿にしきっている。しかしこっちとしては、二度目は許さない。何とか対抗策を考えよう」

「分かりました」熊崎がうなずき、高峰に視線を向けた。「家族の方はお前に任せる。大人数で一気に捜査にかかると、公安に動きを察知される恐れがあるから、目立たないように一人でやれ」

「そうします」

「それと……公安一課にいる同期から連絡があったと言ったな」窪田が確認した。

「はい」

「今でもそいつは信用できるのか？」

返事ができなかった。情報を提供してくれたことはありがたいと思うが、実際に信用できるかどうかとなると……裏を取るしかない。そして、海老沢の情報が嘘だと分かったら、どうするべきか……。

今、そのことは考えたくなかった。立ち上がろうとするのを窪田が制する。まだ何かあるのか——怪訝な表情になりそうなのを意思の力で抑えながら、高峰はもう一度椅子に腰を落ち着けた。

「お前の家族に逮捕者が出たそうだな」

「……はい。事実です」

この話か。高峰は鼓動が高鳴るのを感じた。義弟が逮捕されたことを、当然周囲は知っていただろう。しかしすぐに釈放された——起訴か不起訴か、検察はまだ判断していない——ので、あえて誰にも何も言わずにおいた。やはりきちんと上に報告して、指示を仰ぐべきだったか。

「既に釈放されたんだな？」

「はい」

「分かった。とはいえ、好ましくはない状況だ」

「申し訳ありません」高峰は頭を下げた。

「いや、お前の責任ではない」窪田は平然としていた。「だいたい、組合員は大変な勢いで増えているんだぞ。日本の人口は今、どれぐらいだ？」

「――八千万人を超えるぐらいですね」高峰より先に熊崎が答えを出した。

「その中で、組合員数は五百万人ぐらいいる。家族や関係者に組合員がいない警察官が、どれだけいると思う？　それに今回の逮捕については、あくまで突発的なものだと聞いている」

「ストライキ中に、会社側と衝突したようです」高峰は説明した。

「そんなものは、子どもの喧嘩と同じだ」窪田があっさり言った。「どっちが先に手を出した、出さないの問題に過ぎんだろうが。こんなことで起訴していたら、裁判所がいくつあっても足りん。起訴猶予になるだろう」

「そうだといいんですが」

「この件について、捜査一課としては特に言うことはない。ただし、公安の動きには気をつけろ」

「……はい」

「公安が、一連の動きの背景を全て把握しているのは間違いない。それにもかかわらず立件しないとしたら、何か重要な理由があるからだろう。連中は、自分たちが書いた台本通りに物事を進めるためには、どんなことでもする」

「それでは、戦前の特高とまったく同じではないですか」

「そういうことだ」窪田がうなずく。「基本は何も変わっていない。戦前は治安維持法があったが、今はない——違いはそれだけだろう。拠《よ》って立つ法律がなければないで、何らかの方法で自分たちのやり方を押し通すのが、公安のやり口だ。とはいえ、この辺でお灸を据えておかないとな」

「お灸、ですか」ぞくり、とした。軽い口調だが、これは公安に対する宣戦布告ではないだろうか。

「戦時中のあの嫌な雰囲気が蘇るかもしれんな」

「まさか……いえ、失礼しました」

高峰は勢いよく頭を下げた。いかに民主主義の世になったとはいえ、一課長に対して今の台詞はなかった。しかし窪田は、気にする様子もない。

「特高は戦前、ずっと共産党の弾圧を続けてきた。しかし、共産党の連中をほとんど捕まえてしまってからはどうなった？　戦意高揚の邪魔になるようなことを排除し始めただろう。少しでも政府批判、軍部批判をする人間をどんどん摘発した。つまり、奴らは、一般市民にまで矛先を向けたんだ。今はどうだ？　共産党の幹部は公職追放されたが、組織も活動家もまだ残っている。それどころか、組合や学生にも共産主義的思想がますます広がりつつある――公安はもう一度、一般の人にまで網を広げつつあるんだ」

「時代は繰り返す――そういうことですね」

「そうならないようにするんだ。奴らの正義と俺たちの正義は違う」

「課長のように広い視野で物事を見るのは、俺には無理だが」熊崎が遠慮がちに切り出した。「捜査一課の人間としては、物事をできるだけ単純に解釈したい。人を殺した犯人は必ず逮捕する――それだけだ。もしも背後に難しい政治的問題があれば……」熊崎が窪田の顔をちらりと見た。

「そういうややこしい話は、全部俺のところに回ってくるわけだ」窪田が苦笑する。「しかし俺は、そういう問題に対処することで給料を貰っている。高峰、お前は気にせず突っ走れ。ただし、今まで以上に報告は密にしろよ」

「はい」

「お前の死体が見つかった、などという新聞記事は読みたくないからな」

　東海道線に乗るのも久しぶりだ。もしかしたら、戦後初めてかもしれない。高峰は妙に緊張していた。都内では省線――おっと、今は国電か――と都電がないと移動に困るのだが、郊外へ出て行く路線に乗ると気が張ってしまう。そもそも、東京の外で仕事することも滅多にないのだが。

一方、同行している相良は平然としていた。一人でやれと指示されたのだが、どこからか情報を聞きつけた相良が、「どうしても同行させてくれ」と頼みこんできたのだった。

「東海道線、久しぶりです」相良は懐かしそうに言った。

「俺もだよ」

「終戦後に、小田原へ疎開していた両親を迎えに行った時以来です」

「そうか……」

「あの頃はひどかったですよ。電車の窓が割れて、そこから平気で入りこんで来る人はいるし、床で寝てる人もいたし」

「省線も同じようなもんだったな」

「そうですね。でも今は、東海道線で普通に東京へ通勤して来る人がいるんだから……数年前のあの滅茶苦茶な状況が、嘘みたいですね」

日本は確実に、そして速やかに復興しつつある。朝鮮戦争特需で、産業界も息を吹き返した。GHQが引き上げ、独立が実現し、これから景気はますますよくなるだろう。自分はその流れについていけるのか、と不安になることもある。刑事の仕事は、地面を這いずり回るようなものだ……。

行方不明になっていた安沢の実家は、小田原にある。駅前に降り立つと、予想外に賑やかなのに驚く。タクシーが何台も客待ちしていて、運転手たちが煙草を吸いながら談笑している。そうか、ここは箱根《はこね》への入り口のようなものだから、何かと賑わっているのだろう。高峰には縁のない世界だったが、箱根は戦前から、温泉保養地として賑わっていた。それが戦後七年で、もうすっかり復活したわけだ。箱根のホテルや旅館はGHQに接収されていたと聞くが、これからどうなるのだろう。

駅を離れ、東の方へ歩いて行く。相良も小田原へ来るのは数年ぶりということで、今ひとつ自信がなさそうである。途中見つけた交番で住所と道順を聞き、ようやく行き先がはっきりしたので、歩調を速めて歩き出す。もう少し行くと海に出るはずだが、そういう気配はまったく感じられなかった。静かな街だ……しかし広い道路に出ると、車が巻き起こす排気ガスと埃にやられてしまう。

「ここが東海道ですね」相良が上着の袖で口と鼻を押さえながら言った。

「こんなに車が多いとはね。都内と変わらねえな」高峰は声を抑えてぼそぼそと答えた。

「そうですね」空気が悪いせいか、相良が咳きこんだ。

かなり歩いた……途中、大きな料理店の前を通りかかる。かなり古い建物――濃厚に戦前の雰囲気を残している。ちょうど昼時とあって、店の前にも客が並んでいた。

「この辺、空襲の被害は受けなかったのかな」

「ありましたけど、東京ほどじゃなかったですね。でも、終戦当日にまで空襲があったそうですよ」

「そいつもひでえ話だな」

「だけど、東京に比べれば……」

「ああ……」

戦争末期、東京の空は毎晩燃えていた。当時の高峰は、犯罪捜査を専門にする刑事でありながら、市民を避難誘導したり、遺体を運んだりする仕事が専門のようになっていた。あまりにも多くの遺体を見て、感覚が麻痺してしまった……その後、高峰自身の家も空襲でやられた。

しかし全てが、もう過去の出来事である。意外なことに記憶も薄れ始めていた。

安沢の実家は、東海道を越えた先にあった。ここまで来ると海もすぐ近くで、高峰はかすかに潮の香りを嗅いだような気がした。

「安沢は、小田原出身なんだな」高峰は改めて確認した。

「はい。戦前にこっちの学校を出てから徴兵されて、復員後に警視庁に奉職しました」相良がてきぱきと答える。

「神奈川《かながわ》県出身か……警視庁には、全国各地から人が集まって来るもんだな」高峰はうなずいて話を合わせた。あくまで「東京都の警察本部」であるにもかかわらず、昔から茨城《いばらき》県と鹿児島《かごしま》県の出身者が多い。鹿児島県に関しては、警視庁の祖とも言える川路利良《かわじとしよし》大警視の出身地という伝統があるからと言われている。

「家族構成は？」

「今は両親だけです。二人いた兄は、いずれも南方で戦死しています」

「父親は働いている？」

「昔は、近くのかまぼこ工場で働いていたそうですが、今は分かりません」

「そうか」兄二人がいたとなると、両親はそれなりに高齢だろう。末っ子が行方不明になっていること――そして死んだと思われることは知っているのだろうか。

「行きますか？」相良が、目の前にある平屋建ての小さな家をちらりと見た。午後一時、両親が働いているとすれば、誰もいない時間帯だ。

「お前が声をかけてくれねえか？」高峰は頼みこんだ。

「自分ですか？」相良がすっと引く。

「俺は、相手を警戒させてしまうこともあるから。お前なら、そういうことはねえだろう」

「強面《こわもて》じゃないですからね……警察官としていいことかどうか、分かりませんけど」

ぶつぶつ言いながらも、相良は先に立って引き戸を開けた。鍵はかかっていない

――家に誰かはいるようだ。

「ごめん下さい」

相良が遠慮がちに声をかける。高峰は彼の肩越しに家の中を観察した。狭い玄関。短い廊下の先は夜のように暗い――日当たりはよくないようだ。

すぐに、よろよろとした足取りで男が出て来た。ほとんど老人と言ってもいいような歩き方で、廊下の壁に手をついて、頼りにしているぐらいである。髪は薄く、表情は暗い。

「安沢さんですか？」相良が確認した。

「そうだけど……」

「警視庁の相良と言います。息子さんの同僚です」

「ああ……」

どうも反応がよくない。こちらの言っていることをちゃんと理解しているのだろうか、と高峰は不安になった。

「ちょっとお話を伺いたいことがあります。いいですか？」

「ああ、まあ……」父親は、相良と目を合わせようとしない。

「息子さん、お元気ですか」高峰は声を上げた。

父親がびくりと身を震わせる。玄関先でゆっくり廊下に膝をつけたが、床についた手が震えているのを高峰ははっきりと見てとった。

「息子さんが、一年前から行方不明になっているという話を聴きました。間違いないですか？」

「それは……警察の人の方がよく知っているのでは？」父親が反論する——声に力はなかった。

「我々は、この件をつい最近知ったばかりなんです」

「私たちには何も分からない……」

「連絡はないんですか」

「ない」

相良がすっと脇へどいたので、父親の姿がさらにはっきりと見えた。とは言っても、ずっとうつむいたままである。高峰たちの顔を真っ直ぐ見られないようだった。

「息子さんがどんな仕事をしていたか、ご存じですか」

「そんなものは全然——東京へ行ったきりで、便り一つない」

「息子さんは、亡くなったんじゃないですか」

言い終えた瞬間、高峰はかすかな違和感を覚えた。匂い——玄関に一歩足を踏み入れた瞬間、線香の香りが玄関先まで漂い出しているのだと気づく。上の息子二人が戦死しているから、仏壇で線香を上げていてもおかしくはないのだが……。

「どうなんですか？　息子さんが亡くなったから、線香を上げているんじゃないんですか？　お墓はどこにあります？」

「いったい何なんだ！」父親が突然爆発した。それまでのか細い声から一転して、吼《ほ》えるような大声になる。「勝手なことばかり言いやがって！　警察は何を考えているんだ！」

「息子さんが犠牲になったのではないかと考えています」

「何の」

「警察の」

父親がポカンと口を開けた。何を言われているのか、ピンときていないに違いない。あるいは事情が分かっていて、とぼけているのか。だとしたら、とんでもない演技派である。

「警察など、知らん！」

「息子さんは殺されたんじゃないんですか？　このままでいいんですか？」

「放っておいてくれ」

父親が立ち上がり、二人に背を向ける。高峰は慌てて「安沢さん！」と呼びかけた。父親が一瞬立ち止まり、のろのろと振り向く。

「放っておいてくれ」力ない声で繰り返す。「あんたたちのせいで女房も寝こんでいる……騒がしいと体に障るんだ」

「安沢さん」

今度は相良が声をかけ、靴を脱ぎかけた。高峰は彼の腕を摑み、動きを止めた。振り向いた相良が、困惑した表情を浮かべる。

「高峰さん……」

「もういい」高峰は首を横に振った。

この父親の気持ちを解《ほぐ》すには時間がかかるだろう。しかし、「あんたたちのせいで」という一言で、高峰は自分たちの想像が当たっていたことを確信した。安沢の母親が寝こむ理由――おそらく、公安の秘密主義と陰謀のせいだ。

家を離れた瞬間、相良が怒ったような表情を浮かべて訊ねた。

「本当にいいんですか？　もっと厳しく当たってもよかったんじゃないですか？」

「あの父親は、間違いなく何か知ってる。だけど、答えるか答えねえかは、ちょっと話してみれば分かるよ。はっきり言って無理だ。簡単には喋らねえよ」

「そうかもしれませんが……」

「真っ直ぐ突っこむだけが刑事のやり方じゃねえんだぞ。相手を傷つけてまで聞き込みする必要はない」

「高峰さん……」相良がすっと息を呑んだ。ゆっくり息を吐いて、にこりと笑う。

「意外に人情派ですもんね」

「よせよ」高峰は顔の横で手を振った。「そんなこと言われても給料が上がるわけじゃねえ」

「でも、強面と人情の使い分けができるのが、いい刑事なんじゃないですか？　高峰さんと一緒だと、参考になります。俺はずっとついていきますからね」

「くすぐったいことを言ってるんじゃねえよ」高峰は人指し指で頰を搔いた。「それより、近所の聞き込みをしてみよう。俺は一つ、気になっていることがあるんだ」

「何ですか？」

「安沢の写真が欲しい」

安沢は学生時代までを小田原で過ごしたから、この街には友人も少なからずいるだろう。近所を虱潰《しらみつぶ》しにしていけば、写真が見つかる可能性は高い。

「写真ぐらい、人事に言えばすぐに手に入るんじゃないですか」

「そうすると、俺たちの動きが公安に漏れちまうだろう。できるだけ極秘でやりてえんだよ」

しかし聞き込みは捗《はかど》らなかった。平日の午後とあって、在宅している人は少ない。こんなことをするより、もっと確実に写真が見つかる方法はないものか——高峰ははっと気づいて立ち止まった。

「どうしました？」相良が心配そうに訊ねる。

「学校だ」

「ああ」相良がうなずく。「地元の中学……おっと、今は高等学校か」

「そうだな。この辺の旧制中学というと……」

昔の中学校がどこなのか、近所の人に聞いてみると、実家から歩いて十分ほどのところだと分かった。授業が終わる時間帯なので、先生たちに話も聴きやすいだろう。

二人は急いで学校へ向かった。

ああ……戦後の学校というのは、こんなに自由な雰囲気になったのか。校庭が見えてくると、高峰は何だかほっとした。短パンに半袖姿で校庭を走っているのは、陸上部の連中だろうか。校庭の隅の方で、激しい土埃が上がっている。見ると、ラグビー部の連中がスクラムの練習中だった。時々歓声や笑い声さえ上がっている。体を鍛えるのは、優秀な兵士を作るためではなく純粋に運動の喜びのため——今の学生には当たり前のことかもしれないが、高峰には新鮮だった。

二人は校舎に入り、校長に面会を求めた。戦前の校長といえば、立派な髭を蓄えて、いかにも厳《いか》めしい教育者という感じの人が多かったのだが、二人が会った校長は、そういうとっつきにくい雰囲気とは無縁だった。穏やかな表情、柔らかい物腰……好々爺《こうこうや》という感じだ。もうかなり暑いのに、背広の内側にはチョッキを着こんでいる。

事情を説明すると、校長はすぐに協力してくれた。東大のポポロ劇団事件が象徴するように、「教育現場に警察が入る」ことへは抵抗感が広がっているようだが、ここは高校だし、こういう事件の捜査ならば、特に問題はない感覚なのだろう。校長は用務員を呼び、卒業アルバムを用意するように指示した。

「戦前の卒業アルバムがあるんですか？」今は、そういうものを作るのも普通になっているようだが、戦前は珍しかったのではないだろうか。

「昔から、少しモダンなところがあった学校のようですね。私は二年前に赴任してきたんですが……」校長は愛想がよかった。「幸いここは空襲の被害を受けなかったので、昔のものも残っています」

用務員が、卒業アルバムを持ってきた。表紙に「昭和十七年」とある。既にアメリカとの戦争が始まっていた時期なのに、こんな余裕があったのが不思議でならない。

アルバムはごく薄いもので、基本的には学級別の集合写真を集めただけだった。大判の写真の下に、並び順に名前が綺麗に並んでいるとすぐに分かった。順番に名前を調べていき――三年三組で、「安沢荘介」の名前を見つける。高峰は指先で写真を辿り、名前と写真を一致させた。

「おい」

高峰が指差した写真を、相良も覗きこむ。

「ああ……」相良が力無く声を漏らした。「間違いないと思います」

「間違いないだろうな……たぶん」

はっきりとは言い切れなかった。高峰たちが見た遺体の顔はひどく損傷しており、この写真に十歳ほど年齢を加えても、同一人物とは断定できない。しかし、高峰たち二人が同時に、そしてかなり強く「同一人物だ」という印象を抱いた事実は無視できない。他にも遺体を見ている人間はいるから、この写真でさらに確認してもらえばいい。

「アルバムをお借りしてもいいですか」

「どうぞ。ただ、貴重な記録ですから、必ず返して下さいよ」校長が遠慮がちに言った。

「すぐに返却します」鑑識に頼んで、複写してもらえばいいだろう。大判の写真の中で、一人一人の顔は豆粒のようなものだが、引き伸ばせばもう少しはっきり確認できるはずだ。

海老沢の情報は正しかった。

安沢は牛島だった。

9

　海老沢は本部に登庁した途端に、電話で呼び出しを受けた。まるで誰かが行動を監視していて、席に座るのを待っていたようだった。

「総務係の海老沢だな？」

「はい」聴き慣れた声に、一気に緊張する。公安一課長の市川。直接話したことはほとんどないが、訓示を聞く機会は多いので声はよく覚えている。そもそも極端なしゃがれ声、低音という特徴があるので、電話でも聞き間違うはずがない。

「すぐに新宿の分室へ出頭しろ」

「はい――あの、用件は？」

　電話は早くも切れていた。海老沢は受話器をまじまじと見詰めた。間違いなく市川からの電話だったのだが、いったい何事だろう。しかし、課長に「来い」と言われて無視するわけにはいかない。立ち上がり、すぐに生方に報告する。

「課長のお呼び？」生方が目を細める。

「はい……何の用件でしょうか？」反射的に訊ねたが、海老沢はすぐに覚悟した。高峰に情報を流したのがバレたに違いない。あれを最後にしようと思っていたのだが、結果的に大失敗だった。最後の最後でヘマしてしまったのか。

「俺は何も聞いてない」生方がすっと目を逸らした。

「新宿の分室というと、伊勢丹の裏にあるビルの三階ですよね？」

「行ったことはないのか？」

「だいぶ前に一度……書類を届けたことがあるだけです。今は誰が使っているんでしょうか？」

「どうかな。特命を受けた人間が臨時に使う場所だから、いちいち把握していない。とにかく、早く行け。課長直々に、何か特命を出すつもりかもしれん」

嫌な予感がする。もちろん、公安では、内輪の人間でも知らないような特命が出ることも珍しくない。潜入捜査の指示だったり、スパイを使う調査だったりと様々だが、これまで海老沢はそういう命令からは免れていた。ある意味、「危険な仕事」を避けるように、上司が配慮してくれたのかもしれない。上層部は本当に、海老沢が幹部への道を歩くように期待しているのだろうか。

それが今、大きな転換点を迎えているのか？

新宿は、午前中から賑わっている。海老沢は終戦直後、この辺りにできた闇市をあてどもなく歩き回ったことを思い出した。得体の知れない汁を食べ、体が温まったものだ——当時は路上で、焚き火に直に鍋をかけて料理を作るのが普通だったが、今はその頃の名残《なご》りはほとんどない。ビルも次々にでき始めていて、新しい繁華街として賑わいを見せていた。今にも雨が降り出しそうな鬱陶《うっとう》しい曇り空なのだが、活気溢れる街を歩いているうちに、海老沢は自然に胸を張っていた。

しかし、新宿通りから一本裏に入ると、まだ闇市の空気感が濃厚に残っていた。店はどれも間口が狭く、ごちゃごちゃしている。午前中から酔っ払って路上で寝こんでいる人もいた。そういう人に関わると面倒なことになる——海老沢は慎重に避けて、呼び出されたビルを目指して早足で歩いた。

そう、何の変哲もないこのビルだった。郵便受けを見ると、三〇一号室にだけは名前が入っていない。ここが公安一課の新宿拠点だ。階段で三階まで上がり、三〇一号室のドアをノックする。分厚い鉄製のドアなので、拳にかなりの衝撃が走った。反応がない。中の様子を窺おうとぐっと身を近づけた瞬間、ドアが開いた。

目の前にいたのは、見知らぬ男だった。しかし向こうは明らかにこちらを知っている……。

「海老沢だな?」

「はい」四十歳ぐらいだろうか、小柄で小太り、目が細く、いかにも人相が悪い。

「入れ」男が背中を向けた。

「そちらは……」

「いいから入れ」振り返りもせずに男が繰り返す。

危険な予感が走る。このまま無視して帰ってしまおうかと思ったが、そんなことをすると後で問題になるだろう。仕方なく、室内に入った。ドアのすぐ前に大きな棚が置いてあって、外から見ると目隠しになっている。棚を回りこむように中に進むと、デスクがいくつか並んでいるのが分かった。以前来た時とは什器《じゅうき》の配置が変わっている。奥にある長いソファに、公安一課長の市川が腰かけていた。長身のひょろりとした体型で、手足も長い。今は足を組んでいるので、その長さがさらに際立った。薄くなり始めた髪をぴたりと後ろに撫でつけ、眼鏡の奥の細い目で海老沢を凝視する。室内にいるのは、他に二人。海老沢を完全に無視して、デスクで書類に何か記入していた。

市川の前に歩み出る。鼓動は高鳴っていて、かすかに吐き気がするほどだった。窓は全て閉まっていて、煙草の臭いが濃く漂っている。

市川がいきなり立ち上がる。海老沢に向かって軽くうなずきかけると、先ほどドアを開けた男に視線を送った。

「後は頼む」

「課長、これはどういう――」

「特殊係の三園《みその》係長だ」市川が淡々とした口調で紹介した。

「存じておりますが……」三園——名前だけは知っているが顔は知らない。そういう人間は、公安一課には何人もいる。本部にまったく姿を見せず、ここと同じような分室を拠点に活動している刑事も少なくない。

「これでちゃんと顔見知りになったな。後は、三園から指示を受けてくれ」

とても納得できる指示ではなかった。これならわざわざ、課長がここへ出て来る意味はなかっただろう。しかし市川は、それ以上何も説明しようとせず、ドアの方に向かった。その時、重いドアが開く音がかすかにした。振り向くと、そこに見えたのは——検事の佐橋の顔だった。検事がどうしてここへ？　こちらが検察庁に呼び出されるなら分かるが、彼は何度も警視庁に足を運んでいる。それだけならまだしも、表には存在すら知られていない分室にまで顔を出すとは。佐橋は市川にうなずきかけると、部屋には入らずそのまま立ち去った。ここで課長と待ち合わせでもしていたのだろうか。

「さて」三園が、急に砕けた口調になった。「そこへ座ってくれ」

「そこ」が何を指しているのか、ピンとこなかった。海老沢が困惑した表情を浮かべていると、三園が「そこだよ、そこ」と、先ほどまで課長が座っていたソファを指差す。

「いいんですか？」

「何を遠慮しているんだ？」

「いえ……」

不気味な感覚を覚えながら、海老沢はソファに浅く腰かけた。ずいぶん高価そうなソファで、革がピンと張っている。今まで、こんなにいいソファに座ったことがあっただろうか。

三園が椅子を引っ張ってきて、海老沢の正面に座った。少し見下ろされる格好になるのだが、それよりも自分の方が偉そうな感じがして落ち着かない。

「わざわざ悪いな」少し甲高い声で三園が言った。

「命令ですから」

「確認しておきたいことがいくつかある」

「はい」

「お前は公安一課の刑事だ。それは間違いないな？」

「もちろんです」何を言い出すんだ？　真意が読めず、海老沢は低い声で答えざるを得なかった。

「公安の仕事は何だ？」

「過激分子の監視と排除です」

「何のために？」

「国家と市民生活の安定のためです」

「結構だ」

短いやり取りは、まるで口頭試問のようだった。しばしの沈黙の間に、海老沢はさらに居心地が悪くなるのを感じた。

「今の話は、言わずもがなではないですか？」思わず訊ねてしまう。

「もちろん」三園がうなずく。「ただ、それを忘れがちになることも多いんだ――忘れがちになる人間が多い、と言うべきかな。お前もそうだろう」

「私は常に、公安の原則に従ってきました」海老沢は反論した。

「そうか。分かった」

三園がうなずいたが、表情は空疎だった。体を捻って振り向くと、綴じ込んだ書類を手に取る。さっと開いて中を確認すると、一人うなずいてテーブルに戻した。

「課長はお前を買っておられる」

「そうですか？」

「近い将来の幹部候補だ。お前は冷静で、分析能力も高い。人に指示を与える立場になって初めて、本来の実力を発揮できるはずだ」

「そういうのは、自分では分かりませんが……」

「世田谷事件の話をしようか」三園が急に話題を変えた。「江東区の別件で、革命軍の細胞の人間を三人、逮捕している。このまま身柄は押さえておくが、なかなか粘り強い……こちらの追及に対して、ほぼ黙秘で対抗している。しかし、あの連中が駐在所を爆破したのは間違いない」

「根拠が分かりません」

「根拠はこれから見つける」

「どういう意味ですか？」

「容疑者が喋らない限り、そういうことは分からないだろうが」

「三人を容疑者と判断していいんですか？」

「容疑者かどうかは、そのうち三人が教えてくれるだろう……それでお前は、何を企んでいる？」

「私は何も……命じられた仕事をこなしているだけです」

「そうかね？」三園の目がぎゅっと細くなった。「捜査一課の人間と接触しているな？　情報交換か？　向こうからもらう情報などないだろうが」

「こちらの情報を漏らしたことは一切ありません」とっさに嘘をつく。

「そうか？　俺が聞いている話とは違うな。お前、特高一課長をやっていた堀川さんと会ったな？」

保つ。

「……はい」本当に監視されているのだろうかと気味が悪くなったが、何とか平静を
「何の話をした？」

「特には——遊びにいらっしゃっただけです」

「かつての部下の家に遊びに来る上司、なんて話は聞いたことがないな。何か重要な用件があったんじゃないのか」

「そういう話はまったく出ませんでした」

「そうか」三園があっさり引き下がった。「さて、お前の前には二つの道がある」

「道、ですか」

「このまま公安一課の本筋——幹部候補として出世するか、あるいはここで辞めてもらうかだ。辞めた場合は、即座に逮捕される」

どういうことだ——何故、と聞こうとしたものの、言葉が出てこない。喉の奥で固まり、息が詰まるようだった。

「お前が公安本来の役目を自覚し、今後もそれをまっとうすると約束すれば、今まで通り仕事を続けていける。将来も保証される。しかし、他の部署に情報を漏らしたり、公安全体の方針に逆らって勝手に捜査を進めたりすれば、お前を異分子として処分せざるを得ない」

「それで鹹、ですか」

「それだけでは済まない」三園が薄い笑みを浮かべた。「逮捕すると言ったはずだ。逮捕されてどうなるか、お前もよく知っているだろう。容疑はいくつでもくっつけられる。誰も助けに来ない。地獄だろうな」

どう反応していいか分からなかった。何度も忠告を受けたが、それを無視して高峰と会っていたのが問題視されているのだろうか。しかしそもそも、世田谷事件に関する公安の「方針」は何なのだ？

「本格的に革命軍を潰しにかかるんですか？」

「今、あの組織は非常に危険だ。平気で爆弾の製造方法を仲間内で流布したり、実際に爆発させるような連中だからな。思想信条が危険というより、行動が危険なんだ。無視してはおけまい」

「駐在所爆破も、革命軍の犯行と言い切っていいんですか？」

「それをはっきりさせるために、今、証拠固めをしている。革命軍から爆破予告の電話があったのは間違いないんだから、そこがとっかかりだな」

「牛島という男は、何者なんですか」

「革命軍のメンバーで、荒木印刷労組を過激化させた男だ」

「何のためにですか？」

「ああ？」三園が目を見開く。

「牛島は、どこから出てきたんですか？　我々が摑んでいる経歴は本物なんですか？」

「何が言いたい？」

「本当は……」唇がかさかさに乾いていた。舌で湿らせてから、ゆっくりと言葉を押し出す。「スパイなんじゃないですか」

「スパイ？　何のスパイだ？」

「それは――」

「余計なことは言うなよ」三園が急に声を低くして忠告した。

「しかしこれは、極めて重要なことではないんですか？」

「余計なことは言うな」三園が繰り返した。

「そもそも、爆弾をしかけたのは誰なんですか？」

「お前が知る必要はない」

「私も、当初は現場でこの件を捜査していたんです。知る必要――権利はあると思います。仮にも駐在巡査が殺された事件ですよ？　仲間が殺されているのに……」

「どこの世界にも、捨て石はある」

「捨て石？」その言葉には、さすがにカチンときた。爆破事件で亡くなった伊沢巡査とは顔見知りではないが、年齢も同じだし、仲間意識は当然ある。「人の命は何よりも重いでしょう。しかも犠牲になったのは我々の仲間、警察官です」

「大義のために犠牲になる人間が出るのは、仕方ないことだ。いつの時代でも同じだ」

「しかし――」

「お前、捜査一課的な考えに侵されてるんじゃないか？」

「いや、私は公安の人間として――」

「捜査一課の連中は、近視眼的な物の見方しかできない。それで、背景にある大きな物を見逃してしまうこともある。しかし我々は、常に大局に立って状況を見定めねばならない。それは全て、国家のためだ」

「分かりますが……」堂々と公安のあり方を語る三園が、急に胡散臭《うさんくさ》い存在に思えてきた。

「考えてみろ。もしも共産党の勢いがさらに伸長して、政権がひっくり返るようなことになったらどうなる？　我々は、共産主義政権の手先として、国民を弾圧することになるんだぞ？　ソ連で何が行われているか、お前も知らない訳ではあるまい。それは正しいのか？　過激主義者を封じこめ、今の日本を守ることこそ、我々の大事な仕事なんじゃないか？　捜査一課のやり方とぶつかり合う時もあるだろうが、我々の方が常に正しい」

「世田谷事件は、どう決着させるんですか？」

「革命軍の犯行——それは間違いない。この事件を契機に、革命軍を大量検挙して、一気に壊滅させるんだ」

「それで、牛島は何者なんですか？」海老沢は話を蒸し返した。

「死んだ人間のことをいつまでも気にしても仕方がないだろう」三園がすっと目を逸らす。

「牛島が爆破犯人ではないんですか？」

「本人が死んでしまった以上、どうしようもない。調べる限界はある」

「それでいいんですか？」

「何が言いたい？」三園が海老沢を睨んだ。「それともお前は、何か知っているのか？」

「いえ……」牛島＝安沢。その図式をこの場でぶちまけてしまいたかった。しかし今、事件の核心であるこの話を持ち出すのは危険な気がする。

「選べ」三園がまた迫った。「このまま残るか、辞めるか。辞めれば逮捕だ」

「脅すんですか」海老沢は唾を呑んだ。

「選ぶ権利を与えているだけだ」そこで突然、三園が表情を崩した。「選ぶまでもないよな？　お前も俺と同じ特高上がりだ。特高を辞めて警察へ戻って来た人間は、一度死んでから生き返ったも同然だろう。その時、お前はどう思った？　何のために警察に戻ろうと思った？　国家のためだろうが。あれだけ嫌われていた特高時代と同じような仕事をまたやる——そう考えた動機は何だ？　給料と安定した身分のためじゃないだろう。自分が信じる正義を実現することこそ、生きがいだと感じていたからじゃないのか」

否定できない。警視庁へ戻ろうと決めたのは、高峰と話し合った結果である。互いの正義を追求し、守るために——そして海老沢は結局、戦前と同じように国家を守る正義に拠っている。もしかしたら、捜査一課的正義と公安的正義がどこかで合致するかもしれないとも思っていたのだが、今回の事件で、決して融合できないと改めて分かっただけだった。

「お前の生真面目さと分析能力は、公安一課に絶対に必要だ。お前が能力を存分に発揮すれば、結果的に国を救うんだよ。そういう仕事はやりがいがあるだろう。男に生まれたからには、でかい仕事をやりたいじゃないか、なあ？」

三園が身を乗り出し、海老沢の肩を叩いた。ニヤリと笑うと、耳元に顔を近づけ、

「上手く立ち回れよ」とつぶやく。

その一言が、海老沢の脳天から爪先まで、稲妻のように突き抜けた。

10

牛島＝安沢がほぼ確定したので、この線で一気に捜査を進めていけるのではないか――高峰のそういう期待とは裏腹に、捜査は簡単には進まなかった。慎重になったのは窪田である。やはり無茶はしない人間だということを、高峰は改めて思い知った。熊崎が「一気に捜査を進めたい」と言い出したのを、粘って潰しにかかったのだ。

この方針は、正式の捜査会議ではなく、幹部、それに高峰たちが加わった非公式の打ち合わせで決められた。報告を終えた後、二人の激論を聞くだけだった高峰は、ハラハラし通しだった。

結局窪田が折れて、軍配は熊崎に上がった。打ち合わせが終わった後、高峰は思わず「緊張したなんてものじゃなかったですよ」と愚痴を零した。

「どうして」

「課長とあんな風に遣り合うなんて……昔だったら考えられないでしょう」

「いいんだ。時代は変わったんだよ」

熊崎がニヤリと笑う。凶暴さを感じさせる笑いで、高峰は合わせて笑おうとしたものの、頬が引き攣ってしまった。

引っかかっていること——安沢はおそらく、公安の特命を受けて潜入捜査に入った。しかしそれと世田谷事件が一向に繋がらない。

「まず、世田谷事件と牛島——安沢の関わり合いを調べよう」熊崎が方針を告げた。

「安沢が爆弾を仕かけた、とでも考えているんですか?」いくら何でも想像が飛躍し過ぎだ、と高峰は目を見開いた。革命軍の実態を探るために、潜入捜査するのは分かる。しかし、駐在所に爆弾を仕かけたとしたら、もはや「捜査」ではない。目的もはっきりしないし、仲間の警察官を危険に晒すなど問題外……警察官は仲間を大事にする。自分の命を賭けても守ろうとするものだ。警察官が警察官を殺すなど、絶対にあり得ない。

「とにかく、調べてみないと分からないだろう。安沢の行動には、まだ謎の部分が多い。いったい何をしていたのか、一気に戦力を投入して調べ上げるんだ」

「分かりました」いろいろ釈然としなかったが、ここでは素直にそう言うしかない。

しかしこの捜査は、簡単には進まないだろう。安沢=牛島の行動については、これまでも散々探りを入れてきたものの、依然としてはっきりしていなかったのだ。自分があれだけしっかり調べたのに、他の刑事が見つけられるわけがない——だがそんなことは自惚《うぬぼ》れだ、とすぐに思い知ることになった。

方針が決まってから二日後の夜の捜査会議で、高峰は新たな情報を聞いた。報告したのは、捜査一課の先輩刑事である平田《ひらた》。捜査会議の前に「今日は注目してろよ」と得意顔で宣言していたのだが、それはまさに注目に値する情報だった。

「安沢らしき人間が、経堂《きょうどう》にある工具店で買い物をしていたことが分かりました。バール、ペンチ、ノコギリ……通常の工具ですが、これらは安沢が借りていたアパートでは見つかっていません。どこにあったかというと、江東区の廃工場です」

「何だと！」熊崎が吠えた。

「製造番号などが一致しました。つまり安沢は、爆弾の製造に必要な道具を調達していたことになります」

「お前、そもそも江東区の現場で見つかった工具の情報をどこで入手したんだ。公安にスパイでも飼ってるのか」

熊崎が驚いた声で訊ねると、道場にかすかな笑い声が流れる。途端に熊崎が「黙れ！」と怒鳴りつけた。彼としては、平田がスパイを使っているかどうか、本気で疑っているのだろう。

「公安の内部情報までは分かりません。ただ、初動捜査で出動した所轄の刑事課の連中が、工場に残されていた物証をしっかり記録していました。製造番号などの情報だけでなく、写真もです。それで確認できました」

　重要な情報をもたらしたのは、平田だけではなかった。他の刑事も、喜多見周辺での安沢の目撃証言をいくつも拾い上げていた。若い頃のものとはいえ、鮮明な写真が見つかったのが大きい。

　どうやら安沢は、世田谷西署の今岡以外にも、複数の人間とよく会っていたようだ。場所は路上だったり、飲食店だったりと様々。立場を考えると、少し用心が足りない感じもしたが……いずれにせよ、安沢は会社とアパートを往復していただけでなく、かなり活発に動き回っていたようだ。

「高峰、今岡とかいう奴はどうしてる？」熊崎が訊ねる。

「普通に勤務しているはずです」高峰はちらりと下を見た。今もこの下の交通課にいる……。

「太い神経だな」熊崎が鼻を鳴らす。「そろそろ、もう一度揺さぶってみるか。それと、公安のお友だちにもまた当たってみろ。こっちの動きは知らせずに、向こうの動きを探ってくれ。公安が、最終的に世田谷事件をどう処理するつもりなのか、探っておきたい」

「うちとしては……」

「捜査一課の仕事は常に単純だ。事件が起きれば犯人を割り出して逮捕する――どんな背景があっても考慮しない」

「ややこしいことになるかもしれませんが」

「ややこしいもクソもあるか」熊崎が繰り返した。「そこに犯人がいれば逮捕する、それだけだ！」


今岡を揺さぶるよう指示されたものの、高峰はあまり効果はないだろうと期待してもいなかった。今岡は、おそらく単なる「連絡役」なのだ。安沢と話をすることもなく、ただ必要な報告を受け取り、本部の然《しか》るべき場所に伝えていただけ——要するに、郵便配達のようなものではないか？　彼らも、封筒の中身などいちいち確認しないわけだし。

帰り際を襲って、再び今岡を拉致《らち》する。しかし……今度は今岡に緊張した様子はなかった。最初の時にあまり乱暴にされなかったので、安心しているのかもしれない。

「飯でも食いませんか？」

その気楽な一言で、高峰は頭に血が昇った。

「何だと？」

隣の座席に座る今岡を睨みつける。途端に、彼の言葉があやふやになった。

「いや、その……そろそろ夕飯の時間だし、どうせ飯は食べるんだし」

「俺はいつも夕飯は遅いんだ……今日は、もう少し突っこんだ情報を教えてもらおうか」

「突っこんだと言われても、知っていることはもう全部話しましたよ」

「安沢が爆弾を作って仕かけたんじゃねえか？」

「何ですか、それ」今岡がきょとんとした表情を浮かべる。

「奴が部品や工具を調達して、お前がどこかに運んだ。違うか？」

「冗談じゃない」今岡が色をなした。「俺は、単なる伝言役だ」

「つまり、ただの使いっ走りってことか」

高峰が指摘すると、今岡が途端に凹《へこ》んで肩をすぼめた。自信もないのに虚勢を張る男――絶対に出世はできないな、と高峰は皮肉に思った。こういう奴は、他の人間に踏みつけられるだけの人生を送る。

「お前、自分がまずい状況に追いこまれてることは分かってるか？」高峰は脅しにかかった。この男にはこれが一番効くと、先日の事情聴取で分かっている。「逮捕もありうる。捜査一課は、公安ほど甘くねえぞ。それに公安も、お前が俺と会っていることを知っているかもしれない。公安にすれば裏切り者だ。裏切り者はどうなる？　今のうちに俺に全部話せば、捜査一課が守ってやるぜ」

「どうして俺が……逮捕なんか……」この脅しは効いた。今岡の顔面が蒼白になる。裏切り者の烙印はそんなに怖いのか……。

「安沢が爆弾作りに関わっていたとして、お前がそれに協力していたら？　協力じゃなくて、黙認していただけでも大問題だ。逮捕は免れても、警察官でいることは難しいだろうな。お前、この仕事を失っても無事にやっていけるのか？　今は朝鮮戦争で好景気だからいいけど、長続きはしねえぞ。逮捕されたら、後は野垂れ死にだ」

「いや……」

「彼は——安沢はどうして死んだ？」高峰は、ずっと疑問に感じていたことを口にした。この問題については、まだ誰もヒントを摑んでいない。

「爆発に巻きこまれたんでしょう」

「どうして」

「いや、どうしてと言われても……」今岡が言い淀む。

「もしも安沢が、世田谷事件に関わっていたとしたら、巻きこまれるわけがねえ。自分で爆弾を仕かけて、爆発に巻きこまれて死ぬ？　あり得ねえだろう」

「そんなことは知らない」

「本当にたまたまだったのか？　爆弾を仕かけたのは他の人間で、偶然そこを通りかかって爆発に巻きこまれた？　そういう偶然は、どれぐらいの確率で起きるんだろうな」

高峰はなおも今岡を責めたが、この件については一切、きちんとした答えは出てこなかった。たぶん今岡は、本当に何も知らないのだ。実際に単なる連絡係で、重要なことは何一つ教えられていない、さらに自分で探り出す気概もない——こんな男に給料を払っているとは、警視庁もずいぶん余裕があるものだ。

高峰は質問を変えた。

「最近は何をやってるんだ？　所轄の交通課の仕事以外に、たまに新宿の分室に顔を出してるんだろう？　もう、連絡役の仕事はなくなったはずだよな」

「それは——」今岡が一瞬言葉を吐き出したものの、すぐに黙りこんでしまった。

「あそこではどんな仕事をやってるんだ？　公安一課の仕事は幅が広いんだろう？　俺にも少し勉強させてくれよ」

「ちょっと報告しているだけですから」

「何を？」

今岡が一瞬顔を上げ、高峰の目を見たものの、すぐに逸らしてしまう。それで高峰はピンときた。

「新宿のあの部屋は何なんだ？」

「特命の……今回の事件に関する公安一課の捜査本部みたいなものですよ。あそこを拠点に情報を集めているんです」

「なるほど」高峰はうなずいた。要するに公安の「アジト」か。

「たまには、捜査に関係ない人も見ますけど……海老沢さんを知ってるでしょう？　元特高で、戦時中は保安課に出向していた海老沢さん。あの人、公安の中で疑われてますよ」

「どういうことだ？」高峰は混乱していた。

「捜査一課と内通しているんじゃないかと……あなたとよく会っているでしょう」

「友だちだから、会うのは普通だろう」

「それだけですか？」

「お前にそれ以上言う必要はねえよ」

「俺は別にいいんですけど、高峰さんもいろいろ都合の悪いことがあるんじゃないんですか？」

「いや……」反撃され、高峰は口を濁した。

「背中には気をつけておいた方がいいと思いますよ。身内に逮捕者が出たのはまずいでしょう」

「貴様……」

「あ、もう少し駅に近いところまで行ってもらえますか？　ここから歩くと、一時間もかかりますからね」

クソ、ふざけるな……しかし高峰は何も言えなかった。自分も追い詰められている。敵は公安――強敵だ。

相良に指示し、小田急線の経堂駅近くで今岡を降ろした。二人になると、高峰は助手席に移り、煙草に火を点けた。捜査車両は禁煙と決められているのだが、この状況では煙草がないとやっていられない。ハンドルを握る相良は何も言わなかった。この男は、高峰と海老沢の関係を知らないはずだが、何か都合の悪い話が出たことには気づいたようだ。

「高峰さん、大丈夫ですか？」

「あ？　ああ」大丈夫ではない。出口のない迷路に追いこまれてしまった気分だった。

一番気になるのは、公安の裏側――連中が企む陰謀である。安沢を牛島として荒木印刷に送りこんだのは、まさに公安ではないか。そして海老沢は結局、公安の側に立って世田谷事件の捜査に参加してきた。もしかしたら、この陰謀には最初から海老沢も加担していたのでは……。

全てがでっち上げではないか、という疑念が生じてきた。公安が潜入捜査をした目的は革命軍の殲滅《せんめつ》だろうが、その手法が今ひとつ分からない。

高峰は相良の注意を逸らすために、話題を変えた。

「革命軍の幹部で、殺された奴がいただろう？　あの件の捜査はどうなってるのかな」

「そんなに詳しく聞いてませんけど、進んでないと思いますよ。革命軍内部での仲間割れが原因じゃないかと言われてるみたいですね」

「仲間割れは分かるけど、殺すことまでするかね」

「どうでしょうねえ」相良が首を捻る。「ああいう連中が考えていることは分かりません」

「浮かばれねえ話ばかりだな」

「そうですね。何だか揺れてる——今は日本中、大揺れって感じですよね。このままだと、本当に革命が起きるんじゃないですか」

「革命が起きても、俺たちには関係ねえよ」

「関係ないって……もしも日本が共産主義の国にでもなったら、警察はどうなるんですか」

「何一つ変わらねえさ。少なくとも俺たちは今のままだ」この件については、高峰には自信があった。「どうしてか分かるか？」

「いえ……分かりません」相良が素直に認めた。

「共産主義だろうが自由民主主義だろうが、どんな国でも殺人事件は起きるんだよ。そして俺たちはそれを捜査する。今と同じだろう？」

「そんなものですかね」

「人が人を殺す——そういう犯罪は何千年も昔からあるし、これからも起きるだろう。共産主義なんて、たかが百年ぐらい前に出てきた思想だろう？　人間の根源を変えるような影響力はねえんだよ。殺人は……人は、本能的に人を殺す。だから、俺たちの仕事に変わりはねえんだ。永遠に、な」

「そうですね」同意したものの、相良の声にはまだ力がなかった。「でも最近、本当に不安なんですよ。メーデーの時の騒動なんかを見てると、日本は本当に共産主義の国になるんじゃないかって……高峰さんは何も変わらないって想定していますけど、実際に日本が共産主義の国になったことはないんですから、どうなるかは分からないですよね」

「全て架空の話か……だけど、気持ちを強く持てよ。仕事の筋は曲げるな」

「高峰さん、一本気ですねえ……それが名刑事になるための条件ですか」

「そんなことはどうでもいいんだよ」

高峰は唸った。名を成すとか成さないとか、考えるだけ無駄だ。今の俺たちには、直面している——解決しなければならない問題がいくつもある。

熊崎の命令に従い、海老沢と会って情報を取らねばならない。しかし高峰は迷った。海老沢自身がスパイである可能性もあるのだ。俺と接触して、捜査一課の状況を探るつもりだったのでは——実際俺は、捜査一課で摑んだことをいくつか喋ってしまっている。それがどの程度公安の役にたったかは分からないが、不安になってきた。

判断できないまま、高峰は帰宅した。遅い食事を摂っていると、和子が疲れた顔で茶の間に入って来る。

「どうした」

「兄さんも、たまにはお父さんの世話をしてあげてよ。もう、起き上がるのもきついんだから……節子さんに任せっきりじゃ、離婚されちゃうわよ」

「馬鹿言うな」吐き捨て、高峰は茶漬けをかきこんだ。最近、家では茶漬けばかり食べているような気がする。

「兄さんばかりが仕事してるわけじゃないんだからね。私だって、忙しいけどできるだけ手伝うようにしてるのよ」

「分かってるよ」

何とかしたい気持ちはあるが、仕事のせいでそれも許されない。せいぜい、空いた時間に少し話をするぐらいなのだが、父親はほとんど寝ており、二人の間を行き交う言葉は極端に少なくなっている。

「ああ、疲れた」和子がだらしなく腰を下ろすと、首を曲げて右手で左肩を揉んだ。

「親父、どうなんだ？」

「いつも通り……よくはないわ」和子が声を低くする。「私はむしろ、お母さんが心配なの」

「どうして」

「お父さんに何かあったら、お母さんも一気に元気をなくしそうだから」

「確かにそうだな……」

「あ、話は変わるけど、今日、海老沢さんを見たわよ」

「どこで？」

「新宿。帰りに本屋さんまで行って来たのよ」

新宿ということは、例のアジトだろうか。今は本部ではなく、そちらに詰めているのかもしれない。

「でも、何か変だったのよね」和子が顔をしかめる。

「どういうことだ？」

「私、声をかけたのよ。久しぶりだし、別におかしくないわよね？」心配そうに和子が聞いた。

「もちろん」

「でも、無視されたの」和子が顔をしかめる。「正確には無視じゃないわね……正面から海老沢さんが歩いて来て、すれ違う時にいきなり、『もう連絡しないように、あいつに言っておいてくれ』って言ったんだから。変じゃない？」

「いや……」

「変じゃないの？」

「あいつもいろいろあるんだろう」

「変なの」和子がちゃぶ台に手をついて立ち上がった。「海老沢さんと喧嘩でもしてるの？」

「まさか」

「じゃあ、いったい――」

「あいつにもいろいろあるんだろう」高峰は少し口調を強めて繰り返した。

「いろいろって何よ」

「うるせえな」高峰はちゃぶ台に箸を叩きつけた。「所轄で交通整理をやってる人間には分からねえこともあるんだよ」

「あら、ずいぶんじゃない」和子が座り直した。「交通整理だって大事な仕事なのよ？　それに私は、安恵さんの代わりに――」

「分かった、分かった」海老沢の妹のことを持ち出されると、どうしようもない。殺された親友の遺志を継いだ――妹の思いを茶化すことはできない。

「とにかく、たまにはお父さんの世話を頼むわね。仕事してるのは、兄さんだけじゃないんだから」

まったく……和子は昔から生意気なところがあったが、戦争が終わってからその傾向に拍車がかかった。生意気というか、強くなったと言うべきかもしれないが。この分だと、まだまだ結婚できそうにない。気が強くて行き遅れるのは本人の責任だが、兄としてはやはり心配だ。

一人になり、高峰は湯呑みを空にして日本酒を注いだ。最近、ようやく酒も普通に手に入るようになったのだが、戦時中の倹約生活の記憶が抜けないこともあって、毎日のように呑むわけではない。一人で呑むのはだいたい、行き詰まった時だけ……不健康だな、とつくづく思う。最近、趣味の観劇もすっかりご無沙汰だ。考えてみれば、戦時中の方が頻繁に劇場に足を運んでいた。あれはたぶん、毎日のように空襲警報が出る中、少しでも日常にしがみついていたかったからかもしれない。今はそういう恐怖はない。それに、一番好きだった昭和座が活動停止してしまったせいでもある。

活動停止に追いこんだのは、俺自身なのだが。

煙草に火を点け、しきりにふかす。連絡しないようにという海老沢の伝言は、どういう意味なのだろう。何かまずいことが起きた――自分たちが接触していることが上層部に漏れて、叱責されたのではないか。公安は絶対に、自分たちの秘密を外に漏らしたくないだろう。実際、海老沢から俺に伝わった情報もあるわけで、それがばれた可能性はある。

会ってみるか。海老沢の忠告は深刻に受け止めるべきだろうが、本当に何が起こっているか、知っておく必要はある。それに、こんな感じで二人の関係が切れてしまうのは嫌だった。

たった一人の――家族以外では、無条件で信頼していい相手なのに。

海老沢の家に着いた時には、既に午後十一時を回っていた。この時間から話しこむと、家に帰れなくなってしまう。その場合は泊まりこんでも構わないと思い、高峰は着替えまで持ってきていた。海老沢が摑まらなければ、捜査本部のある世田谷西署が近いから、そちらに移動して宿直室を借りてもいい。

窓に灯りは見えなかった。留守なのか、既に寝てしまったのか……不安になりながら、高峰はしばし家の前で立ち尽くした。雨が激しくなっており、傘を叩く音が煩わしい。海老沢の家の前の道路はまだ舗装されておらず、ぬかるみのせいで歩くのも面倒臭い。靴底に小さな穴が空いているのを思い出したのは、靴下が冷たくなってきた時だった。

帰ろう。徒労に終わったと考えると疲れたし、海老沢とはもう気楽に会えないかもしれないと考えると心が暗くなる。もしも公安一課の捜査が厳しい段階に入っているとしたら、海老沢は新宿の分室に泊まりこんでいる可能性がある。

高峰は、海老沢の家の玄関先で雨を避けながら、手帳を開いた。鉛筆を舐めながら走り書きをしてページを破き、戸の隙間に挟んで二歩下がった。これなら確実に気づくだろう。

一瞬強い風が吹き抜け、戸に挟んだメモを揺らす。高峰は慌てて、メモをぐっと奥まで押しこんだ。そうすると、ちらりと見ただけでは紙の存在が分からないぐらいになる——まあ、いいだろう。戸を開ければ、紙が落ちて気づくはずだ。

踵を返して歩き始める。途中二度、振り返ったが、既に距離が離れているので紙は見えなかった。俺の思いは、果たして伝わるかどうか——。

11

がさがさという音が聞こえなくなってしばらくしてから、海老沢はそっと窓辺に寄り、カーテンの隙間から外を見た。ここから見える限りでは、人気《ひとけ》はない。念のため、勝手口から出て家の周囲を歩き回ってみる。人影は見えない……傘をさしていないので、すぐに全身が濡れてしまった。髪から水滴が滴り、鬱陶しいことこの上ない。

家に戻り、手ぬぐいで頭を拭きながら玄関に向かう。こんな時間にわざわざ家を訪ねて来る可能性があるのは……第一に高峰、第二に公安一課の誰か、第三に革命軍の人間——誰であっても面倒なことになる。

戸を開けた瞬間、折り畳んだ紙が玄関先に落ちる。身を屈めて拾い上げ、開いた途端に、訪問者は高峰だったと分かった。強い筆圧のしっかりした文字は見間違えようがない。

「連絡をくれ」

たった一言、そして署名。

今日の夕方、海老沢は偶然和子に会った。その時に彼女を通じて忠告を送っておいたのだが、高峰はそれを忠告と受けとめなかったのかもしれない。むしろ僕のことを心配してしまったのか……余計なお世話だ、とは言えなかった。あいつは昔から心配性で世話焼きなのだ。

しっかり施錠し、茶の間に戻る。灯りを点けぬまま、電話の前で正座した。静か……屋根を叩く雨の音が、やけに大きく聞こえる。腕を伸ばして受話器に手をかけた瞬間、今は高峰と連絡を取る方法がないと気づいた。つい先ほどまで、奴は家の前にいたのだから。

追いかければ、まだ間に合うかもしれない。

海老沢は慌てて家を飛び出し、駅の方へ小走りで向かった。傘が邪魔……放り出してしまいたかったが、全身ずぶ濡れで走っているのを誰かに見られたら、怪しまれるだろう。焦らぬよう、早足で駅へ——しかし駅へ着いて周りを見回しても、高峰の姿はなかった。念のために改札の中に入ってホームも確認したのだが、やはり高峰はいない。遅かったか……とぼとぼと家に引き返す。

高峰と腹を割って話す最後の機会を逸してしまったような気がしてならなかった。

だがそれも、仕方がない。

二人の生きる道は、今夜完全に分かれたのかもしれない。


海老沢は、新宿の分室に毎日出勤するようになった。ここで、革命軍に対する捜査状況を分析し、まとめるように指示されたのだが……実情を知るに連れ、暗澹《あんたん》たる気分になってくる。

全体の指揮を執っているのは三園で、本来革命軍の捜査を担当する三係の坂田係長が、現場キャップとして動き回っている。時々、顔見知りの刑事が顔を出すが、海老沢を見ても何も言わない。それが不気味だった。

「さて」ある日の夕方、三園が両腕を突き上げて伸びをした。海老沢に顔を向けると、ニヤリと笑う。「金曜日だな。明日もあるけど週末だ——ちょっと気を抜くか」

海老沢は何も言わなかった。三園という係長のことを信用していいかどうか、未だに分からない。生方に聞いてみたのだが、彼も「あまりよく知らない」と言うばかりだった。これも本当かどうか分からない。終戦から七年経って初めて、海老沢は公安の得体の知れない素顔を垣間見《かいまみ》ることになった。

三園が、普段使っている机の引き出しを開け、黒い酒瓶を取り出した。サントリーのオールド。最近売り出されて、たちまち人気になったウイスキーだ。小さなグラスも二つ。

「どうだ、軽く一杯やらないか」

「いや、私は……」

「まあまあ、いいから」気楽な口調で言って、三園が二つのグラスにウイスキーを乱暴に注ぎ分けた。琥珀《こはく》色の液体が波打ち、グラスの内側を濡らす。

最近、酒はあまり吞んでいない。終戦後、仕事がなかった時期には自棄《やけ》になって酒を呷《あお》っていたこともあったのだが、警察へ戻って以来、できるだけ吞まないように自戒してきた。高峰や小嶋と一緒の時でも抑えている。

まあ、いい。啜《すす》っている振りをして相手を酔わせ、適当に逃げよう。

久しぶりに呑む生《き》のウイスキーの刺激は強烈だった。ほんの一口啜っただけだが、喉から鼻にかけて鮮烈な香りが突き抜け、涙が溢れてくる。

「どうだ、こっちの仕事は」

「革命軍は……なかなか深く根を張っているんですね」

「こういう過激派の実態調査は、共産党本体を相手にするよりずっと大変だぞ。基本的には、地下に潜っているからな」うなずき、三園がグラスを大きく傾けた。「革命軍の発足は、一応、去年の春ということになっている」

「連中の公式声明では、五月十日ですね」その日付には記憶があった。

「そうだ」三園がうなずく。「さすがの記憶力だな」

「その日に、第一回の中央常任会議が開かれました。それをもって、革命軍は発足したことになっています」この中央常任会議の様子さえ、公安はごく早い時期に把握していた。いったいいつから、スパイを送りこんでいたのだろう。

「奴らはそれからわずか一年で、全国の組合に破壊分子を送りこむまでに勢力を拡大した。こちらが確認しているだけで、革命軍の影響を受けている組合は五十近い」

「そもそも、革命軍の正確な人数は把握できていませんが……」

「出入りが多いからな。名簿を作っても、すぐに古くなる。現状で、専従の活動家は三百……三百五十人まではいかないだろう。中心になっているのは、東都大の学生たちだ」何故か上機嫌で言って、三園がグラスを傾ける。「組合に潜入して過激分子を増やすこと、それに爆弾に象徴されるような武闘路線が基本方針だから、多人数は必要ない。しかし、この戦い方が危険なのは分かるな？」

「はい」

「あちこちで爆発が起きてみろ。それに乗じて騒ぐ連中も出てくる。そうなったら、左翼運動は、今までとまったく別の様相を呈するぞ」

うなずく。早くも酔いが回ってきたのか、顔が熱い。立ち上がって窓を開けようとした瞬間、三園が「やめろ」と鋭く声を飛ばした。窓にかけた手をおろし、ゆっくり振り向いて三園を見やる。

「ここは三階だが、外に声が聞こえるとまずい」

「本部で仕事をする方が安全だと思いますが……」

「うちは、敵に対しても味方に対しても、極秘行動が原則なんだ。本部にいれば、他の部署の連中とも顔を合わせるだろうが」

あまりにも警戒し過ぎでは——海老沢は内心、首を傾げた。

「警察内部にも敵はいるんですね？」

「邪魔する人間は、基本的に敵だ。近視眼的な奴らとか……誰のことか、分かるな？」

捜査一課か――しかし、そこまで敵視する意味があるのか？　海老沢は席につき、グラスを持ち上げた。しかし手の中で回すだけで口はつけない。残ったウイスキーは、何とか呑まずに済ませたい。

「今後、革命軍にはどう対処するんですか」

「もちろん、壊滅を目指す」

「全員逮捕ですか？」

「それは無理だろう」三園が笑った。「組織の全容も把握できていない状況だぞ？　どこまでやれば『全員逮捕』かも分からない。幹部――常任闘争委員を何人か確保できれば、すぐに壊滅状態に陥るだろう。学生中心で、組織の基盤はまだ弱いからな。理想的なのは、中央闘争委員長を逮捕することだ」

「神原聡《かんばらさとし》ですね」

「帝大を出て革命ごっことはね……人生を完全に無駄にしてるな」馬鹿にしたように言って、三園がグラスを干す。すぐにボトルを傾けると、今度は先ほどの二倍の量がグラスに入った。「まあ、先のことは気にするな。まずは逮捕した三人をじっくり追いこめばいい」

「逮捕された荒木印刷の三人は、革命軍上層部の人間については何も知らないと言っていますが」

「しぶとい連中だな」三園が薄く笑う。「しかし時間の問題だろう」

「牛島は……」

「牛島がどうかしたか」

「何者なんですか？」

「元海軍の経理担当、戦後に左翼活動に走って革命軍の手先になった——他に、何か知りたいことはあるか？」

牛島は潜入捜査していた警察官ではないか？　ずっと心にあった質問が喉元まで上がってくる。しかしそれを言えば、自分がまた危うい立場に追いこまれそうだった。

「殺された常任闘争委員の天野についてはどうですか」

「放っておけ」

「捜査しないんですか？」海老沢は目を剝いた。「人が一人死んでいるんですよ」

しかも、海老沢に会いに来た直後だ。自分と接触したことが、誰かに悪い刺激を与えてしまったのではないかと考えると背筋が冷たくなる。最近は、この分室にいる間だけは安心できるので、用もないのに夜遅くまで居残っていることが多いぐらいだった。

「向こうの勢力が弱ったんだから、うちとしては歓迎すべき話じゃないか。捜査一課は調べているようだが、犯人はたぶん分からないだろうな。要するに内輪揉めだから、どうにもならないだろう。証言が得られるわけもないし、物証も出ていないと聞いている」

「そうですね……」

「実際、革命軍の常任闘争委員会は、俺たちが荒木印刷の三人を逮捕した後に、分裂状態に陥りつつある。かたや一度完全に地下に潜伏してほとぼりが冷めるのを待つ、かたや一気に暴力テロに出て世間を混乱させる——正反対の派閥に分かれている」

「そうですね」

相槌をうちながら、海老沢は嫌な予感に襲われていた。これは全て警察が——公安が仕組んだことではないのか？　その可能性がどうしても否定できない。ただ、口に出すのは憚《はばか》られた。戦前の特高ではあるまいし、いくら何でもそこまでのことは……。

「何だ、何か問題があるか？」

「いえ」

「余計な詮索はするなよ」酒のせいか興奮のせいか、三園の耳は赤くなっていた。

「詮索はしていません」

「それならいい」

「全貌は……」

「全貌がどうした」三園がグラスを口元に持って行って宙に浮かした。

「私には、この件の全貌を知る機会があるんでしょうか」

「ある」三園があっさり言った。「お前が無事に踏み絵を終えればいい」

「踏み絵？」

「ここでの仕事をきちんとこなし、公安一課長のお眼鏡に適《かな》えば――お前は、よく分かっているはずだよな？　俺たちが守るのは国家だ。その基本を理解して、守りさえすれば――」

「正式に公安の人間として認められる、ということですか」

三園は何も言わず、ただ真っ直ぐに海老沢の目を凝視するだけだった。その視線の冷たさに、海老沢は蛇を思い出していた。

12

久しぶりに本部に上がった高峰は、五係の後輩、本田《ほんだ》とばったり顔を合わせた。五係は今、革命軍の天野が殺された事件の捜査本部に入っているはずだが……本田は自分と同じように、本部に何か用事があったのだろう。顔色は悪く、無精髭が目立ち、疲れ切っていた。ワイシャツの襟がだらしなく曲がり、ネクタイは緩められている。

他の事件の捜査は詳しくは分からないが、上手くいっていないのは一目見て明らかだった。捜査が順調に進んでいる時には、多少寝不足でも元気でいられる。

少し慰めてやるか。高峰は立ち上がり、彼の隣の席に腰を下ろした。

「よう」

「あ、お疲れ様です」

「そっちの方がお疲れみたいだけど」

「まあ、その……今回はまったく駄目なんですよ。とにかく、被害者の周辺捜査がやりにくくてかなわんです」

「被害者が革命軍の人間だからな」高峰はうなずいた。「しかし、周辺捜査が必要なのか？　通り魔なんだろう？」

「それも一つの見方ですけど、革命軍内部の分裂による可能性もある……とにかく、筋を確定させることができないんです」

「何だよ、しっかりしろ。事件発生からどれだけ経ったと思ってやがる？」

高峰は本田の胸に軽くパンチを放ったが、本田はまったく動じなかった。そういえばこの男は徴兵されて、中国で戦っていた。やはり、軍隊ではかなり鍛えられたのだろう。「最後の頃は食うものもなくて、帰国した時には体重が十キロ減ってました」と漏らしたことがあったが、戦後に無事、体重を取り戻したようだ。

「公安はどうしてる？」高峰は声を潜めて訊ねた。

「特に何も……俺たちとは関係なく捜査に入っているかもしれませんけど、動きは見えませんね」

「協力すればいいのに」

「いや、それが」本田が苦笑した。「上の方が非公式に頼んだらしいんですけど、『革命軍に関する情報は摑んでいない』と、あっさり言われたらしいですよ」

「冗談じゃねえ」高峰は吐き捨てた。「奴ら、革命軍の関係者を三人も逮捕してるんだぞ？　何も知らねえはずがねえだろうが」

「詳しい事情は分かりませんけど……高峰さんの方こそ、大変じゃないですか」

「ああ」高峰は両手で顔を擦《こす》った。「公安の連中にはむかつくぜ。あいつら、絶対何か知ってるんだよ。自分たちで手柄を独り占めしてえだけだろう」

「意味ないですよね」

「ああ、まったくねえよ」高峰は思い切りうなずいた。

「俺たちの方は、あくまで単なる殺人事件ですけど、高峰さんたちは大変ですよねえ」

「大変だけど、絶対に解決するぜ。同僚が殺されているんだからな」

「高峰さんの話を聞いてると、改めて気合いが入りますよ」本田の顔に、小さな笑みが浮かんだ。「この件も、高峰さんが捜査してれば、と思います」

「俺の体は一つしかねえよ」さすがに苦笑してしまう。

「高峰」

呼ばれて振り向くと、一課長の窪田が手招きしていた。高峰は慌てて本田にうなずきかけると、駆け足で一課長室に向かった。中に入ると、窪田のデスクの前に直立不動の姿勢で立つ。

「少し話を整理しよう……これは正式の話じゃないから、楽にしてくれ。椅子を持ってこい」

「立ったままで構いません」

「俺は見下ろされるのが嫌いなんだ」

仕方なく、高峰は大部屋から椅子を一つ持ってきた。デスクを挟んで――なるべく距離を置くようにして――座ると、背筋をしっかり伸ばす。

「革命軍の天野が殺された件で、公安が協力を拒否したと聞きました」

先に切り出すと、窪田がうなずく。真剣な表情で、眉間には深い縦皺が寄っていた。

「拒否、ではない。情報がないと言われただけだ」

「実質的に拒否じゃないですか」

「そこで言い合っても仕方がない」

高峰は唇を噛んだ。つい目を伏せそうになってしまうが、何とか堪《こら》えて窪田の顔を正面から凝視し続ける。

「世田谷事件の真相は、どういうことだと思う？」

「推測で構いませんか？」

「事実として話せないのは、捜査一課の刑事として情けない限りだがな……構わん」

窪田が先を促した。

「死んだ牛島が、実際には公安から革命軍に送りこまれたスパイの安沢だったのは間違いありません。安沢は一年前から行方不明になっていますが、所属の京橋署もろくに捜索せず、そのままになっています。安沢は革命軍の中に入りこんで、情報を収集する特命を受けていたと思われます。わずか半年ほどで革命軍の組織に食いこみ、荒木印刷の組合への潜入に成功しました」そういう意味では優秀な人材だったのかもしれない。

「革命軍の指示に従って、だな」

「そういうことだと思います。荒木印刷の組合に無事に潜入した安沢は、組合員を扇動して過激化を進めました」

「問題はその先、世田谷事件とどう絡んでくるか、だ」窪田が手元のノートを広げる。

「これは、単なる推測に過ぎませんが……」高峰は躊躇った。

「分かっている」窪田の顔を苛立ちの表情が過ぎった。「この話が表に出ることはないから、気にせず話せ」

「公安は、革命軍の摘発——壊滅を第一の目標にしているんだと思います。共産党から分派した中でも特に過激な一派ですから、一般市民が被害を受ける前に何とか壊滅したい——そのためには、メンバーをできるだけ多く逮捕しなければいけません。しかも、長く刑務所にぶちこんでおける容疑が欲しいはずです。その容疑は、例えば殺人とか……」

「他には？」

「駐在所の爆破とか」

「公安は、革命軍が駐在所を爆破する計画を事前に知っていたと思うか？」

「はい」

窪田の顔からすっと血の気が引いた。「本気でそう思っているのか？　お前はどう考えているんだ？」と低い声で訊ねる。

「全て、公安が仕組んだ罠かもしれません」

「爆破事件もか？」

「はい」

「お前、それは……」窪田が言い淀んだが、すぐに確認する。「公安が、駐在所に爆弾を仕かけたと言うのか？」

「さすがにそれはない——直接手を下したとは思えません」

「だったら安沢か？」

「いえ、おそらく実行犯は、革命軍の人間でしょう。そいつらはもう、地下に潜っていると思います」

「だったらうちの捜査も、いつまで経っても終わらないぞ」

「俺は諦めませんよ」高峰は身を乗り出した。「完全に姿を消すことは、簡単じゃありません。この国のどこかで生きている限り、必ず捜し出します」

「安沢はどうして死んだ？」

「そこはまだ分からないんですが……もしかしたら、爆発の様子を見に行って、たまたま巻きこまれてしまったのかもしれません。時限装置で爆発するはずが、タイミングがずれたとか」

「本人が死んでしまっては、確認しようもないな」窪田が顎を撫でた。

「はい……しかし、まだ捜査は続けます。このままだと、安沢はともかく、伊沢巡査が浮かばれません」

「安沢も犠牲者じゃないか」

「命令に従ってやっただけなのに、死ぬことになったのは、確かに可哀想ではあります。父親は、薄っすらとですが事情を知っている感じでした。公安が何らかの説明をして、さらに口封じをした可能性は否定できません」

「やはり金で黙らせたか……」窪田の眉間の皺が深くなる。

「公安に、そんな金があるんですか？」

「奴らは機密費を握っている。俺たちと違って、情報提供者を金で買うこともあるからな……お前はこれから、どういう方向に進むつもりだ？」

「一課長の指示通りに動きます」

「俺はまず、部下の意見を聞きたいんだ」窪田が久しぶりにニヤリと笑った。「それが民主警察というものだろう」

「もう一押し——どこかを一押しすれば、重要な手がかりが出てくるはずなんです。ただ情けないですが、押すべき場所が分かりません」

「全てを把握するのは難しいかもしれない。公安一課がこの件の脚本を書いたかどうか、俺たちには永遠に分からないだろう」

　高峰は唾を呑んだ。課長は、早くも諦めてしまったのか？　組織対組織の戦いを恐れているのか？　これでは結局、戦時中と変わらないではないか。空襲下で起きた殺人事件を、「人心を不安にさせる」という馬鹿な理由で隠蔽しようと特高が決め、捜査一課の一部の人間もそれに乗っかった。表沙汰にはなってはいないが、捜査一課の歴史上、最大の汚点と言っていいだろう。特高の命令に屈し、仕事を放棄した——そのために、その後も連続して犠牲者が出たのだ。親友の妹まで犠牲になった。

「爆弾を仕かけた実行犯を逮捕できれば一番いいが、それも難しいだろう」

「はい——いえ、俺は諦めません」

「基本に立ち戻ろう。駐在所が爆発された直前に、あの近所にいたのは誰か。目撃者を徹底して捜すしかないな」

「はい。いや——」高峰は立ち上がった。まったくふいに、自分たちの小さな失敗に気づいたのだ。

「どうした」窪田が不機嫌そうに言った。

「一つ、捜査が中途半端になっている問題があります」

「何だ？」

「電話です」

13

踏み絵か……海老沢は、自分が岐路に立っていることを強く意識した。身の安全を確保できてしかも出世できる道を選ぶか、心の中に燻《くすぶ》る正義感を大事にして破滅するか。

日曜日、もやもやした気分のまま、海老沢は国鉄国分寺《こくぶんじ》駅近くにある寺に出かけた。もともと、父親の実家がこの近くにあった縁で菩提寺《ぼだいじ》になっているのだが、滅多に訪れることはなかった。彼岸《ひがん》と盆ぐらいで、命日に行くこともない。それが今回、突然孤独感に突き動かされて、墓参りする気になった。先に亡くなった父親、終戦後に殺された妹、その後に失意のまま亡くなった母親――家族全員がこの墓に入って、自分だけが取り残された。天涯孤独の身を嘆くような歳ではないが、時折いてもたってもいられなくなる。

世田谷事件の発生から三ヵ月、公安一課の捜査も止まっていた。逮捕された荒木印刷の三人は爆発物取締罰則違反で起訴されたが、そこから先、捜査が進まない。どうやらこの三人は、安沢によって過激化されただけで、革命軍の中枢とは直接接触がなかったようだ。三人は世田谷事件にはまったく関与していないことが分かったが――事件当時のアリバイが成立した――そこから捜査が広がらなかったのは誤算だった。また、革命軍の幹部も完全に地下に潜ってしまい、行方知れずのままである。そのため公安一課では、実質的に革命軍の活動は停止したと判断していた。今後も勢力を削いで、自然消滅を狙う格好になるだろう。実際、革命軍だけでなく、他の過激勢力に対する捜査も進めねばならないのだ。いつまでも革命軍だけに関わっている余裕はない。

　海老沢家の菩提寺は、国鉄国分寺駅の北側にあり、駅からは少し距離があった。激しい雨で、目の前が真っ白に見える。梅雨《つゆ》どころか台風のような降り方で、傘はまったく役に立たない。足元も悪く、少し歩くだけで靴に水が染みてきた。

寺に着いた時には、全身がほぼずぶ濡れになっていた。梅雨寒《ざむ》というより、晩秋のような陽気で、体が芯から冷えた。

墓は少し高い場所にあり、寺の境内から急な階段を上がって行かねばならない。この辺は空襲の被害を受けなかったようで、階段も昔のまま……角が擦《す》り減り、雨で滑りやすい。雨風が強く、線香に火を移すのにも難儀した。どうやってもすぐ消えてしまうので、仕方なく墓前に置いただけでよしとする。花は持って来なかったが、許してもらうしかない。いつもは忘れないのだが、何だかふわふわして、普通の感覚が消えているのだった。

傘をさしたまま、その場で五分ほどもひざまずいていただろうか。ここにいれば、何か答えが得られるのではないかと思ったが、雨のように降ってくるわけではなかった。それはそうだ、死者は何も言わない……それでも久しぶりに墓参りして、多少は気持ちが落ち着いた。今日はこのまま新宿にでも出て、映画を観て帰ろうか。いや、普段詰めている分室がある新宿に足を運ぶのは気が進まなかった。少しでも離れた場所にしたい——渋谷にしよう、と決めた。何か笑える映画でも観て、美味いものでも食べて、明日からの仕事に備えよう。

分室からは、いい加減に解放してもらおうと思っていた。革命軍の弱体化は明白で、これ以上三園の下で仕事をしている意味はない。本来の仕事——総務係での共産党本体の情報分析に戻りたかった。こちらも、極めて重要な仕事なのだ。何しろ共産党は、革命軍とは規模が違うし、関連した事件も多い。五月には名古屋《なごや》で交番襲撃事件が発生。六月に入ってからは、大分《おおいた》県で駐在所が爆破された。警察が直接標的にされるという意味で、治安に対する重大な攻撃である。警視庁には関係ないものの、看過はできない。とりあえず、自分たちが守る東京だけは、平穏を保ちたかった。東京で大規模な騒擾《そうじょう》事件でも起きれば、その影響は地方に波及し、日本全体が揺れ動くだろう。

かつて日本が、いや、日本という国の体制が、ここまで危うくなったことがあっただろうか。明治維新は支配者階級である武士の中に生まれた「上下」の間に権力の交代が起きただけで、必ずしも「革命」とは呼べない。終戦では一時独立を失い、政治も経済も社会もこれまでにないほど大きく変わったが、それでもあれは、言わば外部要因による変化だ。結局日本では、歴史上、下からの運動で政権がひっくり返ったことなど一度もないのではないか。それが今、溶岩が地下から湧き上がるように、各地で暴動が起きている。これをきちんと制圧しなければ、本当に革命が起きるかもしれない。

うんざりだ。大事な仕事とは分かっているが、閉塞感は消えない。

立ち上がると膝が痛み、足が痺《しび》れている。しばらくその場に立って、痺れが引くのを待った。その間、高台になっている墓地から周囲を見回す。国分寺は中央線の南北に平坦に広がる街で、寺の近くまで来ると畑が目立つ。しかし駅の近くには新しい家が次々に建って、来る度に街の表情は変わっている。足を引きずりながら慎重に階段を降りたところで、寺の住職と顔を合わせる。住職は濃紺の作務衣《さむえ》を着て、寺の中にある自宅の前で、井戸から水を汲んでいた。海老沢と目が合うとさっと会釈し、すぐに眉を釣り上げる。

「ずぶ濡れじゃないかね」

「今日は、墓参り日和《びより》ではなかったですね」

「ちょっとお茶でも飲んで温まって行きなさい」

海老沢は一瞬言葉を吞んだ。好意に甘えていいかどうか……しかし体は冷えており、お茶の誘いはありがたい。結局、住職の家の縁側に腰をおろした。

住職自ら、お茶と手拭いを用意してくれた。ありがたく受け取り、手拭いで髪の湿り気を拭ってお茶を一口飲んだ。食道から胃にかけて温もりが広がり、ほっと一息つく。雨足は少しだけ弱まってきたようだ……こうやって雨宿りしながらだと、雨を見るのも悪くない。

住職が隣で胡座をかき、煙草に火を点けた。一本勧められたが、首を横に振って断る。

「昔は吸ってなかったかね？」

「やめました。煙草はあまり合わないようです」

「そうかね」

住職は美味そうに煙草をふかした。本当に美味そうで、それを見ている限り、煙草も悪くないなと思えてくる。自分もまた吸おうという気にはなれなかったが。

「この辺は、空襲の被害も受けなかったんですね」

会話の糸口が見つからず、海老沢は戦時中の話を持ち出した。昔——日中戦争が始まる前、大人たちは「関東大震災の時はどうだった」という話題を会話のきっかけにしていたというが、今の自分たちは空襲だ。あるいは代用食、買い出し、闇市。そういうものが、急速に過去の記憶になりつつあるのが驚きだった。日本は——東京は、戦前の姿に戻ろうとしているのではない。戦前とはまったく違う、別の街に変貌しつつある。

「いや、そんなことはないよ。国分寺だけで、終戦の年には三回も空襲があったし」

「そうだったんですか」

「亡くなった人もいる。東京では、無傷だった場所の方が少ないんじゃないかな」

「私の家も焼けました」

「山手線の内側は、本当にひどかったからねえ……あれが、たった七年前のこととは思えない」

「でも、東京も何とか生き返りつつありますね」

「正しい生き返り方かどうかは……」住職がゆったりと煙草をふかし、灰皿に押しつけた。見るとピース……高峰と同じ煙草である。「あなた、何か悩んでるのかね」

「はい？」海老沢は思わず背筋を伸ばした。

「女性問題だったら、坊主は役に立てんがねえ」住職がにやりと笑う。六十歳ぐらいだろうか……顔の皺がそのまま、豊富な人生経験の証のようだった。僧職でなければ、確かに恋愛相談にも長けていそうな感じである。

「女性問題は……特にないですね。ないことが問題なのかもしれませんが」

「今はお一人かね」

「ええ。世田谷の借家で、寂しく一人暮らしです」

「そういうのに慣れてしまうと、なかなか嫁さんをもらう気になれないものだな。気楽な一人暮らしも悪くないだろう……もしも結婚する気があるなら、この辺りの知り合いを紹介してもいいよ。気立てのいい娘さんを何人も知ってるから」

「そうですねえ……」海老沢は言葉を濁した。今は、そんなことを考える暇はない──考えたくもない。「仕事が忙しいですから。とても、嫁さんをもらっているような暇はないですよ」

「あまり自分を追いこみ過ぎると、ろくなことにならないよ。人間、多少は余裕がないとね」

「国分寺に住んで、別の仕事でもしていれば、余裕ができるかもしれませんけどね。この辺は静かそうじゃないですか」

住職は、海老沢が警察官であることは知っている。しかし具体的な仕事の内容までは知らない──これは戦前と同じだ。

「いやいや、最近は国分寺辺りもなかなか騒がしいんだよ」

「ああ……確かにそうですね」

海老沢はうなずいた。品川《しながわ》に本社のある機械製造メーカーの工場が国分寺にあり、今年のメーデーの大騒ぎに刺激を受けたのか、労働争議が勃発して、会社側が警察の介入を要請したことがあった。

「外国人と日本人の小競り合いも結構あってね。怪我人も出ているぐらいだ」

「そうでした」海老沢はまたうなずいた。怪我人が出たことを住職は重大な出来事と捉えているようだが、海老沢の感覚ではそれほど大したことではない。全国各地で同じような衝突が起きているが、中には建物が焼き討ちされたり、何十人も怪我人が出るような暴動に発展した事件もある。それに比べれば、まだ大人しい方だ。

「何だか落ち着かなくてねえ。今、全国各地が騒がしいでしょう？　こういうのは、いつまで続くのかね」

「分かりませんけど……お寺にいる限りは安全じゃないですか」

「冗談じゃない」住職が真顔で言った。「寺だから必ず安全という保証はないんだよ。比叡山《ひえいざん》の焼き討ち事件はどうなる」

「ご住職、それはいくら何でも話が古過ぎます」

「そうか、そうか。失礼」

住職が軽く笑い、二本目の煙草に火を点ける。それを見ているうちに、海老沢は久しぶりに煙草の刺激が欲しくなった。

「やっぱり、一本いただけますか？」

「どうぞ、どうぞ」

煙草をくわえ、ライターを借りる。かなり立派な銀色のライターで、寺というのは儲《もう》かるものだと驚く。久しぶりの煙草が美味い……いいライターを使うと、煙草も美味くなるのだろうか。

「ここは寺だから、いろいろな人が来るんだよ。檀家《だんか》の人が愚痴をこぼしたり、相談に来ることも少なくない」

「ええ」

「この前——五月に小競り合いがあった時には、店をやられた人がいましてね。いや、襲われたわけじゃないんだけど……投石が間違って当たって、ラーメン屋のガラスが全部割れたっていう話でしたよ」

「それはひどい。間違ったんじゃなくて、狙い撃ちだったんじゃないですか」海老沢は顔をしかめた。

「危ない気配になったんで店を閉めたんだけど、逃げ遅れた客が二人いて、店主と三人で、店の中で身を屈めて頭を抱えていたそうです。店主は昔使っていた防空頭巾を被ってね。まるで空襲じゃないか」

「そうですね」

「今は、そういう話がいくらでもあるんですよ。国分寺みたいな静かな街でも、皆不安になってるのは分かるでしょう」

「分かります」

「早く、穏やかな暮らしになるといいけどね……考えてみると、戦争が始まる前の東京は、おっとりとしたいい街でしたよ。革命なんか心配する必要もなかったし」

海老沢はすっと目を逸らした。戦前の共産党に対する弾圧は熾烈《しれつ》を極めた。違法な取り調べで死人が出たほどで、戦後、そういう実態が明るみに出て、特高はまた非難を受けることになった。

「共産党の連中をどんどん捕まえたからね。まずいこともあったんだろうけど、それでも世の中は静かだった」

「そういうやり方は、嫌われているのかと思っていました」

「もちろん、非難する人はいたでしょうな。でも、そう思っていない人がほとんどだったはずですよ。普通の市民は、何も変わらないことをありがたがるんだから。革命で政府が転覆したらどうなる？　だいたいそういう時は、一般人への弾圧が始まるんだよ。ソ連なんか、ひどいそうじゃないか。シベリアに抑留されていた人の話を聞いた限り、あんな非人道的な国はないようだね」

終戦後、シベリアに抑留された人たちは、今次々と帰国している。過酷な労働と劣悪な生活環境のせいで、現地では五万人以上が死亡したとも言われているが、全容は分からない。この抑留が、ソ連、並びに共産主義への一般の嫌悪感が募る理由の一つにもなっている——共産主義者を除いては。

「日本が共産主義の国になったら、あんな風に強制労働が始まるんじゃないかな。何をどうするか、全部国が決めるんだから……もしかしたら、私たちも追い出されるかもしれんね。そういうのは、想像しただけでぞっとするな」

「ええ」

「何も変わらないで欲しい……もちろん、悪いところは変わって欲しいけど、それは今すぐでなくてもいいんじゃないかな。人間、多少の不便は我慢できるものだからね。特に日本人は我慢強い。ゆっくり変わって、『いつの間にかよくなっていた』というのが一番だろう。若い人が、急速に物事を変えたがるのも理解できないわけではないけど」

「多くの人は――大衆は、そんな風に考えるものですかね」

「戦争を経験した人は、皆そう思ってるんじゃないかな。まずは自分の生活を守りたい。安定した生活が他人の手によって壊されるのは、一番辛いだろう。自分ではどうしようもないこともあるし」

海老沢はいつの間にか、背筋を伸ばしていた。同時に今までの自分は、象牙の塔のような場所に閉じこもったまま、世の中の本当の動きを知らなかったのだと意識する。人々が何を考え、何を望んでいるのか……変わらないことを望む人が多いなら、変えようとする勢力を排除するのは、市民の願いを叶《かな》えることにつながるはずだ。

つまり――社会的な不満分子を排除することは、国のための仕事ではないのだ。市民を守るため――市民の願いを叶えることにつながる。国を守るのは、すなわち市民を守るのと同じだ。

自分は踏み絵を終えた、と海老沢は確信した。公安の仕事の意義を、ようやく自分なりに摑んだのだ。

「お茶と煙草をご馳走様でした」海老沢は煙草を灰皿に押しつけ、立ち上がった。

「手拭い、持って行きなさい。今日は雨は上がらないよ。また濡れると困るだろう」

「ありがとうございます」

好意に甘えることにする。

世の中は好意でできているのだ。多くの人が善意を持っている。僕が守りたいのは、善意で溢れた社会だ。

14

捜査一課は、駐在所爆破の直前に世田谷西署にかかってきた電話を受けた警察官への事情聴取を繰り返し行った結果、「いたずらではない」と結論を出していた。一種の犯行予告、との判断である。しかし電話についての捜査は、ここで終わっていた。

電話を受けたのが所轄の公安係の男で――たまたまだろうが――非常に非協力的だったせいもある。

高峰は、現場周辺の公衆電話を虱潰しにあたることにした。まず、地元の電報電話局で、世田谷区、狛江村に設置されている公衆電話を全て教えてもらう。高峰は熊崎に頭を下げ、捜査本部にいる戦力の大半をこの捜査に回してもらった。

結局、当たりを引き当てたのは高峰だった。自分が見つけるだろうと予想してはいたのだが……この件に関しては、自分が一番強い執念を抱いているからだ。能力とは関係なく、強い思いが手がかりを引き寄せることもある。

その公衆電話のありかは、小田急線で喜多見の隣、成城学園前駅のすぐ近くにある煙草屋の店先だった。小さな棚に問題の公衆電話が載り、ガラスの引き戸の向こうに店主が座っている。

「ああ、あの迷惑な奴のことかな？」煙草屋の老店主は、高峰の質問に即座に答えた。

「迷惑？」

「うちは、夜は九時半か十時ぐらいまで開けてるんですよ」

「ずいぶん遅いんですね」

「中で座ってるだけだから大したことはないんだけど、閉める頃になるといい加減疲れてくるよね」

話し好きな店主だ。危ない、危ない……こういう人はしばしば脱線して、肝心な話が聴けなくなることがある。高峰は急いで話を引き戻した。

「四月十五日の夜——午後九時半頃なんですけど、間違いないですか」

「日付は覚えてないけど……」

高峰は相良と視線を交わし合った。相良がうなずき、手帳に視線を落とす。

「日付がはっきりすると助かるんですけど、どうですか」高峰は先を促した。

「いやあ、どうかなあ」店主が、まばらになった髪を撫でつけた。「三ヵ月以上も前の話だから……ただ、何だか様子が怪しかったから覚えてただけでね」

「どんな風にですか？」

「こっちに背を向けて、長いことこそこそ話していたんだ。他のお客さんが使おうとしてたんだけど、無視して譲らなかったんだよ。それが終わったと思ったらまたかけ直してね。二度目は一分かそこら……いや、もっと短かったかな？　とにかく、一目見ただけで怪しい感じがしたんですよ。泥棒とか強盗とか、そういうことじゃないんだけど、いかにも悪さを企んでいるような感じの……そういうの、分からないかな？」

「分かりますよ」高峰はうなずいた。「怪しい感じの人は、見ただけでピンときますよね。それで、日付なんですが……」

「いやあ、それは無理だね」店主が大袈裟に首を横に振った。「日記をつけてるわけじゃないし」

「何か、思い出すきっかけでもあればいいんですが」

「無茶言わないでよ」店主が苦笑して腕組みをした。しきりに唸っていたが、やがてはっと顔を上げる。「いや、あの、そうね……きっかけになるかどうかは分からんけど」

「何でしょう」高峰は身を乗り出した。

「野球のさ、ほら、後楽園《こうらくえん》で試合があって」

「後楽園では、いつも試合をやってるでしょう」高峰は苦笑した。これではまったく手がかりにならない。

「確か、巨人と国鉄の試合だったな」

高峰は相良と再び視線を合わせた。相良が渋い表情で首を横に振る。二人とも、野球には興味がないのだ。

「すぐには確認できませんね……それがどうかしたんですか？」

「息子がその試合の切符をもらってきてさ。それが確か試合の前の日で、大騒ぎしてたんだ。そんなに人気の切符なのかい？」

「簡単ではないでしょうね」

「とにかく、急に切符が手に入ったんで、仕事の調整が大変だとか何とか、そんな話をしててね」

「息子さんのお仕事は？」

「普通の勤め人だよ。新宿の会社で働いてる」

「今日は……」

「普通の勤め人は、平日のこの時間には会社にいますよ」

爆破事件の発生当日——四月十五日だったのか？

店主の息子は、いきなり刑事の訪問を受けて動揺したものの、すぐに問題の日付を思い出してくれた。

「四月十五日です」

「間違いないですか」

「ええ。次の日、十六日に、後楽園で巨人と国鉄の試合だったんですよ。取引先の人が、切符が余っているからって譲ってくれたもので」

これで日付は確認できた。三十歳で独身の息子は、まだ実家の煙草屋に住んでいる。十五日の夜、父親に「明日後楽園に行く」と話したのは間違いなかった。さらに息子も、店先で電話している人間を見ていたことが分かった。試合のある十六日の午後は空けられるように、十五日の夜は残業して遅くなったというのだ。帰宅は九時半頃……背中を丸め、周囲をやたらに気にしながら受話器を掌で覆うようにして電話している男を見た——何か秘密の相談をしている感じだった。

これは絶好の機会だ。高峰は、手帳に挟んでおいた写真を取り出した。

「電話していたのは、この男じゃなかったですか？」昔の——ぐっと若い頃の安沢の写真。

息子は写真を手に取り、眼鏡を外して写真に顔を近づけた。ほどなく顔を上げると、首を傾げて、「似てるような気がしますけど……どうかな」と自信なげに言った。

「こちらはどうですか？」

死体——天野の写真。残念ながら、捜査一課が持っている革命軍メンバーの写真はこの二枚だけだ。目を瞑っているので、一見寝ているようにも見える。息子もそう判断したようなので、高峰は敢《あ》えて死体だとは言わなかった。

「目を瞑ってますね」

「この写真しかないんですよ」

「この人だと思います」

「間違いないですか？」

「いや……」息子が顎に拳を当てる。「そう言われると自信はないんですけど、似てはいます」

「確信が持てたら、連絡してもらえますか？」帰りにもう一度煙草屋に寄って主人に確認しようと思いながら、高峰は写真を手帳に挟んだ。

殺された天野も、世田谷事件に噛んでいたわけか。それはおかしくないが、問題はどうして安沢が死んだかだ。もしかしたら不幸な偶然ではないか、と高峰は考え始めていた。安沢は駐在所を爆破する計画を知らずに、たまたま近くを通りかかって巻きこまれたとか。あるいは、爆破直後に現場の様子を確認しようとしたのに、爆発が少し早まったとも考えられる。

それなら、安沢は単なる死に損だ。

連中が考える革命とはそういうものなのか？　無数の屍《しかばね》の上に成り立つものなのか？

数日後の夜の捜査会議で、高峰は溜めていた情報を一気に吐き出した。

「駐在所の爆破事件についてですが、殺された天野という男――皆さんご存じの通り、革命軍常任闘争委員です――がこの事件に噛んでいたのは、ほぼ間違いありません。世田谷西署に電話を入れて、爆破を予告していました。ただし、この予告の狙いは分かっていません。もしも人的被害を出すことなく、駐在所の建物を爆破するだけにとどめておきたかったら、人を立ち退かせなければなりませんから、あまりにも急過ぎます。しかし、仕かけた時限装置が誤作動した可能性もあります。本当は、予告電話から余裕を持って爆発する予定だったのが、電話を切った直後に間違って爆発してしまった――そういう可能性は否定できません」

「天野が電話をかけたのは間違いないな？　複数の目撃証言があるんだな？」熊崎が確認する。

「はい」高峰はうなずいた。「煙草屋の親子ですが、世田谷西署に電話がかかってきたまさにその時刻に、店先の公衆電話を使っている天野を目撃しています」

「弱いな」熊崎は乗らなかった。「話の内容までは分からんのだろう？」

高峰は、一瞬唇を噛んだ。そう言われると反論しようもない。

「しかも、世田谷西署に電話をかけていたと断定はできない。そういう記録は残らないからな。たまたま同じ時刻に、まったく関係ない場所に電話をかけていた可能性もあるだろう。煙草屋の親父が会話の内容でも聞いていればともかく――これは、無理筋だな」

熊崎が、隣に座る一課長に目配せした。窪田はそれには反応せず、先に進めるよう、高峰に促した。とはいえ、言葉が続かない。決定的な目撃証言と判断していたことを、係長に否定されたばかりなのだ。

「高峰」窪田が静かに呼びかける。「お前はどう思う？　結局この件は、どういう筋書きだったと考える？」

「極論を話してよろしいですか？」

「構わん」

「これは革命軍による事件ではありません。全て、公安によるでっち上げです」

道場の空気が瞬時にざわつく。この件は窪田には話していたが、他の刑事たちにとっては初耳だろう。

「公安一課は、共産党から分派した革命軍を非常に危険視しています。できるだけ早く壊滅状態に追いこみたい——その下準備として、京橋署の巡査だった安沢を『牛島』という別人に仕立て上げ、革命軍に潜入させました。だから公安一課は、牛島の遺体を確認した時点ですぐに、安沢だと分かったはずです。しかし公安からは、そういう情報は一切出てこなかった。つまり、自分たちが潜入させたスパイが絡んだ事件だということを隠蔽した可能性があります。この作戦は上手くいって、安沢は革命軍の幹部からも信用されるようになったんでしょう。その証拠に、革命軍から派遣される形で、荒木印刷の労組に潜入しました。革命軍が労組に浸透する手口を実証調査することも、公安の狙いだったと思います」

「それと世田谷事件と、何の関係がある？」

「関係ないかもしれませんし、関係あるかもしれません」

再びざわつき。頼むから邪魔しないでくれ、と叫びたくなった。一つ深呼吸して衝動を抑え、意識して低い声で話を続ける。

「公安が仕組んだ自作自演の可能性も否定できません」

今度は道場の中が静まり返った。駐在所に爆弾を仕かけ、仲間の巡査を殺す？　何のために？　少し前の高峰だったら、こんな風には考えなかっただろう。公安は特高の流れを汲む組織ではあるが、あくまで戦後に「新しい警察」として生まれた存在である。いくら何でも、特高よりもひどい自作自演をするわけがない——だがそれは、甘かった。公安は、現在の社会情勢に対して、極めて大きな危機感を抱いているのだ。社会に打撃を与える過激組織を壊滅させるためなら、仲間が犠牲になるぐらいは何でもない——そんな風に考えてもおかしくはないだろう。もちろんそれは、許されることではない。過激派を壊滅させるための正当な手は、他にいくらでもあるはずだ。

「駐在所爆破は、極めて悪質な犯罪です。結果的には人が二人死んでいるわけで、爆取違反以外にも、殺人容疑もつけられる。犯人を長期間刑務所にぶちこんでおけますから、革命軍は確実に潰せます。さらに、他の組織に対する牽制にもなるはずです。

革命軍は、平気で爆弾を爆発させる、とんでもない組織だ——世間にそういう印象を植えつけることもできるでしょう。一種の世論操作です。もしかしたら、荒木印刷の工員三人が逮捕された件——江東区の爆弾事件も、公安のでっち上げかもしれません。もちろん、公安一課の連中が駐在所に爆弾を仕かけたという証拠は一切ありません。それはあくまで、革命軍の犯行だった可能性が高いと思います。しかし、革命軍に潜入させた安沢を使って、爆弾を作り、そして駐在所爆破事件を誘導した可能性は否定できません。つまり公安は、革命軍を犯行に導いたんです」

道場の中には声もなかった。さすがにこの考えには賛同者がいないか……高峰自身、気持ちが整理できていない。理論的にはあってもおかしくないように思えるのだが、気持ちがついていかなかった。公安一課——海老沢がいる組織は、そこまでやるのか？　もしかしたらこの件には、海老沢も最初から嚙んでいたのか？

違う、と信じたかった。牛島＝安沢という情報をもたらしてくれたのは海老沢だったが、話した時の感触からすると、彼もその直前に事実を知った感じだった。最初から知っていて、それを隠していたとすれば、大した役者である。

「公安の連中は、人殺しまでするのか！」

一人のベテラン刑事が怒声を上げた。他の刑事たちも、あっという間にそれに同調して声を上げる。「公安の連中を逮捕しろ！」「これからすぐに、本部にガサを入れるぞ！」怒号が渦巻き、収拾がつかなくなった。

「そこまでだ！」窪田が一喝すると、刑事たちが一斉に黙りこんだ。普段あまり大声を上げないこの一課長が声を張ると、逆に迫力がある。

窪田がゆっくりと立ち上がる。背広のボタンを止め、刑事たちの顔を一渡り見回してから口を開いた。

「高峰の主張はよく分かった。今後の捜査方針は、明日の朝の捜査会議で改めて指示する。ご苦労だった」

まるで、今夜で捜査を打ち切りにするような感じではないか……一度座った高峰は、また立ち上がりかけたものの、窪田の鋭い視線を浴びて動けなくなってしまった。

「今日はこれで解散とする。明朝、午前八時にいつも通りに捜査会議を行う。以上だ」

誰も立ち上がろうとしない。しかし窪田は、熊崎を連れてさっさと道場を出て行ってしまった。他の刑事たちが高峰の周りに集まり、あれこれと質問をぶつけてくる。高峰はろくに答えられなかった。言うべきことは先ほど全部言ってしまって、今や頭の中は空っぽである。

刑事たちが次々に去り、高峰は最後に一人取り残された。道場の出入り口にいた相良が、何か言いたげに視線を向けてきたが、結局何も言わずに一礼して道場を出て行った。

高峰も帰るつもりだった。最後になったので道場の灯りを落とす。しかし急に、帰る気がなくなってしまい、畳の上に大の字になった。ひんやりとした畳の感触を背中に感じながら、静かに目を瞑る。この捜査本部に既に三ヵ月……三ヵ月経って、結局捜査は行き詰まっただけだった。これ以上先に進めるかどうか、自信はまったくない。

腹筋を使って上体を起こし、窓辺に寄った。外は雨。すぐ側の線路を小田急線が走って行き、ヘッドライトに照らされて雨粒がくっきりと浮かび上がった。

この雨は、永遠に止《や》まないような気がした。

翌朝、捜査会議は予定通り八時に始まった。一課長がいったい何を言い出すのかと不安だったのだが、窪田は予想もしていなかったことを宣言した。

「爆破事件についてだが……流せ」

流す？　どういう意味だ？　高峰は手を挙げかけたが、辛うじて抑えた。課長の指示は始まったばかりである。

「これまで通りに捜査は続ける。しかし、無理する必要はない。駐在所に爆弾を仕かけた犯人を特定するのは極めて困難だと判断する——分かっている、静かに聞け！」道場内のざわめきを、窪田は一喝して黙らせた。「この件に関しては、刑事部長とも相談済みだ。もちろん、爆破犯人が特定できれば、逮捕する。しかし、無理な捜査は必要ない。時機を見て、捜査本部は縮小する」

窪田はそれだけで説明を終えた。後は熊崎が、今日の具体的な仕事を指示する。現場付近での目撃者探し——これまでずっと行ってきた基礎的な捜査だが、今更何かが出てくるとは思えない。これが、窪田の言う「流す」なのか。

意気が上がらないまま捜査会議は終わり、刑事たちは現場に散って行った。高峰は窪田と熊崎に呼び止められた。

「まあ、座れ」

窪田が言った。この道場は、手前が柔道場、奥が剣道場になっていて、捜査幹部は剣道場の方に机をいくつか置き、刑事たちは柔道場の方で畳に直に腰を下ろして会議に参加していたのだが、窪田が「座れ」と指示したのは柔道場の方だった。おかしな状況だ……高峰が躊躇っていると、窪田がさっさと畳の上で胡座をかく。横に熊崎も座ったので、高峰は二人の前に腰を下ろした。幹部を前に胡座をかいていると、不思議な気分になったが、二人は特に気にしていない様子だった。

「俺が捜査を諦めると思ったか？」窪田が訊ねる。

「いえ……」否定したが、本音ではなかった。時効になったのでない限り、刑事は自ら「捜査をやめる」とは決して言わない。異動や新たな仕事で捜査本部を離れるのは珍しくないが、それ以外では捜査を「やめる」ことはないのだ。もちろん、発生から長い時間が経過してしまった事件については諦めてしまう刑事も多いが、この件は発生からまだ三ヵ月しか経っていない。

「俺たちの仕事は何だ」

「起こってしまった事件に対処すること——犯人を逮捕することです」

「まさにそれが基本だ」窪田がうなずく。「しかしそれができない場合もある。捜査一課としては敗北だが」

「私は負けたくありません。ここで負けたら、亡くなった伊沢巡査にも申し訳が立ちません」

「その気持ちは俺も同じだ」窪田がうなずく。「公安の自作自演——その可能性は高い」

「だったら、公安も罪を犯したことになります。実行犯、あるいは幹部を逮捕して責任を追及するべきです」

「それはあくまで理想だ。理想は、必ず実現できるわけではない。それに、下手なやり取りをすれば、警察の威信も失墜する。ただし、我々は二の矢を用意した。事件は解決できなくとも、公安の暴走を食い止めるための作戦がある」

「その、二の矢というのは……」

「お前は知る必要はない」窪田が冷たく言った。

「課長、私はこの件に最初から関わってきました。どうしても自分で決着をつけたいんです」高峰は食い下がった。

「これはお前の専門外の作戦だ。下手に手を出して傷つく必要はない。黙って見ていろ」

「私にもやらせて下さい！　公安の連中を叩き潰す手伝いをさせて下さい！」

「駄目だ」静かに、しかし強い調子で窪田が拒絶した。「お前には、公安一課に知り合いがいる――知り合いではなく、友人か」

「……はい」今は友人と言えるかどうか分からなくなっていたが。

「その男も、公安の自作自演に絡んでいたらどうする？　お前が自分で逮捕するか？そこまでの覚悟があるか？」

高峰は唾を呑み、窪田の顔を凝視した。迷いはない――やるべきことは分かっている。

「その必要があると判断したら、そうします」

「いや、お前はそこまで非情に徹し切れないはずだ。それがお前の弱点でもあり、いいところでもあるが……一課の刑事の基本は何だと思う？」

「それは――」

「情だ」窪田が静かに宣言した。「冷酷になる時も必要だが、基本は情なんだ。人間に対する情がないと、一課の刑事は務まらない。お前にはそれがある……とにかく、お前は手を出すな。こういうややこしい局面になった時のために、俺たちがいるんだから」

「どういう作戦かだけでも、教えてもらえませんか？」

「そういうのは、後のお楽しみにとっておいた方がいい」

窪田が小さく笑った。お楽しみ？　楽しいことなのか？　高峰はなおも質問をぶつけようとしたが、窪田の顔を見ているうちに何も言えなくなってしまった。

俺はまだまだだな、と反省した。こんな形で手を引きたくはない――自分にはまだやれることがあるのではないか？　手足をもがれても、まだ歯がある。相手に嚙みつくことはできるはずだ。

15

問題は、その「相手」が誰か、なのだが。唐突に、海老沢の顔が脳裏に浮かぶ。

何だ、これは。
眠い目をこすりながら東日新聞の朝刊に目を通した瞬間、海老沢は眠気が一気に吹き飛ぶのを感じた。いや待て、焦るな……まだ頭がはっきりしていない。これは夢ではないのか？　生ぬるい水で顔を洗い、改めて新聞に目を通す。濡れた髪から垂れた水が、新聞紙を濡らした。

死亡は潜入捜査の警官　世田谷事件

一面に載った見出しだけで、記事の内容が全て分かった。安沢＝牛島。記事を読み進めていくと、一番重大な——公安として隠しておきたかった事実が明らかになっていた。

世田谷区喜多見で四月に発生した駐在所爆破事件で、死亡した印刷会社社員が、実は警察官だったことが判明した。
この男性は、警視庁京橋署所属の安沢荘介巡査（二七）。安沢巡査は去年の春から、所属する京橋署を離れて行方不明になっていたが、その後身分を隠して革命軍に潜入捜査していたことが、捜査一課の調べで分かった。安沢巡査は「牛島」と名乗って潜入捜査を続けていたが、四月十五日に発生した駐在所爆破事件に巻きこまれて死亡した。警視庁捜査一課の捜査本部で、爆破事件に巻きこまれた経緯などを調べている。

安沢巡査は神奈川県小田原市出身。戦後警察官になり、京橋署に勤務していた。捜査一課では、潜入捜査に従事することになった経緯についても調べている。

一体何なんだ！　大声で叫びたくなったが、海老沢は深呼吸して何とか気持ちを落ち着かせた。この情報の出所は……高峰に違いない。安沢＝牛島という情報を提供してしまったのが失敗だった。

しかし高峰は何故、東日に書かせたのだろう。読んだだけでは、捜査の本筋とは関係ない話に思える。もう一度読み直し、捜査一課の——高峰の意図がさらに分からなくなって混乱してきたところで、電話が鳴った。

急いで受話器を取り上げると、三園だった。普段よりも声が低い。

「東日の記事、情報源はお前か？」

「違います」海老沢は即座に否定した。真相は分からないが……ここは、自分の動きを説明するわけにはいかない。

「新聞に書いてあったことは事実ですか？」

「ああ？」

「牛島は安沢という男なんですか？　以前牛島は何者かと訊ねた時に、係長は答えてくれませんでしたね」

「何でもかんでも言えるわけじゃない。とにかく、すぐに新宿の分室に出頭しろ」

「私を疑っているなら、拒否します」

「何だと？」三園が凄んだ。「これは命令だぞ」

「疑われるようなことは何もしていません」その時ふと、一人の男の名前が脳裏に浮かんだ。「公安一課から、世田谷西署の交通課に送りこんでいる男がいませんでしたか？」

「今岡だ」三園が低い声で認めた。「安沢との連絡係に使っていた」

「情報が漏れるとしたら、その辺りかと思います。捜査一課の担当係はずっと、世田谷西署の捜査本部に詰めているわけですし、接点はあるはずです」

「……とにかく、すぐに出頭しろ」

電話を切り、海老沢は大きく息を吐いた。水を一杯飲み干す。さらにもう一杯――今日は、どこかで煙草を買って行こう。

分室は人で一杯だった。海老沢がドアを開けた瞬間、鋭い視線が一斉に突き刺さってくる。全員、僕を疑っているのか……しかし海老沢は背筋を伸ばし、大股で堂々と部屋に入った。ここで弱気を見せたら駄目だ。絶対に切り抜けてみせる。

三園が立ち上がり、海老沢のところまでゆっくりと歩いて来た。五十センチほどの間隔を置いて向き合う。海老沢はうなずきかけ、「情報を漏らしたのは今岡です」と告げた。

「どうしてそう言える」

「先ほど、捜査一課にいる同期と電話で話しました」嘘だが、今は仕方がない。何としても切り抜けなければ。

「お前がそいつに漏らしたんじゃないのか」

「私ではありません。捜査一課の同期は何も言いませんでしたが、今岡の名前を出した時に感じが変わりました。接触した可能性が高いと思います。捜査一課も、牛島――安沢の正体は探っていたはずですから、何らかの形で二人の関係に気づいて、今岡を問い詰めたのではないでしょうか。早急な調査が必要です。私が今岡を調べます」海老沢は一気に喋った。

三園は海老沢の顔を睨みつけたまま、「落とせるか」と質《ただ》した。さらに「お前は、取り調べの経験が少ないだろう」と少し馬鹿にしたようにつけ加える。

「そういう仕事を今まで私に振らなかったのは……どなたですか」

「生意気言うな。上層部批判は許さん」

「やらせて下さい。裏切り者は必ず落とします」

三園が急に黙りこむ。ほどなくゆっくりと後ずさり、二人の間隔が一メートルほどに開いた。海老沢は勘づかれないように、鼻からゆっくりと息を吐いた。三園が低い声で命じる。

「いいだろう、やってみろ。すぐに今岡を呼び出すから、今日中に何とかするんだ」

「分かりました」

無実の人間を罪に陥れようとしているのか？　いや、そうと決まったわけではない。実際、今岡の口から情報が漏れている可能性もあるのだから。

自分が試されている——疑われていることを、海老沢はひしひしと感じた。いつも使っているデスクについても、誰も声をかけてこない。ふと視線に気づいて顔を上げると、他の刑事は顔を伏せてしまう。そんなことが延々と続いた。胃が痛くなる……しかし海老沢は平静を装い、敢えて東日を読みながら今岡の到着を待った。

十時前に、今岡が分室に顔を出した。勤務中にいきなり呼び出されたのだろう、制服姿のままである。私服刑事ばかりのところに、一人だけ制服の人間がいると非常に目立つ。場違いと言ってもいいぐらいで、今岡は明らかに怯《おび》えていた。梅雨の晴れ間で真夏のような陽が射しているせいもあるだろうが、額は汗で濡れている。手拭いで顔を拭っても、すぐにまた汗が吹き出てきた。

この男は、今日はたっぷり冷や汗をかくことになる。

何の打ち合わせもしていなかったが、刑事たちが一斉に立ち上がって部屋を出て行く。残ったのは海老沢と三園、それに記録係ということか、若い刑事一人の三人だけだった。

「そこにかけてくれ」三園がソファに向かって顎をしゃくる。

「いや……」海老沢はすぐにその指示を否定した。「こっちに座るんだ。僕の向かいの席に」

三園は何も言わなかった。今岡が恐る恐る、海老沢の前の席につく。デスクの奥行き二つ分を挟んで向き合う——悪くない距離だ、と海老沢は思った。近過ぎず遠過ぎず。若い刑事は海老沢の隣に陣取り、三園は立ったまま、斜め前から今岡を見下ろす位置を取った。

「捜査一課の高峰と会ったな？」

当てずっぽうで海老沢が切り出すと、今岡がびくりと身を震わせた。「いえ」という否定の答えが一瞬遅れる。

「どうしてすぐに否定しない？」

「それは……」

「会ったな？　何回会った？」

「……二回です」

　とぼけて否定し続けることもできたのに——こちらには何一つ証拠がないのだ——こんなにあっさり認めてしまうとは。こいつは馬鹿か、と海老沢は呆れた。その本音が顔に出ないように注意する。

「向こうは何を聴いた？　何を知りたがっていた？」

「牛島——安沢について」

「お前は、公安一課から世田谷西署に送りこまれた連絡係だ。安沢と連絡を取って、彼が得ていた荒木印刷労組の情報をここや本部に伝えていた。そうだな？」

　無言で今岡がうなずく。さて……問題はここから先だ。

「安沢が、牛島という身分を偽っていた潜入捜査員だということを、高峰に話したか？」

「向こうは、もう知っていた」

「本当か？」

「二回目に会った時に、向こうから安沢の名前を出したんだ」

「お前が教えたんじゃないのか？」

「俺じゃない！」

今岡が声を張り上げる。嘘ではないと海老沢は判断したが、まだ突き回すことにした。高峰は恐らく、自分が情報提供する前から牛島＝安沢ということを知っていた。それを証明することはできないが、今岡の説明を上手く利用することはできる。

「その時——二回目に会ったのはいつだ？」

「六月……たぶん、六月の初めです」

「間違いないか？　日付は覚えてないか？」

「そこまでは……」

「思い出せ！　思い出さないと、お前の容疑はいつまで経っても晴れないぞ」

「容疑？」今岡がぽかりと口を開けた。「俺がいったい何を……」

「情報漏洩だ。東日の朝刊を読んでないのか？」

今岡の顔からすっと血の気が引いた。

「あの記事の出所は、間違いなく捜査一課だ。捜査一課から東日に情報が漏れた——いや、恐らく意図的に東日に書かせた。どういうことだと思う？　捜査一課が、公安一課に喧嘩を売ったんだよ。そのきっかけを作ったのはお前だ」

「俺は話していない！」

「高峰と会ったのがいつか、思い出せるか？」

「それは……」今岡が唇を舐めた。突然はっと目を見開くと、「経堂だ」と言った。

「小田急線の経堂駅か？」

「その近くで車から降りて、俺はくさくさしていたから酒を呑んだ——その店に聞けば、いつだったか分かるかもしれない」

「店の名前は？」

「確か……」うつむいた今岡が、すぐに顔を上げた。シャツのポケットに指先を突っこむと、マッチの箱を取り出す。ひらがなで「わかな」と店名があった。

「この店か？」

「ああ」

「夜だけ開いている店か？」

「それは知らない」

「以前に行ったことがあるか？」

「いや、あの時だけで……」

「よし、分かった」海老沢はマッチを手に取った。「一緒に行って、店の人間に確認しよう。そうしたら、多少はお前の言うことも信用できる」

「嘘なんかついてない！」

海老沢はたっぷり時間をかけて今岡の顔を睨みつけた。今岡が震え始める。海老沢はちらりと三園の顔を見た。表情が完全に抜けており、何を考えているか分からない。結末はうやむやになる——しかし、僕に容疑がかかることもないはずだ。

この危機からは必ず脱出できる。海老沢は胸を張り、マッチをきつく握り締めた。


夕方になって、今岡が六月十日に「わかな」を訪れていたことが分かった。店主がそのことを覚えていたのは、早い時間に今岡がひどく酔っ払って管を巻き、最後はほとんど追い出すように帰らせたからだという。他の客も巻きこんで、ちょっとした騒動になった——それを聞いた今岡は、耳を真っ赤に染めた。

経堂駅で今岡と別れ、海老沢は「わかな」の聞き込みに付いてきた三園と二人になった。今岡を呼びつけてから、三園とはまったく話をしていなかったので、妙に緊張する。

「ちょっと一杯やるか」三園が誘う。確かにもう呑んでもいい時間だが、この誘いは唐突過ぎた。

「いえ」海老沢は断った。「話をするなら酒抜きでお願いします。酔って話してはいけないことだと思います」

「そうか……ついて来い」

うなずき、三園が歩き出す。向かった先は、駅前の交番。三園が警察手帳を示すと、中にいた若い制服警官が、緊張した面持ちでさっと敬礼する。

「ちょっと奥を貸してくれ」

素っ気なく言って、三園が中に入って行く。執務室の奥は畳敷きの休憩室になっており、三園はさっさとそこに上がりこんだ。後に続いた海老沢は、少し距離を置いて彼と向かい合って座った。

「これでは何も解決していないぞ」三園が凄んだ。

「分かっています」

「今日はっきりしたのは、今岡が高峰と接触していたことだけだ。それと、おそらく六月よりも前の段階で、捜査一課は安沢が潜入捜査をしていたことを掴んでいた」

「はい」

「しかし、そもそもその情報を捜査一課に流したのが誰か、ということは分かっていない」

「仰る通りです」痛い指摘だったが、海老沢は動じなかった。こういう時は、とりあえず開き直って平然としているに限る。

「お前か？」

「違います」

「そうか」三園が煙草を一本引き抜いたが、手の中で転がすだけで火を点けようとはしなかった。

「この件を、どこまできちんと追及するつもりなんですか？」

「お前は、どうすればいいと思う？」三園が海老沢の顔を凝視して逆に質問した。

「俺はこの件に関して、公安一課長から全権を委任されている。どこまでやるかは俺が決めるんだが」

「だったら、どうするつもりですか？」海老沢はなおも突っこんだ。

「今岡は、使えない男なんだ」三園が皮肉に言った。「しかし人手不足の折、仕事ができないからと言って放り出すわけにはいかん。頭の悪い奴でもできる仕事というと、連絡役ぐらいしかなかった」

「本部と安沢をつなぐだけですからね」

「そういうことだ。小学生でもできるだろう。しかし……馬鹿は所詮馬鹿だな。自分では意識せずとも、情報を漏らしていた可能性がある。だいたい、六月に会ったのは二回目だろう？　それ以前に高峰に話していた可能性がある」

「仰る通りです」

「それにしても、かなり厳しく追及したな」

「組織の秘密を漏らすような人間は許せませんから」

「お前も、本来の仕事からは一時離れるべきかもしれん」

「どういう意味ですか？」一瞬鼓動が高鳴った。馘か？　それとも公安一課と全く違う部署への異動か？

「今までお前は、情報の分析と統計業務を専門にしていた。しかしそろそろ、現場での仕事をしっかり経験しておいてもいいだろう。一般の情報収集、スパイの育成なども担当しておくべきだ。情報分析が得意なのは、戦時中の保安課での経験が生きているからかもしれないが、ずっとそればかりというわけにはいくまい。お前の警察官人生は、まだ二十年もある。今のうちになるべく多くの仕事を経験して、公安全体の動きが分かるようになっておかないとな」

「つまり、私は試験――あるいは踏み絵に合格したんですね？」

三園は何も言わなかった。煙草に火を点けると、美味そうに煙を吹き上げる。それを見て、海老沢も自分の煙草に火を点けた。苛々を解消するためにと今朝買ったのだが、結局今まで一本も吸っていない。ふと、今岡から預かった「わかな」のマッチを使ってしまったことに気づく。これは証拠ではないだろうか……しかし三園は何も言わなかった。

「身内を調べるのは面倒なものだ。気後れも遠慮もある。しかしお前は、平然と今岡を調べた。こういう冷静さが大事なんだ」

「必要なら、いくらでも冷静になります」

「そうか……結構なことだな」

「それで、この件はこれからどうするんですか」海老沢としては、それが一番気がかりだった。

「お前はどうするべきだと思う？」

「完全な真相解明は難しいと思います。一番いいのは、捜査一課の連中に対する事情聴取ですが、うちにはその権利はないでしょう。課長同士──あるいは部長同士が話し合う方法も考えられますが、狐《きつね》と狸の化かし合いになる可能性が高いと思います」

「そうだな」三園があっさりうなずく。

「公安一課としては……今回の記事で、特に痛手を受けた訳ではないと思います」

三園がニヤリと笑い、煙草の灰を灰皿に落とした。少し体を斜めに倒して、海老沢の顔をじっと見詰める。

「最初は私も驚きました。しかしこれで、革命軍に対する捜査が頓挫《とんざ》することはないと思います──いや、実質的には、もう捜査する必要もないでしょう。現在の革命軍は四分五裂状態で、今後体制を立て直す余裕もないはずです。個別の人間については追跡捜査が必要かと思いますが、そこにあまりにも注力するのは筋違いかと」

「結構だ」三園がかすかに笑みを浮かべながらうなずく。「お前はやはり、よく分かっている。公安一課長が見こんだ通りだ」

「それぐらいは、少し考えれば誰でも分かると思います」

「今岡のような人間は、いくら考えても分かるとは思えんな」

「そうですね……これからは、課員の底上げも必要だと思います。共産主義勢力はますます過激化するでしょうし、それを一つ残らず叩き潰していかねばなりません。日本を守るために、我々は最前線で戦うべきなんです」

「それが分かっていればいい」三園が新しい煙草に火を点けた。

「一つ、気になることがあります——世間の目です」

「そうか？」

「今朝の東日の記事は、かなり批判的な調子でした。実際、潜入捜査は、法的に問題があるかどうか微妙な手法です。それに、過激派を叩く論調があると同時に、我々を批判する世論もあるわけですから……ＧＨＱの占領が終わった今、新聞も雑誌も何でも好きなことを書けます。政府批判もアメリカ批判も思うままでしょう。今のところは様子見かもしれませんが、いずれ厳しく追及してくるかもしれません。今回の件も例外ではないと思います」

「馬鹿言え。新聞や雑誌に何ができる？」三園が馬鹿にしたように鼻を鳴らした。「奴らに圧力をかけるのは簡単だ。連中の頭には検閲の怖さが染みついているから、少し脅せば、書かせないことも、こちらの都合のいいように書かせることも可能だ。お前には、そういう方面も研究してもらいたい。今は、法的根拠があって厳しくやるわけにはいかないが、真綿で首を締めるような新しいやり方が必要だ——まあ、そこは俺が公安一課長と検討する」

危機は脱した、と海老沢は確信した。本当は思い切り安堵の吐息を漏らしたかったが、ここはあくまで平然とした態度を貫こう。

「分かりました……いろいろ考えて決心がつきました」

「決心？」

「私が守るべきものは何か、です。迷いましたが、ようやく答えが出ました」

「何だ？」

「安定、です。我々の究極の目標は、国民が何の心配もなく、安定した暮らしを送れるようにすることだと思います。あちこちでデモや暴動が起きて、政府が揺らぐようになったら、安心して暮らせません」

「お前の言う通りだ」三園がうなずく。「公安の仕事に対する考え方は、人それぞれだろう。しかし俺は、文字通りに判断すべきだと思うな。公の安心、安定——そういうことだ」

迷いは消えた。

僕の正義は、やはりここにある。

16

捜査一課は――仲間たちはこの事件を諦めたのだと考えると、やはり気持ちがささくれ立ってくる。高峰は相良と酒を酌み交わしながら、つい愚痴を零してしまった。

「白井《しらい》がチャンピオンになっただろう？」

「何ですか、いきなり」

白井義男《よしお》がダド・マリノを倒し、日本人初のボクシング世界チャンピオンになったのはこの五月だった。捜査に追いまくられていた高峰も、新聞で読んで感動したのを覚えている。それはさながら、日本が「占領期」を脱し、「独立国」として自分の足で立ったことを象徴するような快挙だった。

「ボクシングの勝ち負けは、ＫＯか判定で決まるよな？」

「そうですね」

「今回の俺たちは……ダウンもしていない、怪我もしていないのに、途中で『負けました』と言って、自分からリングを降りちまったみてえじゃねえか」

「でも、まだ捜査は続けてますよ」

「真剣にか？」

相良がうつむいて黙りこむ。世田谷西署の捜査本部は看板を掲げたままで、二人もずっとそちらに詰めていた。しかし……もはや事件発生当初のような熱はない。そしていずれまた、新しい事件が起きる。今は捜査本部を担当している係も、永遠に同じ事件を担当する訳にはいかず、いずれは本部に引き上げ、新しい現場に投入されるだろう。高峰たちが去った後は、世田谷西署の刑事課が、細々と捜査を続けるだけになる。

「しょうがないですよ」相良は諦めが早かった。「上の判断ですから。俺たちが勝手に動き回るわけにはいかないでしょう」

「そんなことは分かってる。だがな、お前はそれでいいと思ってるか？　俺たちにもまだ何か、やれることがあるんじゃねえか？」

「いや、それは……」

「粘ろうぜ。俺たちが諦めたら、浮かばれない人がいるだろうが。忘れるなよ。刑事の仕事は、悲しんでいる人、苦しんでいる人を助けることだ。その基本だけは、何が変わっても絶対に変わらない」

「分かりました」相良が真剣な表情でうなずく。「高峰さんについていきますよ。今後もよろしくお願いします」

白旗を揚げたくはない——しかしどうしていいのか、自分でもまったく分からなかかった。

「それより高峰さん、伊沢さんの奥さんの話、聞きました？」

「いや」

「仕事が決まったそうです」

「働くのか？」高峰は目を見開いた。幼い子ども二人を抱えて収入も必要だろう。所轄と捜査一課からカンパを送ったのだが、それで将来が保証されるものでもない。伊沢の妻は家をなくし——駐在所が家だったのだから当然だ——そのカンパで家を借りたことだけは知っていた。

「近くに、食品加工の工場があるんですよ。大正製菓の下請けだそうですが」

「そうなのか？」義弟の会社の下請けか……あそこは大会社だから、確かに下請けぐらいは使っているだろう。

「熊崎さんと一課長があれこれ手を回したそうです。何だか、変な感じですよね。あの二人がそんなに面倒見がいいなんて思いませんでした」

「いや」高峰は一課長の窪田の言葉を思い出していた。「人間に対する情がないと、一課の刑事は務まらない」——窪田はその持論を実践しただけなのだ。「ああ見えて、熊崎さんは情け深いし、面倒見もいい人だ」

本当は自分も気を利かせるべきだったのに、そこまで意識が回らなかった。それは悔しい……だが自分にはまだできることがある。伊沢の妻のために、事件を解決するのだ。

絶対に諦めない。それが俺の「情」だ。

父親は、奇跡的に持ちこたえていた。病院で「余命半年」と宣告された時には絶望し、葬式の準備のことまで考えてしまったのだが、この一ヵ月ほどはむしろ体調が持ち直している感じだった。希望通りに退院し、基本的には自宅で療養している。調子のいい日には、近所を少し散歩することさえあった。

節子が心配そうな表情を浮かべ、帰宅した高峰を出迎えた。

「お義父さん、今日の夕方、一時間ぐらい散歩したのよ」

「このクソ暑いのに？」

今日はまさに梅雨明けの日で、最高気温は一気に三十二度にまで上がった。聞き込みをしていた高峰もクラクラするほどの暑さで、夕方、相良と呑んだビールの美味かったこと……夏も悪くない。いやいや、それは自分のように元気な男にとっては、だ。年寄り、しかも癌で余命宣告を受けている父親が一時間も散歩したら、それだけで貴重な体力を奪われてしまう。

「夕方、ちょっと気温が下がったでしょう？　和子さんが帰って来たら、『涼しくなってきたから、一緒に散歩に行こう』って……途中でアイスクリームを食べたって、喜んで帰って来たわ」

「暑いのも問題だし、そんな冷たいものを食って大丈夫なのかね」高峰は顔をしかめた。

「いろいろ考えたんだけど、今は好きなようにさせてあげるのがいいんじゃないかって思って……もう一つ、お義父さん、お義母さんと旅行に行きたいって言ってるんだけど、何とかならないかしら」

「さすがに旅行はまずいんじゃねえか？　旅先で倒れでもしたら、大変だぞ」

「そんな遠くじゃなくて、熱海《あたみ》か伊東《いとう》で温泉ぐらい……和子さんについて行ってもらえば、何とか大丈夫じゃないかしら。和子さんも、夏休みはあるでしょう」

「医者は何て言ってるんだ？」

「本人の体調がよければって」

「それは、医者として無責任な発言じゃねえかな」

旅先で倒れ、そのまま死んでしまったら……父親が、人生の最終盤で好きなことをしたいと願うのも理解できなくはないが、限度はある。

「ちょっと話してくるよ。まだ起きてるだろう？」

「ええ」

両親の寝室の襖《ふすま》を開ける。母親はもう寝ていた。父親は、隣の布団の中で腹ばいになり、枕元の灯りを点けて本を読んでいる。さっさと寝ないと、体に悪いのに……。

「親父、ちょっといいかな」

「何だ」父親が大儀そうに顔を上げる。

「話があるんだ」

「そうか。そっちへ行く」

母親を起こさないようにという配慮だろう。いかにもしんどそうに、ゆっくりと布団を抜け出すと、浴衣の前をきちんと合わせて部屋から出て来た。茶の間で二人になると、高峰はすぐに切り出した。

「旅行に行きたいんだって？」

「できたら、な」父親の顔がかすかに綻ぶ。「母さんにも迷惑をかけてるから、少し骨休めさせたいんだ」

「行くだけでも疲れるぞ」

「近場なら大丈夫だろう」

「親父……」これは、説得に難儀しそうだ。父親は昔から、意固地なところがある。

「靖夫、人生は後悔ばかりだぞ」父親が唐突に言い出した。

「どういう意味だ？」

「俺は巡査として、一生懸命仕事をしてきたつもりだ。しかし志半ばで体を壊してしまって、十分やり遂げたとは言えない。母さんにもいろいろ迷惑をかけたし、戦時中はお前たちにも負担をかけた」

「それはしょうがねえだろう。あんな時代だったんだから」

「もう少しきちんと仕事をしたかった。仕事が中途半端になってしまったことは、死ぬまで後悔するだろう。だからせめて、それ以外のことでは後悔したくない。今の自分に何ができるかと考えると、家族のことしか思い浮かばないんだ。母さんへの恩返しだ。和子とも旅行しておきたい。あいつとは、どこかへ出かけたこともほとんどなかったからな」

　とっくに成人した娘を喜ばせようとしているのか。今は逆に、面倒を見てもらう立場なのに……親はいつまで経っても親なのか、と高峰は思った。こういう誇りが、もう少しだけ父親の命を支えてくれるかもしれない。

「後悔、か……」

「お前、仕事で何か行き詰まっているな？」

「どうして分かる？」高峰は目を見開いた。

「俺も警察官だった。もちろん俺はただの制服巡査で、事件の捜査をしたことはほとんどない。しかし同じ警察官として、仕事が上手くいっているかどうかは、見れば分かる」

高峰は溜息をついた。まさか、病気で苦しむ父親に見透かされてしまうとは……高峰は思い切って、ここ数ヵ月、自分が取り組んできた捜査を説明した。父親が、左翼勢力の動向を知っているとは思えなかったが。

「その件なら、ずっと新聞で追いかけていた。この前、東日におかしな記事が出て以降は、何もないようだな」

「ああ」

「あの記事は何だったんだ？」

「俺も詳しくは知らない。上層部が東日に流したんだと思う。あれ以上は……駐在所を爆破した実行犯を割り出すのは難しいと思う」

「そうか。もう一つ、革命軍の人間が殺された事件があったな？」

「あれは、他の係が担当している」

「気にならないか？　革命軍に絡んで連続して起きた事件だぞ。何か関連があるかもしれん」

「確かに、そういう話は出ていた」

「だったらお前は、きちんとその捜査をすべきだな」

「あれは俺の担当じゃねえよ」

父親がゆっくりと首を横に振った。どうして分からないんだ、と呆れているようでもあった。

「自分で手を挙げろ。後悔したくなければ、思いついたことは何でもやってみるべきだ。この件に手をつけないで、中途半端なままで終わらせたら、警察官を辞める時に絶対後悔する。そして死ぬ時まで、そのことばかりを考え続けるんだ」

「親父……」

「後悔は少ないほどいい。そうじゃないと、すっきり死ぬこともできん」

翌日、高峰は世田谷西署の捜査本部に出勤するなり、熊崎に相談を持ちかけた。

「配置転換？」熊崎が大きな目をさらに大きく見開く。「異動したいのか」

「いえ、そういうわけじゃありません。五係がやっている天野殺しの捜査を手伝いたいんです」

「あの件は……」熊崎が言い淀む。「駐在所の事件とは別の意味で難しいぞ」

「分かっています。でも、仲間の刑事たちが苦労しているのを目の前で見ているのは苦しいんです。少しでも助けになりたいんです」

「そう簡単にはいかんぞ。お前一人増えたところで、状況が変わるとは思えん」

「こちらの事件で、今後新しい展開がありそうなら、今まで通り捜査に専念します。

だけど実際には……東日のあの記事も、結果的には公安に傷をつけることはできなかったんじゃないですか？」

熊崎が唇を引き締めた。一課の幹部がどうして潜入捜査のことを東日に書かせたか、今では高峰にも分かっている。公安が事件自体をでっち上げたと指摘しているわけではないが、いろいろと問題がある潜入捜査を行っていた——その事実は、公安に対する悪い印象を読者に植えつけただろう。

しかし実際には、公安一課は傷一つ負っていない感じがした。実際、庁内でも特に問題になっていないし、新聞や雑誌が公安一課を積極的に叩く気配もない。

捜査一課は負けたのだ。しかし天野殺しは……あれが革命軍と関係があるかどうかも分からないが、調べれば何かが出てくるかもしれない。それより何より、たとえ革命軍の幹部とはいえ、人が一人殺されて、犯人が捕まらないのは我慢できなかった。

後悔を減らす。

個人的な動機でもあるが、それも刑事を突き動かす原動力としてはありだろう。

熊崎は渋々ながら、高峰の希望を受け入れた。期間限定で、天野殺しを担当している係への「貸し出し」という形である。ただしこのやり方は、担当の五係から反発を受けた。まるで、自分たちが駄目なために助っ人が来たようなものではないか……特に本田は、それまでの高峰に対する態度が嘘のようにはっきりと文句をぶつけてきた。

「自分のところの捜査本部を放り出してここへ来るなんて、筋違いじゃないですか。俺たちだけで、十分やれますよ」

「しかし今まで、何の結果も出てねえだろう」

「高峰さんが名刑事なのは分かってますよ。でもそれぞれに、担当と責任があるじゃないですか。好き勝手に動き回っていたら、指揮命令系統も滅茶苦茶になります」

一課長の窪田も黙認していたので、露骨に排除されることはなかったが、それでも高峰は弾き出された、と実感した。捜査会議でも何の指示も与えられないまま——しかしここでいじけていては、自ら志願した意味がない。逆にこれはいい機会だと考えよう。これまで捜査を担当していた刑事と組むと、彼らの考えに染まってしまうかもしれないし、一人で動いてみるつもりだった。そうやって、白紙の状態から捜査を組み立て直すのだ。

天野は、革命軍の常任闘争委員でありながら、東都大文学部の助手を務めていた。まずここで、普段の様子を確かめてみよう。しかし、大学へなど足を踏み入れたことがないから緊張する……しかも今は、どの大学も警察に対して警戒感を強めているはずだ。それでも高峰は、勇気を奮って東都大へ赴いた。

まず驚いたのは、正門のところにいる警備員にまったく誰何《すいか》されなかったことだ。これでは、警備員がいる意味などないではないか。そして学内の雰囲気は……男子学生ばかりでむさ苦しい。稀に女子学生を見かけると、思わず目を見開いてしまう。

構内ではやはり、立て看板が目についた。「破防法反対」「反共プロパガンダを排除せよ」「学内自治確立を」と勇ましい文句が並ぶ。戦中は学徒出陣で国のためにと死んでいった学生たちが、今は平然と国家に叛逆の言葉を投げつける。

途中、構内の案内図が掲げてあったので、文学部の場所を確認する。七号棟か……案内図を頭に叩きこんでから歩き出した。とにかく蒸し暑い。梅雨が明けてから、一気に夏がきたようだ。そして東都大の敷地はとにかく広い。五分ほど歩いて七号棟にたどり着いた時には、シャツが濡れて肌に張りついていた。

東都大も、一部は空襲の被害を受けたようだ。そのためか、構内には古い建物と新しい建物が混在している。七号棟は見た目からして古い建物で、中に入るとひんやりした空気が流れていてすっと汗が引く。戦前には、こういう建物も少なくなかった。壁を分厚く、贅沢に造っているので、夏の暑さを防ぎ、冬の寒さを遮断する。

もう一度額の汗を拭ってから、高峰は七号棟の入り口近くで「事務室」の看板を見つけた。ここで話を聴くのがいいだろう。ドアを開くと、一斉に視線が突き刺さってきた。一番近くに座っていた若い男を摑まえて警察手帳を示し、ここの責任者に会わせるようにと頼みこむ。抵抗されるかと思ったが、意外にすんなり話が通った。紹介された、文学部事務長の肩書きを持つ石塚《いしづか》という男も、特に動揺することも怒ることもなく、淡々と応対してくれた。

「警察の人は、もう何度も話を聴きにきましたよ」

「それは申し訳ないんですが……捜査が長引いているので、別の方面から光を当てようということになりました。私は今まで、まったく捜査を担当していなかったんです」

「そうですか……」石塚がハンカチで顔を拭い、茶を一口飲んだ。廊下はひんやりしていたのだが、この部屋は蒸し暑い。窓が大きいせいだろうか。

「殺された天野さんは、革命軍の幹部でした」

「その件も散々聞かれましたが」石塚が顔をしかめた。「大学としては、確認できないことなんですよ」

「東都大でも、学生の左翼活動はずいぶん盛んだそうですが」

「共産党はね……今の学生は、すっかり共産主義にかぶれていますから。でもこれは、大学としてはどうしようもない。思想統制するわけにはいかないんですよ。そもそも、経済学部ではマルクス経済学を教えているんだから」

「立て看板が目立ちますね」派手で激しいスローガンが記憶に残っている。

「あれには困ってます。大学の規則で、看板や幟を立てる時には許可が必要なんですが、学生たちは無視して勝手にやってますからね。こちらとしては気づいたら撤去しているんですが、一晩経つと元に戻っている。そもそも、誰が用意したのか分からない看板も多いんです。ただ、暴力沙汰になるようなことはないですから、こちらとしてはあまり強く出られなくてね」

「革命軍に参加しているような学生さんはいないんですか？　あるいは先生でも」

「そういうのは、把握していません」石塚の表情が強張る。

「天野さんが革命軍の幹部だったことは、こちらでは確認できているんですよ」

「何ともはや……」石塚がまた額を拭った。「大学側では、そういうのは分からないんですよ。天野君は、表立って政治活動をするわけではなかったし、殺された話を聞いた時に、初めて何をやっていたか、知ったぐらいなんです」

「学内では、特に過激な活動はしていなかった、と」

「そういうことです」石塚がうなずく。

どうやら嘘ではない、と判断した。仕方なく、高峰は天野の経歴を確かめていった。出身は東京。戦中は学徒出陣に駆り出されることもなく——極度の近眼のせいで弾かれたらしい——戦後の混乱期もずっと大学に籍を置いていた。専門はドイツ文学。卒業後は大学院に入り、そのまま助手として研究生活を送っていた。このまま助教授、教授として残るだろうと周囲は見ていたし、本人もそれを希望していたという。

「裕福な家の出なんですか？」戦後の混乱期に、ずっと大学で研究をしていたというのは、高峰の感覚ではお遊びのようなものである。

「お祖父《じい》さんが、肥料会社の創業者なんですよ。今は、お父さんが社長です」

「その会社を継ぐのではなく、研究者の道を選んだわけですね？」

「そうなりますね」

「革命軍との接点がよく分かりませんが……」静かな学究派。学生全部が、過激な思想と行動に走る訳ではあるまい。学生の本分――勉学に励んでいる学生がほとんどのはずだ。特に天野は、過激な行動には縁がなさそうに思える。

「こういうのは、地下で動いているものですから。彼がどんな人間とつき合って、どんな影響を受けていたかは、大学としては把握できていません。ましてや学外のこととなると、何とも……」

頼りない話だったが、実情はこんなものかもしれない。思想信条をいちいち大学側に調べられていたら、たまったものではないだろう。

三十分ほど話を聴いて、大学を辞した。収穫といえば、他に話を聞けそうな人を割り出せたぐらいである。家族、そして友人。会社社長である父親に会うのは気が進まなかったが、ここで怯んで立ち止まるのは馬鹿馬鹿しい。やることをやるだけだ。

大学を出た瞬間、高峰は誰かの気配に気づいた。革命軍の人間か？　刑事が大学に来たという情報が広がって、監視されているのか？

振り向いたが、誰もいない。気のせいだろうか……しかし、歩き出してしばらく経つと、「ちょっといいですか」と声をかけられた。

つけられていた？　全く気づかなかった……相手は、相当の腕前の持ち主か？　立ち止まり、一瞬間を置いてから振り返る。

知らない顔だった。小柄だがぎゅっと固く詰まったような体型。眉は太く目は大きい。九州辺りの出身ではないか、と高峰は思った。鹿児島出身の宇治が、やはりこういう濃い顔つきなのだ。年齢は三十代半ばぐらい——自分たちと同年配だろうか。

「失礼ですが……」

「東京地検、佐橋と言います」

検事？　高峰はまじまじと佐橋の顔を見た。事件担当として現場に出て来る検事もいるが、直接顔を合わせる機会など滅多にないし、この男の顔に見覚えはなかった。本当に検事なのだろうか。

「ちょっとつき合ってもらえないだろうか」

「あなたが本当に検事かどうか、分からないじゃないですか」

「だから、一緒に来てもらいたい。来てもらえば証明できる」

「どこへですか?」

佐橋は答えず、歩道から身を乗り出すようにして手を上げた。タクシーが急停止すると、佐橋はさっさと乗りこみ、高峰を凝視した。

「乗らないのか?」

躊躇《ちゆうちよ》した。これは何かの罠ではないか? ついて行って本当に大丈夫なのか? しかし自分の中に芽生えた疑念とは裏腹に、高峰はタクシーに乗りこんでしまった。

「すぐに着く。歩いてもいいぐらいだ」佐橋が軽い口調で言った。

「どこへ行くんですか」

「霞《かすみ》が関《せき》一丁目一番」

「それは……」東京地検の住所だ。

「君のところの隣だ。向かいと言うべきか」

警視庁の住所は、桜田通りを挟んで霞が関二丁目一番になる。この辺がすらすらと出てくる辺り、少なくとも法曹関係者ではあるようだ。

車内ではドアに体を押しつけるようにしてできるだけ距離を置いて座り、沈黙を守る。タクシーは内堀《うちぼり》通りで停まった。木造モルタル造りの庁舎には、地裁の刑事部も同居しているはずだ。警察から検察、裁判所と続く法律の階段。

佐橋はさっさと庁舎に向かって歩き出した。守衛に一言話すと、振り返って高峰を手招きする。いいのか？　躊躇《ためら》いながらも高峰は歩を進め、庁舎に入った。入ってしまえば何ということもない――ただの官公庁の建物だ。すぐに階段になっていて、忙しなく人が行き来している。こんな環境の中で検事と話すのはなかなか気が重い……しかし佐橋は、階段の手前に立ち止まったままだった。ズボンのポケットに両手を突っこみ、何かをじっと待っている様子である。

「これで俺の身元は確認できただろう」

「あなたが詐欺師でなければ」

「言うねえ」佐橋がにやりと笑う。「まあ、いいよ。しかし、現場の刑事さんというのは、全員こんな風に疑り深いのかな」

「当たり前じゃないですか。あんな風に人に声をかけて拉致したんですから、疑わない方がおかしい」

「拉致、は人聞きが悪いな」佐橋の顔から笑みは抜けなかった。「ここへ来たのは、俺の身元を確認してもらうためだ……もう少し待ってもらえるかな」

「何を待つんですか」

「人――もう一人来る予定だ」

「誰ですか」

「来れば分かる――来たよ」

佐橋の視線を追って振り向くと、予想もしていない人間が庁舎の方へ向かって来るところだった。守衛に一言二言告げると、すぐに話が通ったようで、こちらへ歩いて来る。途中、ふと視線を上げると、その場で凍りついた。

海老沢。

17

こんな風にぎこちない思いをするのは久しぶりだった。海老沢の方では高峰をずっと避けていたし、高峰もそれに勘づいていたはずである。雨の夜に訪ねて来た時も、居留守に気づいていたかもしれない。

そもそも、佐橋から呼び出しがかかった時に、おかしいと思ったのだ。分室でも本部の公安一課でもなく、自宅に届いた一通の電報。この面会要請を無視しようかと思ったが、相手が検事ではそれもできない。仕方なく指定の時間、場所に赴いたのだが、そこに高峰がいるとは思わなかった。

三人は検察の庁舎を出て、日比谷公園に入った。真夏の陽射しが容赦なく降り注ぎ、ベンチに座っているだけで汗が吹き出してくる。せめて屋内で会えなかったのかと、海老沢は恨めしく思った。昼時だし、どこかで食事でもしながら話すこともできたはずだ。それに公園の中は、昼休み中のサラリーマンで賑わっていて落ち着かない。

「二人とも、いきなりで申し訳なかった」佐橋が切り出した。

「いえ」海老沢は反射的に首を横に振ったが、納得したわけではない。

「どういうつもりなんですか」高峰は最初の一言から喧嘩腰だった。

「今回の世田谷事件では、二人とも、捜査の一線で中心的な働きをした」

「私は別に……」海老沢は曖昧に否定した。何をやっていたか、高峰には知られたくない。

「この春から夏にかけて、いろいろなことが変わった。表に出ない、あるいはおおっぴらには影響が出ないこともあったが、確実に世の中は変わったんだ。例えば法律だ」

法律……敗戦から占領へ続く数年で、多くの法律が改正、廃止、新設された。そもそも憲法からして変わったのだから。しかし佐橋は、そういうことを言っているわけではないようだった。

「高峰君、新聞は読んでいるか？」

「当たり前じゃないですか」高峰が怒ったように言った。

「七月四日」

「はい？」

「七月四日の国会で何があった？」

「それは――」高峰が言い淀む。彼も、新聞の一面から四面まで、内容全てを覚えている訳ではあるまい。

しかし海老沢には、佐橋が言わんとすることがすぐに分かった。

「破壊活動防止法が成立した日です」

指摘すると、佐橋が「その通りだ」とつぶやいてうなずく。

「破防法が成立するまでには、紆余曲折《うよきょくせつ》があった。あれは、戦前の治安維持法の復活だと批判する声も未だにある。とはいえ、共産党の武力闘争路線が過激化する中、漠然と手をこまねいているわけにもいかない。何が起きるか分からないから、対策を立てるにしても法的な裏づけが必要だろう」

「何がおっしゃりたいんですか」海老沢は慎重に訊ねた。

「破防法を支持する方向へ世論が傾いた直接のきっかけは、五月に起きた血のメーデー事件だろう。何らかの方法で団体規制しないと、デモは暴動に発展し、全国各地で血の雨が降る――そういうことを心配する世論が高まったじゃないか。ただしあの事件以前から、破防法に対する世論の批判を収めるために、様々な工作が行われていま。

「工作というのは……どういうことですか」海老沢は混乱していた。高峰は無言のまた」

「世田谷事件が何故起きたか、君たちは分かっているのか」

佐橋が質問を投げつける。いったい何を……海老沢は口をつぐんだ。余計なことを言えば、公安の内部情報を高峰に知られてしまうことになる。

「高峰君、捜査一課がどこまで事実関係を摑んでいたかは分かっている。しかしそれを、君の口から聞きたい」

「どうして俺が」高峰が怒ったように言った。「そういうことは、海老沢の方がよく知ってますよ。俺ももっと詳しく知りたいぐらいです」

「海老沢君は喋らないだろう。それが公安一課のやり方だ」

「どうなんだよ、海老沢」高峰が迫った。「お前は公安の人間だ——いや、今は完全に公安の人間になったと言うべきか？　俺が喋ると、お前たちのやり方を批判することになる。それを聞く勇気はあるか？」

海老沢は肩をすくめた。やり方が違う——正義に至る道筋が違う。しかし、それを高峰の前で堂々と主張する気にはなれなかった。最近、「喧嘩しないこと」が公安にとって一番大事ではないかと思っている。どんな批判を浴びても、無視してやり過ごす。いちいち相手の言葉に反応していたら、言質《げんち》を取られてしまうではないか。公安は何も喋らずに、黙って行動で国を救うべきだ。

「高峰君、捜査一課の見解を聞かせてくれ」

「俺は一課の代表じゃありませんよ」

「いいから話したまえ」佐橋が急に命令口調になった。

高峰が鋭い目つきで佐橋を睨む。首元に指を突っこんでネクタイを緩めると、一つ溜息をついた。ほどなく背筋を伸ばして、ゆっくりと話し始める。

「公安一課は、革命軍に対する調査・捜査の一環として、潜入捜査を決行しました。選ばれたのが京橋署の安沢巡査で、彼は通常業務を外れて名前を牛島と変え、革命軍の内部に潜入しました。この件を知っている人間は限られており、京橋署にも極秘にするようにという指示が徹底されました。それ故、行方不明なのに誰も捜さないという、奇妙な状況になっていたんですが……後で京橋署の連中に確認したところ、何らかの極秘捜査にかかわっていることは、周囲の人間は薄っすらと気づいていたようです。安沢巡査が、どうしてこの任務に選ばれたかは分かりませんが」

「高峰君、君は少し話が長い」佐橋が批判した。

「聞く気がないならやめますが」高峰がむっとした口調で言い返した。相手が検事だろうが気にしないのはいかにも彼らしい。

「構わん。続けたまえ」佐橋が平然と促した。

高峰が佐橋を睨みつけたが、佐橋の表情は変わらない。結局高峰も、それ以上の反抗は諦めたようだった。大きく息を吸いこみ、胸を膨らませてから続ける。

「安沢巡査はおそらくその後、革命軍の指示に従い、荒木印刷に就職しました。目的は荒木印刷の労組を過激化させ、革命軍の細胞とすることです。実際、彼が来てから労組の過激化は進み、今年は初めて全面的なストを行いました。それからしばらくして駐在所の爆破事件が起き、巻きこまれた安沢巡査は死亡しました」

「爆破事件の犯人は誰だ？」佐橋が疑問を投げかける。

「それは……」高峰が唇を引き結んだ。

「海老沢君、どうだ」佐橋が急に話を振ってきた。

「私には分かりません」

「そうか。君もまだ、公安の中枢には入っていない、ということか」

「公安の中枢は全てを把握している、という意味ですか？」佐橋の言い方が気になり、海老沢は訊ねた。

「そういうわけではない……高峰君はどう思う？　誰がこの事件の設計図を描いていた？　爆破事件の実行犯は誰だ？」

「公安に決まってるじゃないですか。公安の自作自演でしょう。二人も人が死ぬのは、計算外だったかもしれないけど」

「証拠は？」佐橋が突っこんだ。

「証拠なんかありませんよ」高峰が憤然と言い放った。「ですが、これは間違いなく、公安による革命軍潰しの工作だったんです。世間に対して革命軍の恐怖を植えつけ、連中を潰すために――江東区で、爆弾の製造現場が見つかった事件があったでしょう？　あれも公安の自作自演じゃないんですか」

海老沢は何も言わなかった。知っていることも知らないこともある。何か言って、高峰に言葉尻を捕らえられるのは避けたかった。

「革命軍を潰すための、一連の脚本があったということか」低く言って、佐橋が煙草をくわえた。火を点け、旨そうに煙を吹き上げる。「それは、表面上の話だな」

「どういうことですか？」海老沢は思わず突っこんだ。

「根っこにあったのは、破防法だよ。この法律は、去年の秋から準備が始まっていた。しかし、国民感情は二分されていて、治安を乱す団体を毛嫌いする人もいれば、あれが自由の象徴だと歓迎する人間もいる。共産党や学生たちにとっては格好の攻撃材料になっていただろう？　政府としては、共産党などの過激分子に対抗するためには、団体活動を明確に規制する法律が必要だ、という世論を作らねばならなかった」

「そのための言い訳――象徴的な事件が必要だったんですか？　民衆の危機感を煽る

ために？」海老沢は一瞬で蒼褪《あおざ》めた。つまりこれは、さらに上のところ――警察ではなく政府上層部で決められたことなのか？　公安一課は政府の手先になって、事件を「作って」いたのか？「その脚本を書いたのは政府なんですか？」

「そういうわけじゃない」

「だったら、いったい……」

「日本が独立して、公職追放処分は全て解除された。追放されていた人も、今後は自由に活動できるようになった」佐橋が説明した。

「ええ……」

「その動きに関連して、戦前に動いていた勢力が復活しつつある」

「意味が分かりませんが」

「検察庁の中には、戦前から二つの勢力がある。経済検事と思想検事だ。知ってるか？」佐橋が海老沢に訊ねる。

「はい」

「経済検事は、主に汚職などの大規模な経済犯罪を摘発するのが仕事だった。一方思想検事は、治安維持法に基づき、思想犯の検挙、弾圧を行ってきた。戦前の左翼掛、右翼掛だな。労働係検事もそこに入れていいと思う。君たち特高も、これには関わりがあったな。敗戦で治安維持法が撤廃され、思想検事の仕事が極端に少なくなったことは分かるだろう？　海老沢君たちが一時失職したのと同じようなもので、上層部には公職追放された者もいた。逆に経済検察の拡張は進められた。しかし、時代はまた変わったんだよ。今年の初めには、各地検に公安係検事が生まれた。思想検事は公安検事に生まれ変わったんだ。東京地検にも五人が所属している。今後は、公安検事の出番が多くなるだろう。警察の公安と密に協力して、左翼勢力の監視と摘発を行っていく」

「そもそも佐橋さんは……」

「検察にはまだ大きな仕事がある」佐橋は海老沢の質問に答えなかった。「警察の事件捜査を指揮すること、起訴と公判を担当すること――俺は事件指揮の担当だ。世田谷事件も、単純に考えれば爆取違反事件、殺人事件だから、通常の捜査指揮で現場に入るのは当然だ。君たち公安一課にはだいぶてこずらされたが」佐橋が苦笑する。

「つまり佐橋さんは、我々にとっては敵――反対勢力ということですか？」海老沢は慎重に訊ねた。

「そんなことはあってはならない」佐橋の顔つきが急に引き締まった。「はっきり言おう。世田谷事件の裏で糸を引いていたのは、検察のある一派だ。確証はないが、天野が殺された一件にも関与しているかもしれない。もちろん、検察が直接手を下したわけではないし、警察に明確な指示を与えたとも思えないがね。検察の意図を汲んで

──あるいは利用して、公安が具体的な作戦を立てた」

「冗談じゃない」高峰がいきり立つ。「上から下まで、戦前の特高と同じじゃないですか」

「私に言われても困る」佐橋が苦笑した。「私は君たちに──これからの警察を背負っていくであろう君と海老沢君に、忠告を与えに来ただけだ」

「個人として、ですか？」

高峰の指摘に、佐橋が黙ってうつむいた。海老沢には、この沈黙の意味が分からない。ややあって、佐橋がゆっくりと顔を上げる。

「海老沢君、君は公安一課の幹部に高く評価されているようだ。君がそういう引きを利用して出世するのは、悪いことではないと思う。ただ、よく考えてくれ。このままでいいのか？　警視庁公安一課は、日本の治安対策の最前線に立つ部署だ。こういうやり方を続けていって、いつか綻びが出るとは考えられないか？」

「私の口からは何も言えません」

「そうか」佐橋がうなずく。「私は忠告したからな。自分がやっていることが正しいかどうか、よく考えないと、戦前と同じことの繰り返しになる──それと、高峰君」

「何ですか？」不貞腐《ふてくさ》れたような口調の返事。

「天野殺しの件だが、無理はするな。無理に捜査を続けると、君が怪我することになりかねん」

「公安が妨害でもしてくるんですか？」高峰が馬鹿にしたように言った。「そんなもの、跳ね返してやりますよ。この事件の捜査をきっちりやり遂げないと、伊沢巡査が犬死にです。検事は知らないでしょうが、伊沢巡査の奥さんは捜査本部に何度も顔を出して、差し入れまでしてくれたんですよ？　しかも毎回『迷惑をかけてすみません』と頭を下げた。被害者の家族にもかかわらず、ですよ？　伊沢巡査は地域で親しまれ、尊敬される警察官だった。家族も伊沢巡査を支えていた。その家族が、まるで自分たちが悪いかのように恐縮しきっている……そして今後奥さんは、一人で働いて子どもたちを育てていかなければならないんです。そんな不幸はない。伊沢巡査のためにも家族のためにも、きっちりやります」

「駄目だ」佐橋が冷たい口調で言った。「巻きこまれるな。危ないことと距離を置くのは、卑怯でも何でもない」

「しかし――」

「こうやって君たちに会ったのは」佐橋が、高峰の言葉を遮った。「君たちなら新しい警察を作り上げていけると思ったからだ。そのきっかけになったのが、昭和座事件だ。あの事件については、私も間近に見てきた。そこで君たちがどんな役割を果たしたかも分かっている。その時に、君たちなら新しい警察を生み出せると思った。高峰君、君は刑事警察の変わらない部分、変わる部分を両方とも身につけられるはずだ。海老沢君は、戦前の特高とは違う形で、治安を守れるはずだ。君たちには期待している。もちろん、私も協力する。今回の事件では、いろいろなことがあっただろう。しかし君たちは、協力し合うべきではないか？　刑事と公安、二つの部署が一体になって捜査するような事件が必ず起きる。そういう時に、君たちが両方の部署の架け橋になって頑張って欲しい。現場の検察官として、私はそれを望む。だからここで、約束してもらえないかな」

高峰がちらりと海老沢の顔を見た。海老沢ははっきりと視線を感じたが、目を合わせはしなかった。佐橋というこの検事は、あまりにも理想を追い過ぎるのではないだろうか。

ベンチの真ん中に陣取っていた佐橋が立ち上がる。足元に集まっていた鳩が、一斉にばっと飛び立った。佐橋は、近くにあった吸殻入れに煙草を放り捨て、こちらに向き直る。海老沢と高峰の距離は、まったく縮まっていなかった。海老沢は佐橋の言葉を受け入れるつもりはなかったし、高峰は……意地を張っているのかもしれない。歩み寄るならお前の方からだ、とでも考えているのだろうか。

「君たちは、警察では同期だろう」佐橋が言った。「子どもの頃からの友人同士だとも聞いている。変な意地を張らずに、歩み寄って協力したまえ。それで日本の警察は強くなる。強い、の意味は戦前とは違うが……都民を守るための強い警視庁であって欲しい」

二人に向かってうなずきかけ、佐橋が去って行った。海老沢は彼の背中を見送ったが、どこか寂しげだった。自分が仲立ちして、僕と高峰を融和させようとした——そして失敗した。

僕にはその気はない。

マッチを擦る音が聞こえてきて、煙草の香りが漂った。ちらりと見ると、高峰は足を組み、両腕をベンチの背もたれに預けて胸を反らし、煙草を燻《くゆ》らせている。露骨に不快そうな表情だった。海老沢の方を見ようともしない。

海老沢は立ち上がった。背もたれに預けていた背中は汗でべっとりと濡れている。終わりだ。

僕は既に自分の道を決めた。それが高峰の歩む道と交わるとは思えない。

ゆっくりと方向転換し、歩き出す。空は高く、青い。入道雲が湧き上がってきていて、早くも夕立の予感がした。

「海老沢」

呼び止められ、立ち止まる。高峰の気配が、磁力のように海老沢を引きつけたが、振り向くわけにはいかない。話したら、それで決意が揺らいでしまう。

高峰も、もう一度名前を呼ぼうとはしなかった。

海老沢はゆっくり歩み始め、高峰から遠ざかる。彼の気配は薄れ始め、ほどなく磁力から逃れた、と確信した。

それがいいことか悪いことかは分からなかったが。

自宅へ戻り、そろそろ布団に入ろうかという時間帯……とても眠れそうになかったが、布団に入らず起きていても何が起きるわけではない。複雑な感情を消化するには、それなりに時間がかかるだろう、と諦めるしかなかった。

電話が鳴った。目覚まし時計を見ると、既に日付が変わっている。こんな時間に――また事件か？

「はい」

「君は、地検の佐橋検事と会っていたそうだな」

一瞬黙りこむ。電話をかけてきたのは公安一課長の市川……どうして知られている？　不安が心の中に広がり、海老沢は何も言えなかった。

「捜査一課の高峰も一緒だった。まあ……余計なことはしない方がいい。佐橋検事もいろいろ考えている――検察改革でもしたいのだろうが、巻きこまれないように気をつけたまえ。君は公安一課の期待の星だ。余計なことをせず、ミスを犯さず、慎重に生きろ。君のやり方を、周りの人間は全部見ている」

海老沢が何も言わぬうちに電話は切れた。知らぬ間に掌に汗をかいている。架台に置こうとして受話器が滑り落ち、がしゃん、と大きな音をたてた。公安の網の目は、その内部にいる人も捉えている。いったい、全てを計画して情報を統括している人間はいるのだろうか。市川がまさにその人間かもしれない。彼の底知れぬ不気味さが、海老沢に寒気を感じさせた。しかし、自分がこの世界——怪物が住む世界で、この先ずっと生きていく覚悟はできていた。

18

「ありがとう」高峰は節子に向かって頭を下げた。

「私は普通にやっただけよ」節子が疲れた笑みを見せた。「お義父さん、喜んでくれたかしら」

「もちろんだ。実の親だって、あんなに熱心に世話はできない」

高峰は、縁側に座って後ろ手をついた。疲れたな……自分が喪主になる葬儀は初めてで、とにかくいろいろ気を遣った。父親は灰になり、今は骨壺に納まって、仏壇にいる。墓はまだ用意できていないので、しばらくは父親の遺骨と同居することになる。

警視庁の仲間にも世話になった。警察官というのはとかく仲間意識が強く、冠婚葬祭の時には進んで手を貸してくれる。今回の参列者は警察関係者ばかりだった……考えてみれば、高峰の家族は警察一家なのだ。父親、自分、そして妹。捜査一課長の窪田や、和子の勤める渋谷中央署の署長まで来てくれたのは、恐縮至極だった。

「あのことですけど……お義父さんに言ってよかったのかしら」節子が下腹部に手をやりながら言った。

「ああ……難しいな。俺にも判断できない」

節子の妊娠が分かったのは一ヵ月前だった。待望久しい長子——しばらく迷った末、高峰は父に事実を打ち明けた。もしかしたら、初孫の誕生を楽しみにして、もう少し頑張ってくれるかもしれないと……結局この朗報も、病を打ち倒すまでの力にはならなかったのだが。

「でもお義父さん、嬉しそうだったわね。『子どもも警察官にしろ』って……気が早い話ですけどね」

「そうだな」高峰はうなずいた。「とにかく、生まれてくる子は、親父の生まれ変わりみたいなものだ。大事に育てよう」

「そうですね。お茶、飲みますか？」節子が訊ねる。

「ああ……お袋は？」

「休んでます。さすがに疲れたみたいね」

「今日は出前でも取らないか？　今から食事の用意をするのも大変だろう」

「ああ、でも……うちの実家からいろいろもらってるのよ」

「そうなのか？」

「今日は大変だろうからって、お重を……ご飯だけ、炊きましょう」

「すまんな」

節子が微笑み、縁側から去って行った。高峰は煙草に火を点け、空に向かって煙を吹き上げた。秋……そろそろ、朝晩に寒さを感じる季節である。家に帰って喪服の上着を脱ぎ、シャツ一枚になっていたので、体が冷えてきた。

結局、医者の言っていたことは正しかったのだ。余命半年——ほぼ宣告通りだった。一つだけよかったのは、八月の終わりに和子と母親と三人、二泊三日で熱海に温泉旅行に行けたことだった。あれで、父親は思い残すことがなくなったのだろう。体力も使い果たしてしまったのかもしれない。帰って来てから急に体調が悪化して、それから一ヵ月ほどで逝った。

灰皿に煙草をそっと置き、両手を合わせて股の間に挟みこむ。肩を丸め、一人少なくなってしまった家のことを考えた。母親も病気がちで、この先長生きできるとは思えない。和子だって、早く嫁に出さないと……そう遠くない将来に、この家には節子と自分、それに生まれてくる子どもの三人だけになるだろう。空襲で家を焼かれ、バラック暮らしの後で何とか手に入れたこの家は、五人で暮らすには手狭だった。しかし三人だと逆に持て余してしまうかもしれない。そうなったら、いっそ三人家族に見合った、もっと小さな家に引っ越すか。

「あなた」

節子に呼びかけられ、高峰は振り向いた。どういうわけか、節子は渋い表情を浮かべている。

「海老沢さん。お線香をあげに来てくれたのよ」

「ああ……」

今さら何だ。

海老沢は、高峰の父親には子どもの頃から目を掛けられ、二人で悪さをしては説教を受けたりした……就職祝いに、揃いの腕時計をもらったこともある。葬式にこなかったので、海老沢は完全に自分と縁を切るつもりだろう、と高峰は思っていた。気が変わったのだろうか。

「あなた」

「ああ？」

「怒っちゃ駄目よ」

「別に怒ってねえよ」

節子が静かに首を横に振った。怒っている……高峰は、両手で顔を挟み、頬を揉んだ。掌に伝わる感触では、頬が強張っているかどうか分からない。

海老沢との関係が悪化していることは、寝物語で節子にも話していた。世間の夫婦は、こんな風に仕事のことまで話し合うものだろうか……父親が母親に仕事の愚痴を零す場面など、見たこともない。まあ、自分たちは戦後の夫婦ということなのだろう。夫婦、家族のあり方も、敗戦で大きく変わった。

「上がってもらうわね」

「……ああ」

高峰は、灰皿で煙を上げている煙草を揉み消した。膝を手で打ってからゆっくりと立ち上がり、玄関に向かった。

海老沢は普段着だった。地味な灰色の背広に濃紺のネクタイという格好、いかにも仕事帰りの感じである。

「こんな格好で申し訳ない」

「いや」

「仕事を抜けられなかったんだ」

「そうか」

言葉が上手く出てこない。真夏の日比谷公園で会ったのは、もう二ヵ月も前だ。終戦後の混乱期を除いては、こんなに長く会わないことはなかった。

「上がってくれ」

「失礼する」

海老沢は丁寧に靴を脱いだ。黒い革靴がかなりへたっているのを、高峰は素早く見て取った。自分と同じ——外を歩き回って仕事をしている人間の靴だ。以前の海老沢は、だいたい本部で書類仕事をしていたはずだが、仕事が変わったのだろうか。一連の事件がきっかけだったのか？

海老沢は線香を上げ、仏壇に向かって手を合わせた。しばらくじっと、そのままの姿勢を保つ。まるで故人と会話を交わしているようだった。

ようやく顔を上げると、海老沢は高峰の方に向き直って一礼した。節子がすかさずお茶を運んで来る。

「親父さん、苦しんだのか？」

「そうだな。最後の一ヵ月は寝たきりだったから」

「大変だったな」

「急に悪くなったんだ。八月には、熱海に旅行に行けたぐらいだったんだぜ」

「親孝行はできたわけか」

「和子はな……俺は行かなかった」

「そうか」

海老沢が、湯呑みに手を伸ばしかけ、途中で止めた。一瞬、高峰の顔をまじまじと見たが、すぐに目を逸らしてしまい、立ち上がる。

「これで失礼する」

「そうか」

「あなた……」節子がそっと声をかけてきた。

高峰は静かに首を横に振った。別に喧嘩しているわけじゃない。道が分かれただけだ――しかし高峰は、自分でも分からない理由で立ち上がり、海老沢に声をかけた。

「ちょっと外で話そう」

「ああ」海老沢がうなずく。

高峰はちらりと節子の顔を見た。節子が穏やかな笑みを浮かべてうなずく。

高峰は、先ほどまで着ていた背広をまた着こんだ。黒い喪服にネクタイなし。変な格好になってしまったが、ちゃんと着替えるのは面倒臭い。家を出て歩き出すとすぐに訊ねた。

「恵比寿駅までか？」

「ああ」

「そこまで送ろう……今日はもう、仕事はいいのか？」

「大丈夫だ」

短い言葉のやり取り。昔は、つっけんどんな会話でも、底には常に親しさがあった。しかし今は、互いに腹の探り合い——全面衝突しないように、短く言葉を交わし合っているだけだ。

高峰の家は、山手線の恵比寿と目黒の中間地点辺りにある。恵比寿の方がやや近いだろうか。途中、長い急な坂を下って行く。出勤時は下りだからいいが、疲れて帰って来る時の上り坂にはうんざりする。

とはいえこの辺りは、二人にとって思い出深い街だ。戦後、目黒駅近くの焼け跡に屋台の「とんかつロッパ」という店ができて、何度か一緒に通ったものである。物資不足の時期だったのにトンカツも卵も豊富にあって、ビールも呑めた。あの時代に肉が食べられる店というだけでも貴重だったのだが、二人が通い続けたのは、古川ロッパ本人がよく来る、という噂を聞いたからである。戦前、舞台や映画でしか見たことのないロッパに直接会えたら——敗戦で何もかもなくなった時代に、呑気なことを考えていたものだ。結局、ロッパには一度も会えなかったが。

「あの後、佐橋検事に会ったか？」海老沢の方で話を切り出してきた。

「いや。連絡もない」

「忠告は守ってるか?」

高峰は黙りこんだ。自分の——捜査一課の仕事について、公安一課に話す必要はない。しかし、こんなことは秘密のうちに入らないのだと思い直し、口を開こうとした瞬間に、海老沢の方で話し出した。

「実質的に捜査はしていないそうだな」

「人の仕事に首を突っこんで調べているのか?」

「僕は何もしていない」

「お前は何もしていなくても、公安の他の連中はどうだ?」

海老沢は答えなかった。高峰は、二人の間にピリピリした空気が流れるのを感じた。もはや、二人の関係は永遠に変わってしまったのか……。

「天野事件は、本当はどういうことなんだ」高峰は逆に聞き返した。

「分からん」

「本当に?　そっちは全然調べてないのか」

「あれは捜査一課の仕事だろう」

「つまり、公安事件じゃない——革命軍とは何の関係もないっていうのか?」

「知らない」

た。

「お前……」

あまりにも素っ気なさすぎる言い方に苛立ち、高峰は立ち止まった。海老沢も歩みを止めて振り返る。少しだけ坂の上の方にいた高峰は、海老沢を見下ろす格好になった。

「実は僕は、天野に会っている」

「奴も公安のスパイだったのか？」

「違う——向こうが勝手に、僕に接触してきたんだ」

「知り合いだったのか？」

「いや」海老沢が首を横に振った。「何の前触れもなく、いきなりだった」

「何の話だったんだ？」

「それは言う必要がない——とにかくその直後に、天野は殺された」

「お前に会ったことが原因か？」

「可能性はある」海老沢の表情がぐっと引き締まった。「ああいう過激組織にはよくあることなんだが、ちょっとした方針の違い、人間関係の問題で、すぐに仲間割れしてしまう。組織としてしっかりしていないんだ。分派の動きもあった……あの頃の革命軍は、そういうごたごたの最中にあった。具体的には、強硬派と穏健派の争いだ」

「天野はどっちだったんだ？」手をつけた直後にやめてしまった捜査——東都大では

何も分からず、その後どちらに捜査を進めていけばいいか決められなかったのだが、おそらく続けていても何一つはっきりしなかったと思う。海老沢から聞いた話は初耳――やはり、組織を相手に捜査する時は、いきなりでは無理なのだ。長期間、常に観察を続けていないと、状況も人間関係も分からない。

「穏健派だな。本人曰《いわ》く、だが」

それで高峰はピンときた。

「天野が、爆破の直前に成城学園前の公衆電話から電話をかけていたことが分かっている。世田谷西署に予告電話をしたのはあの男だったのかもしれない。穏健派として、避難を呼びかけたつもりだったんじゃないか？」

「可能性はある」海老沢がうなずく。

「その後で穏健派と強硬派が衝突して、天野は強硬派に殺された？」

「分からないが、調べる必要もないだろう」

「どうして」高峰は海老沢に詰め寄った。「人が一人死んでいるんだぞ？　どうしてそんなに平然としていられる？　世田谷事件についてはどうなんだ？　あれで結局、警察の仲間が二人死んでいる」

「伊沢巡査には申し訳ないことをした」真顔で海老沢がうなずいた。「しかし、安沢についてはどうしようもない。あれは、本人の失敗でもある」

「失敗って……たまたま通りかかって、爆発に巻きこまれたんじゃねえのか？」

「そんな都合のいい話があるわけがない」

「お前、まさか……」高峰はめまいがするほど血の気が引くのを感じた。「安沢本人が爆弾を仕かけたとでも言うのか？」

海老沢は無言で、高峰の顔を凝視した。高峰の方で見下ろしているのに、何故か上から見られている気分になる。

「そうなのか？」高峰はさらに突っこんだ。「そこまで、公安が仕組んだことなのか？」

「声がでかい」海老沢は口の前に人差し指を立てた。

「ああ……」高峰は唇を舐めた。かさかさに乾き、喉もひりひりするようだった。声を低く抑えて聞き直す。「どうなんだ？　伊沢巡査が死ぬことも予定のうちだったのか？」

「僕からは、これ以上は言えない」

海老沢の顔を見て、高峰は自分の指摘が当たっていると確信した。

「……そうなんだな？」

「僕からは言えない」海老沢が繰り返した。

「どうして中途半端なことを言うんだ？　言わないなら最初から言わない、言うなら全部話してくれたらいいのに」

「僕も揺れているからだ」海老沢が打ち明けた。「僕は……僕は、自分は何のために仕事をしているのか、悩んでいた。警察に戻る気になった時から、自分にとっての正義が何なのか、ずっと考えていたんだ。だけど今回の一連の事件で、ようやく答えが見つかった気がした」

「お前の正義は何だ？」

「僕の正義は、国を守ることだ。今の体制、今の社会――そういうものを安定させて存続させることだ」

「そのために、仲間まで犠牲にするのか？」

「去年辺りから続いている暴力的な事件については、お前も知ってるだろう？　僕は……現場に立ち会うこともあった。正直、恐怖だった。五月のメーデーが暴徒化した時には、現場で死ぬかと思った」

「だからと言って――」

「聞いてくれ」海老沢が高峰の言葉を遮った。「近く、予備隊の強化が行われる」

「それは知っている」十月末の予定だ。

「人員も増えて、放水車や装甲車などの装備も増強される予定だ。戦前の特別警備隊みたいなものだが、当然装備はもっと近代的になる。デモの制圧が主な仕事……そうなると、また血が流れるだろう」

「だから何だ？」話の行く末が分からず、高峰はまた声を大きくした。

「予備隊を、国家による暴力組織にしないためにはどうしたらいいと思う？　そもそも、暴力を振るう対象をなくしてしまえばいいんだ。なくすことはできなくても、無力化する——もちろん、理想の社会を求めて議論したり、合法のデモや集会をすることは問題ない。しかし、多くの人が集まると、何が起きるか分からない。その場の雰囲気で行動が激化することもあるだろうし、そもそも過激な闘争をするための相談だってするだろう——それこそ革命軍のように」

「だから革命軍にスパイを送りこんで、事件をでっち上げてまでも奴らを崩壊させようとした——そういうことだな？」

「その作戦が上手くいったかどうか、評価はまだ下されていない。一連の作戦が始まる前から、既に革命軍には崩壊の予兆があったようだ。今は、実質的に活動停止している」

「お前はいつから、公安一課の作戦を知っていたんだ？」

「最初はまったく知らなかった」

嘘だ、と決めつけたかったが、言葉が出てこない。海老沢は嘘はつかない——はずだ。

「どこか途中で知ったのか？　それで俺と接触しないようにした？」

「そう考えてもらっていい」

「考えが定まったわけだ。結局お前は、戦前の特高と同じように仕事をするんだな？」

「違う」

「何が違う？」

「一般市民に手を出すようなことは絶対にない。検閲もしない——日本国憲法で定められた表現の自由を侵しはしない。ただ、危険な団体を合法的に排除するだけだ」

「しかし、そういう方針はいつの間にか変わるもんだぜ。いずれ、市民に対する弾圧も始めるんだろう。憲法なんて、何の重しにもならない」

「僕がそんなことはさせない……佐橋さんに言われて、いろいろ考えた。検察内部での対立もあるだろうし、それが警察にも影響してくるかもしれないが、そういうことには巻きこまれないようにする。僕はあくまで、市民のために公安の仕事をするつもりだ」

「俺たちが協力し合うことは——無理だろうな」

「分からん」海老沢は首を横に振った。「そもそも、僕たちの仕事がぶつかり合うことは滅多にないだろう。だから……」

るか？」

「仕事と私生活は分ける、か。そうやって今まで通りに、普通につき合えると思って
「分からない」海老沢が繰り返した。「今回の件は、万に一つの事態だったと思う。しかし、二度とないとは言い切れない」

「公安は、また卑劣な手段を使って自作自演するのか？」

「それも、僕には何とも言えない」

「もしも、次に公安が同じようなことをして犠牲者が出たら、俺は徹底して追及するぞ。組織としての公安を叩き潰すまで戦う」

「そうか」

強い言葉を叩きつけたのに、海老沢はまったく応えていない様子だった。しかしその目にかすかな苦悩の色が走るのを、高峰は素早く見て取った。

「お前、本当に自分のやり方が正しいと思ってるのか？」

「正しかったかどうかは、何十年も経ってからじゃないと証明できないと思う」真顔で海老沢がうなずく。「例えば、今回の件……もしも革命軍の力を削ぐことができなかったら、どうなる？　奴らは二十年後、三十年後に大きな力を持って、各地で暴力的な騒動を起こしているかもしれない。一般人が犠牲になっているかもしれない。しかし、このまま復活しなければ、僕たちは危険因子を一つ、排除できたことになる」

「一般市民を守るためには、仲間に危険な潜入捜査をさせて——結果的に殺されてしまっても仕方ないと思うのか？」

「市民のために命をかけるのが警察の役目だ」

「だったらお前も、市民のために死ねるのか？」

「ああ、死ねる」

海老沢があっさり認めたので、高峰は言葉を失った。海老沢が静かに話を続ける。

「僕は、戦争で多くのものを失った。家族も亡くして、今は一人きりだ。これから家族が増える予定もない。僕一人が死んでも、誰も何とも思わない。だったら、大義のためにこの身を犠牲にするのもいいだろう」

「俺は困るぜ」高峰は海老沢に一歩近づいた。「お前がいなくなったら、世の中が少しだけ暗くなるんだよ」

「仮定の話だ。あくまで仮定」海老沢がかすかに微笑んだ。「僕だって死にたくはない。誰も死なない方法を考えるよ」

「そうか……」高峰は背広のポケットに手を入れた。煙草は——忘れてきてしまった。煙草を吸っても苛立ちが鎮まるわけではないだろうが。「結局、俺の正義とお前の正義は、どこまで行っても交わらねえんだろうな。線路みたいなもので、ずっと平行線だ」

「そうかもしれない」うなずき、海老沢が認めた。

「それでいいのか？　佐橋さんが言うように、二人で協力して、もっといい世の中を作ることもできるだろう」

「親父さんは、何を考えていたのかな」海老沢が急に話題を変えた。

「どういう意味だ？」

「戦前に外勤巡査をしていた親父さんは、どんな心がけで仕事をしていたんだろう」

「それは……分からん。親父は、家ではあまり仕事の話をしなかったから」

「一つだけはっきりしているのは、あの頃の正義と今の正義は違うということだ。お前が追い求める正義は、常に一緒かもしれないが——人を殺した人間は許さない、そういうことだよな？」

「ああ」高峰は認めた。

「そうじゃない正義——社会全体を守るという意味は変わってきたし、これからも変わっていくだろう。僕はずっとそれを考えて、対応していくよ」

高峰は顎に力を入れた。余計なことは言うべきではない……実際、言葉も出てこなかった。

「よう、二人お揃いで」

気軽な口調に、高峰はふっと緊張が解れるのを感じた。

小嶋。

やはり黒背広、黒いネクタイ姿だ。高峰に向かってうなずきかける。

「お前の家に行くところだったんだ。葬式に出られなくて悪かったな」小嶋の額には汗が浮かんでいる。

「いや、来てくれただけでありがてえよ」高峰は頭を下げた。

「何だかぎすぎすした雰囲気だけど、どうかしたか?」小嶋が二人の顔を順番に見た。

「そんなことはない」高峰は否定した。

「お前らには言いたいことがあるけど……今じゃない方がいいな」

「お前が『東日ウィークリー』で仕事をしている限り、もう会わない方がいいかもしれねえな」高峰は言った。

「そうか。俺たちの存在が邪魔か」

邪魔だ。雑誌の連中は、とにかく「売るため」に記事を作る。誇大表現だろうが嘘だろうがなりふり構わず――それが、実際の捜査に悪影響を与えることもあるだろう。その一方、警察でも摑めないような情報を得ることもある。安沢に関する話が当たっていたことで、高峰は彼らに対する警戒心をさらに強めた。

小嶋は――芝居と映画を愛した小嶋はもういない。この男も、戦争で人生が変わってしまった一人である。昔に比べて皮肉っぽく、人を馬鹿にするようなことも平気で言う。

「真実を表に出されたらまずいってこともあるだろうな。警察も、昔のように絶対の存在じゃないし」

「『東日ウィークリー』はいつも真実を書くのか？」

「真実を書くように、俺が『東日ウィークリー』を変えていくよ。これからは、俺たちが世論を作っていくんだ……なあ、今日だけはそんな話はやめておこうぜ。親父さんの仏壇に、線香を上げさせてくれよ。それぐらいはいいだろう」

「……そうだな」

「僕はここまででいい。後は一人で行く」海老沢がふいに、柔らかい口調で言った。

「またいつか――いつか、な」

言い置いて、海老沢が踵を返す。次第に遠ざかって行くその背中を見送りながら、高峰は「いつか」という約束が履行されることは決してあるまい、と覚悟していた。

二つの正義は、やはり交わらない。もしも今度交差した時には、今回以上の大きな問題になるのは目に見えていた。

公安は今回、一線を踏み越えた。一度やってしまうと、次にはさらに大胆な方法に出るのを躊躇わないものだ。例えば連続殺人のように。高峰はそれを、身を以《もっ》て知っている。

その時は——俺は捜査一課の刑事として自分の役目を果たす。その結果、公安と衝突することになっても……その時に違法行為があれば絶対に追及し、公安を叩き潰す。その最前線に海老沢がいても、絶対に迷わない。

その日が来れば。

本書は二〇一九年五月、小社より単行本として刊行されました。

|著者|堂場瞬一　1963年茨城県生まれ。2000年、『8年』で第13回小説すばる新人賞を受賞。警察小説、スポーツ小説など多彩なジャンルで意欲的に作品を発表し続けている。著書に「警視庁犯罪被害者支援課」「刑事・鳴沢了」「警視庁失踪課・高城賢吾」「警視庁追跡捜査係」「アナザーフェイス」「刑事の挑戦・一之瀬拓真」「捜査一課・澤村慶司」「ラストライン」などのシリーズ作品のほか、『八月からの手紙』『傷』『誤断』『黄金の時』『Killers』『社長室の冬』『バビロンの秘文字』(上・下)『犬の報酬』『絶望の歌を唄え』『宴の前』『帰還』『凍結捜査』『決断の刻』『ダブル・トライ』『コーチ』『刑事の枷《かせ》』『沈黙の終わり』(上・下)『赤の呪縛』『大連合』『聖刻』『0 ZERO』など多数がある。

動乱《どうらん》の刑事《けいじ》

堂場瞬一《どうばしゅんいち》

2022年5月13日第1刷発行

講談社文庫

定価はカバーに
表示してあります

発行者——鈴木章一
発行所——株式会社　講談社
東京都文京区音羽2-12-21　〒112-8001
電話　出版（03）5395-3510
　　　販売（03）5395-5817
　　　業務（03）5395-3615

KODANSHA

デザイン—菊地信義
本文データ制作—講談社デジタル製作
印刷———大日本印刷株式会社
製本———大日本印刷株式会社

Printed in Japan

ISBN978-4-06-528008-9

講談社文庫刊行の辞

二十一世紀の到来を目睫に望みながら、われわれはいま、人類史上かつて例を見ない巨大な転換期をむかえようとしている。

世界も、日本も、激動の予兆に対する期待とおののきを内に蔵して、未知の時代に歩み入ろうとしている。このときにあたり、創業の人野間清治の「ナショナル・エデュケイター」への志を現代に甦らせようと意図して、われわれはここに古今の文芸作品はいうまでもなく、ひろく人文・社会・自然の諸科学から東西の名著を網羅する、新しい綜合文庫の発刊を決意した。

激動の転換期はまた断絶の時代である。われわれは戦後二十五年間の出版文化のありかたへの深い反省をこめて、この断絶の時代にあえて人間的な持続を求めようとする。いたずらに浮薄な商業主義のあだ花を追い求めることなく、長期にわたって良書に生命をあたえようとつとめるところにしか、今後の出版文化の真の繁栄はあり得ないと信じるからである。

同時にわれわれはこの綜合文庫の刊行を通じて、人文・社会・自然の諸科学が、結局人間の学にほかならないことを立証しようと願っている。かつて知識とは、「汝自身を知る」ことにつきていた。現代社会の瑣末な情報の氾濫のなかから、力強い知識の源泉を掘り起し、技術文明のただなかに、生きた人間の姿を復活させること。それこそわれわれの切なる希求である。

われわれは権威に盲従せず、俗流に媚びることなく、渾然一体となって日本の「草の根」をかたちづくる若く新しい世代の人々に、心をこめてこの新しい綜合文庫をおくり届けたい。それは知識の泉であるとともに感受性のふるさとであり、もっとも有機的に組織され、社会に開かれた万人のための大学をめざしている。大方の支援と協力を衷心より切望してやまない。

一九七一年七月

野間省一

警察という組織、刑事という生き方。

堂場瞬一

警察小説の旗手が「日本の警察」を描く大河シリーズ

三カ月連続刊行！

『焦土の刑事』4月15日発売

『動乱の刑事』5月13日発売

『沃野の刑事』6月15日発売

講談社文庫

講談社文芸文庫

高橋たか子
亡命者
神とは何かを求めパリに飛び立った私。極限の信仰を求めてプスチニアと呼ばれる、日常生活一切を捨て切った荒涼とした砂漠のような貧しく小さな部屋に辿り着く。
解説=石沢麻依　年譜=著者
たL5
978-4-06-527751-5

高橋たか子
人形愛／秘儀／甦りの家
夢と現実がないまぜになって、背徳といえるような美しい少年と女のエロスの交歓。透明な内部の実在、幻想美溢れる神秘主義的世界を鮮やかに描く、華麗なる三部作。
解説=富岡幸一郎　年譜=著者
たL4
978-4-06-290285-4

講談社文庫　目録

中村ふみ　天空の翼　地上の星
中村ふみ　砂の城　風の姫
中村ふみ　月の都　海の果て
中村ふみ　雪の王　光の剣
中村ふみ　永遠《とわ》の旅人　天地の理《ことわり》
中村ふみ　大地の宝玉　黒翼《こくよく》の夢
夏原エヰジ　Ｃｏｃｏｏｎ〈修羅の目覚め〉
夏原エヰジ　Ｃｏｃｏｏｎ２〈蠱惑の焔〉
夏原エヰジ　Ｃｏｃｏｏｎ３〈幽世の祈り〉
夏原エヰジ　Ｃｏｃｏｏｎ４〈宿縁の大樹〉
夏原エヰジ　Ｃｏｃｏｏｎ５〈瑠璃の浄土〉
夏原エヰジ　連理の宝〈Ｃｏｃｏｏｎ外伝〉
長岡弘樹　夏の終わりの時間割
西村京太郎　華麗なる誘拐
西村京太郎　寝台特急「日本海」《メモリー・トレイン》殺人事件
西村京太郎　十津川警部　帰郷・会津若松
西村京太郎　特急「あずさ」《アリバイ・トレイン》殺人事件
西村京太郎　十津川警部の怒り
西村京太郎　宗谷本線殺人事件

西村京太郎　奥能登に吹く殺意の風
西村京太郎　特急「北斗１号」《スーサイド・トレイン》殺人事件
西村京太郎　十津川警部　湖北の幻想
西村京太郎　九州特急「ソニックにちりん」殺人事件
西村京太郎　東京・松島殺人ルート
西村京太郎　新装版　殺しの双曲線
西村京太郎　新装版　名探偵に乾杯
西村京太郎　南伊豆殺人事件
西村京太郎　十津川警部　青い国から来た殺人者
西村京太郎　新装版　天使の傷痕
西村京太郎　新装版　D機関情報
西村京太郎　十津川警部　猫と死体はタンゴ鉄道に乗って
西村京太郎　韓国新幹線を追え
西村京太郎　北リアス線の天使
西村京太郎　十津川警部　長野新幹線の奇妙な犯罪
西村京太郎　上野駅殺人事件
西村京太郎　京都駅殺人事件
西村京太郎　沖縄から愛をこめて
西村京太郎　十津川警部「幻覚」

西村京太郎　函館駅殺人事件
西村京太郎　内房線の猫たち〈異説里見八犬伝〉
西村京太郎　東京駅殺人事件
西村京太郎　長崎駅《ナガサキ・レディ》殺人事件
西村京太郎　十津川警部　愛と絶望の台湾新幹線
西村京太郎　西鹿児島駅殺人事件
西村京太郎　札幌駅殺人事件
西村京太郎　十津川警部　山手線の恋人
西村京太郎　仙台駅殺人事件
西村京太郎　七人の証人〈新装版〉
西村京太郎　十津川警部　両国駅３番ホームの怪談
西村京太郎　午後の脅迫者〈新装版〉
仁木悦子　猫は知っていた
新田次郎　新装版　聖職の碑《いしぶみ》
日本文芸家協会編　愛染夢灯籠〈時代小説傑作選〉
日本推理作家協会編　犯人たちの部屋〈ミステリー傑作選〉
日本推理作家協会編　隠された鍵〈ミステリー傑作選〉
日本推理作家協会編　Ｐｌａｙ《プレイ》推理遊戯〈ミステリー傑作選〉
日本推理作家協会編　Ｄｏｕｂｔ《ダウト》きりのない疑惑〈ミステリー傑作選〉

講談社文庫　目録

2022年 3月15日現在